総合日本語

初級から中級へ

日語綜合讀本

從初級到中級

水谷信子

階梯
LADDER

『総合日本語初級から中級へ』について

　この『総合日本語初級から中級へ』は、『日本語ジャーナル』にのせた「現代日本語総合講座」をまとめたものです。1989年1月号から1990年3月号までの記事を入れました。1988年に出版された『総合日本語中級前期』にくらべて、少しやさしくしてあります。

　初級の日本語学習がかなり進んだ人のための総合的な教材として、毎月書いたものですが、いま、15の記事が1冊の本になるのは、本当にうれしいことです。みなさんがこの本を十分に活用して日本語能力をのばしてくださることを、願っています。

　各課の使いかたについては、次のページの説明のとおりですが、各課のおわりに、復習のための「文法練習」「語句練習」「漢字熟語復習」、読む力をのばすためのごく短い「応用読解練習」をつけました。「応用読解練習」は、新聞、雑誌などの記事から、課の話題に関練のある部分をえらんだものです。いずれも、総合的な能力をつけるために活用してください。

　なお、この本の出版のために大変努力してくださった株式会社アルクと凡人社のみなさん、とくに翻訳を担当されたグレン・サリバンさんに深く感謝します。

水谷信子

關於『日語綜合讀本從初級中級』

　『日語綜合讀本從初級到中級』是將『日本語ジャーナル』雜誌中連載過的「現代日語綜合講座」彙編而成的一本書。內容包括1989年1月號到1990年3月號的課程，比1988年出版的『中級日語綜合讀本前期』稍微容易一些。

　這個講座是專為大致學完初級程度的日語學習者撰寫的綜合性教材，每月一篇。如今，十五篇內容能彙編成冊，至感欣慰。但願各位讀者能充分活用本書，以增進日語能力。

　有關各課內容的使用方法，請參閱P.7之說明。各課最後並附有「文法練習」、「詞句練習」「漢字詞彙複習」及為增進閱讀能力的極短篇「應用閱讀練習」，以便讓各位讀者做複習。「應用閱讀練習」是從報紙及雜誌等內容，選錄與課文話題有關的部分。請全部加以活用，以加強綜合性能力。

　最後，本書之出版承蒙日本ALC出版社及凡人社工作人員多方協助，尤其是擔任英文翻譯的Glenn Sullivan先生，謹在此深致謝忱。

水谷信子

序

「日語綜合讀本——從初級到中級」是日本國立御茶水女子大學水谷信子教授，根據多年對留學生的日語教學經驗精心編纂的一系列日語學習叢書中的一冊，適合學完初級日語課程的人使用。三年前，階梯公司曾經取得日本アルク公司的授權，出版了同樣是水谷教授所編的「中級日語綜合讀本」一書的中文版，獲得相當的回響，口碑甚佳，這次再度徵得アルク出版社的同意及授權，發行「日語綜合讀本——從初級到中級」一書的中文版，以應國內學習者的需要。

本書在編排方式上，和「中級日語綜合讀本」以及「中級日語綜合讀本前期」完全相同，但程度較淺，具有如下的特色：

(1) 每課分為正文、會話、練習、語法說明、單字註解、應用閱讀練習等單元，相互聯貫，能夠培養日語整體的表達能力及理解能力。

(2) 正文及會話主題都跟現代日本的文化、社會密切結合。透過本書，除了能達成掌握日語的目標外，還有助於了解日本文化。

(3) 設定各種不同的對話體裁和對話情境，讓學習者嫻熟各種對話方式，將來遇到類似情況都能駕輕就熟，應付自如。

由於本書實用性相當高，適合各大專院校日語選修課的綜合教材及日語系學生的補充教材，也是自修者最佳的學習良伴，而且有發音純正的CD可以配合。基於好書應該讓更多人分享的觀點，我很樂意在此向各位大力推薦。最後我建議各位學習者在學完本書後，百尺竿頭更進一步，繼續利用階梯公司出版的同一系列日語學習叢書「中級日語綜合讀本前期」和「中級日語綜合讀本」，提昇自己的日語能力。

黃 國彥

東吳大學日本文化研究所所長
1991年9月1日

目　次
もく　じ

語體說明

文体について
ぶんたい

です・ます体 たい	だ体 たい	論説体 ろんせつたい
敬體	常體	論說體
(知人・年上の人に使う) ちじん としうえ ひと つか 對認識的人和長輩使用	(年下の人や友達に使う) としした ひと ともだち つか 對晚輩和朋友使用	(論文・新聞記事などに使う) ろんぶん しんぶん きじ つか 用於論文、新聞之類的文章
学生です がくせい 学生じゃありません がくせい 行きます い 行きません い 行きました い 行きませんでした い やさしいです やさしくありません	学生だ がくせい 学生じゃない がくせい 行く い 行かない い 行った い 行かなかった い やさしい やさしくない	学生である がくせい 学生ではない がくせい 行く い 行かない い 行った い 行かなかった い やさしい やさしくない ([ね][よ]などは使わない)

課前導引

1. 各課はそれぞれ独立していますが、最初の5課までを終えてから、次へ進んでください。
2. 第2課、第5課、第9課、第13課の終わりの練習は各課の順序にしたがって作ってあります。

Ⅰ.本講座的主旨

　　本講座旨在輔助您提升日語的讀和聽的能力，並且造句、遣詞均能夠用日語來表達。

Ⅱ.本講座的學習內容和方法

1.正文

　　正文取材自日本的社會及文化百態。

2.會話

　　兩段與正文相關的對話均以自然生動的口語形式來表達。

3.單字總整理

4.文法註釋

　　凡是出現在正文或會話練習中，附有星號（＊）的單字或片語，在文法註釋中均有詳盡的解說。

5.句型練習

6.對話練習

　　對話練習的特色，在於不是學習孤立的句子，而是探討息息相關的語句，包含各種情況及對話，讓您能學習自然流利的日語說寫技巧。

7.漢字詞彙練習

　　一次提供十二個基本漢字，並附帶幾個重要詞彙。請從頭到尾瀏覽一遍，看看是否認得這些詞彙。

8.漢字詞彙複習

　　這個單元乃是綜合前段漢字詞彙部分，造出短句。是故，粗體漢字詞彙部分不附註

日語平假名的讀法。請讀者掌握每個句子的意思。

9.CD

　　收錄有正文、會話、句型練習與對話練習之全部內容。

No.15
↑表示收錄在第15曲目

表示收錄在第1片CD中

Ⅲ.本講座的難易度

　　本課程適合已學習日語時數150～200小時，或是已唸完「現代日語入門」前十六課者。本講座會列出單字總整理，不過您應該早已具備有動詞活用和基本語法的概念。

Ⅳ.如何善用本講座的內容

(1)首先，試著只聽CD來理解正文和會話的內容。

(2)儘量不利用單字總整理和文法註釋，直接閱讀正文和會話。假若您碰上難處，再查閱單字總整理與文法註釋。

(3)直接閱讀日文內容，有必要時才參閱中文翻譯。本書中的正文及會話翻譯力求傳神，偏向意譯。句型練習和對話練習，則力求忠實，偏向直譯。

(4)找個朋友與您搭配練習。

(5)把自己唸出的語句錄下來再聽一聽。

(6)利用句型練習與對話練習提供的句型，練習談論正文的主題，或是任何您感興趣的事。

レッスン1
住宅
じゅうたく

CD ① No.1

本文
ほんぶん

最近、ホテルで正月をすごす人がふえたそうである。*年末に家をしめて、家族全員でホテルにうつる。ホテルでは正月の特別なかざりをつけ、正月の料理を出す。主婦も家事をする必要がない。家族そろってゆっくりすごす。

その理由はいくつかある。主人も主婦もいそがしくて、正月の準備ができない場合もある。正月の伝統的な行事がきらいな人もある。*正月に大ぜいの客が来るので、会うのがめんどうだと思う人もある。

むかしは、正月にはいつもよりきれいな物を着て、いつもよりぜいたくな料理を食べ、遠くから親せきの人が集まって、にぎやかに話し合った。子供たちも、正月には特別にお金をもらって、好きな物を買うことができた。正月は、「いつもと違う」ぜいたくをするときであった。

そのためには家じゅうをよく掃除し、正月のための特別のかざりをつけた。家を大切にしたのは、家が生活の場所だったからである。

今は住宅の利用法が変わった。自分の家で結婚式や祝いの宴会をする人は少ない。たいていの人がホテルを使う。人にごちそうするときはレストランに行く。人と話をするときは喫茶店で会う。その上正月まで、ホテルですごす人がふえた。

今の大都会の住宅は、何をするところであろう。テレビを見て、ねるところか。住宅というより、個室か寝室になったのであろうか。

住宅

最近，聽說在飯店過年的人增加了。歲末時分，關上家門，舉家遷往飯店。飯店點綴有新年特有的裝飾品，還供應年菜。主婦也不必做家事，家人團聚，舒舒服服地過年。

其原因有幾個，有時因為先生和主婦都很忙，而無法準備過年事宜；也有人不喜歡過年的傳統儀式；也有人過年得會見眾多訪客而覺得麻煩。

從前，過年時要穿著比平常漂亮的衣服，吃比平常更豐盛的菜餚，親戚自遠方來團聚一堂，彼此熱熱鬧鬧地閒話家常。小孩子在年節時有壓歲錢，可以買自己喜歡的東西。過年期間「和平日不同」，可以揮霍奢侈一下。

因此，屋裏屋外要全面打掃，而且要點綴過年特有的裝飾品。人們之所以重視屋宅，乃因屋宅是生活的地方。

如今，運用屋宅的方式已經改變了。在自宅舉行婚禮或宴客的人很少，泰半的人都利用飯店。宴客就上餐廳；和人談話就約在咖啡屋見面；同時，連過年都在飯店度過的人也日益增加了。

現時大都市裏的住宅，究竟扮演著何種角色？是看電視、就寢的地方？與其說是「住宅」，倒不如說已成了「個人房」或「寢室」也許更恰當些。

●会話文Ⅰ No.2

（知りあいの話）

A：ことしのお正月は、どんな予定ですか*。

B：まだ、はっきりきまっていないんですが……。

A：ええ。

B：市内のホテルにしようかと思っています*。

A：あ、そうですか。海外じゃなくて*……。

B：ええ、海外へ行くほどの金はない*んですよ。

A：そんなことないでしょうけど。

B：お宅はどちらへ？

A：うちは毎年、昔のとおりにお正月をやります。

B：そうですか。

A：大掃除をして、おもちをついて、お料理を作って……。

B：大変ですね。

A：ええ。でも、主人の母が家でお正月をやりたいと言うので。

B：そうですか。うちはアパートで、門も床の間もないから、正月のかざりも十分にできないんですよ。

A：都会の住宅はみんなそうですね。

B：ですから広いホテルに泊まって、ゆっくりするつもりです。

●會話Ⅰ

（兩個熟人的對話）

A：今年過年，有何打算？

B：還沒有明確的決定……。

A：噢。

B：正在考慮是否要在市內的飯店度過……。

A：噢，這樣子啊！不是要到國外去……。

B：是啊，還沒有那麼多錢出國啊！

A：沒那回事吧！

B：你們家上哪兒去？

A：我們家每年都照慣例過節。

B：這樣子啊！

A：大掃除、做年糕、煮年菜……。

B：真辛苦啊！

A：嗯，不過因為我婆婆希望在家裏過年。

B：這樣子啊，我們家住公寓，沒有大門也沒有「壁龕」，所以無法充分擺飾過年的裝飾品！

A：都市裏的住宅泰半如此啊！

B：所以，打算住到寬敞的飯店，舒舒服服過年。

●会話文Ⅱ **No.3**

（Ａは女子学生、Ｂは男子学生）

A：お正月、どうするの。

B：いなかへ帰るよ。

A：いいわねえ、いなかがあって。

B：あまり帰りたくないけど、親が待っているから、しかたがないんだ。

A：どうして帰りたくないの。

B：いなかはたいくつだもの。

A：でも、お友だちがいるでしょ。

B：うん。友だちに会うのはたのしいけど、親せきはめんどうくさいよ。

A：でも、お酒のんだり、ごちそう食べたりするんでしょ。

B：うん。でもぼく、正月の料理はあんまり好きじゃないんだ。

A：わたしは好き。いつもと違うお料理だから、たのしいわ。

B：元日は朝早くおきて、近所の神社に行くんだ。これがつらいよ。

A：あら、そう。わたし、初もうでは好き。気持ちがいいわ。

B：ふうん。君、いなかの正月が好きなんだね。

A：そうね。

B：ぼくのかわりに、いなかへ行ってくれない？

●會話Ⅱ

（A是女學生，B是男學生）

A：過年，如何打發？

B：回鄉下老家去呀！

A：真好啊，有鄉下老家。

B：不太想回去，可是因為爸媽等著，沒辦法！

A：為什麼不想回去呢？

B：因為鄉下很無聊。

A：可是，總有朋友吧？

B：嗯，見老朋友是很快樂，不過親戚們可麻煩喔！

A：但是，會喝酒、吃大餐吧？

B：嗯，可是我不太喜歡吃年菜。

A：我喜歡，因為年菜和平常不同，好棒喲！

B：過年得早起到附近的神社參拜，這可真累人！

A：哎呀，對耶！大年初一到寺廟參拜，我也很喜歡。神清氣爽！

B：哦，妳很喜歡鄉下的過年嘛！

A：是啊！

B：乾脆妳替我回鄉下去好不好？

単語のまとめ（たんご）

●本文（ほんぶん）

住宅[じゅうたく]	住宅
最近[さいきん]	最近
ホテル	飯店
正月[しょうがつ]	新年
すごす	度(日)；過(日)
ふえたくふえる	增加
年末[ねんまつ]	歲末
家[いえ]	家；房子
しめてくしめる	關閉
家族[かぞく]	家人
全員[ぜんいん]	全部(全家人)
うつる	移住；遷移
特別な[とくべつ(な)]	特別的
かざり	裝飾物品
つけくつける	安裝；裝上
料理[りょうり]	菜餚
出す[だ(す)]	端出；拿出
主婦[しゅふ]	主婦
家事[かじ]	家事
必要[ひつよう]	必要；必需
そろって	一起
ゆっくり	慢慢地；從容地
理由[りゆう]	理由；原因
主人[しゅじん]	丈夫；外子
準備[じゅんび]	準備
場合[ばあい]	情況；場合
伝統的[でんとうてき]	傳統的
行事[ぎょうじ]	儀式；例行活動
客[きゃく]	客人
めんどう	麻煩
ぜいたくな	奢華；舖張浪費的
親せき[しん(せき)]	親戚
にぎやか(に)	熱鬧
家じゅう[いえ(じゅう)]	整個房子
掃除する[そうじ(する)]	打掃
大切にする[たいせつ(にする)]	重視；珍惜
生活[せいかつ]	生活
場所[ばしょ]	場所；地方
利用法[りようほう]	使用(運用)的方式
結婚式[けっこんしき]	婚禮
祝い[いわ(い)]	慶祝
宴会[えんかい]	宴會
レストラン	西餐廳
喫茶店[きっさてん]	咖啡屋
～というより	與其說～
個室[こしつ]	個人的房間
寝室[しんしつ]	寢室；臥房

●会話文I（かいわぶん）

ことし	今年
予定[よてい]	計劃；打算
はっきり	清楚地
きまっていない	尚未決定；還不一定
きまる	決定；一定

市内[しない]……………………………市內
海外[かいがい]……………………………國外
〜ほどの………………………………〜程度的〜
お宅[(お)たく]……………………府上；你們家
うち……………………………寒舍；我們家
昔のとおりに[むかし(のとおりに)]
　　　　　　……………………按照以往一般
大掃除[おおそうじ]………………………大掃除
(お)もちをつく…………………………搗製年糕
(お)料理[(お)りょうり]……………………菜餚
主人[しゅじん]…………………………丈夫；外子
母[はは]……………………………………母親
アパート……………………………………公寓
門[もん]……………………………………大門
床の間[とこ(の)ま]………………………壁龕
都会[とかい]………………………………都市
住宅[じゅうたく]…………………………住宅

ゆっくりする………………………從容；慢慢兒地

●**会話文II**
　かいわぶん

いなか……………………………………郷下；老家
親[おや]………………………………父母親
たいくつ……………………………………無聊
めんどうくさい……………………………麻煩
ごちそう…………………………………豐盛大餐
元日[がんじつ]………………………大年初一
近所[きんじょ]…………………………附近
神社[じんじゃ]…………………………神社
つらい…………………………………辛苦；難受
初もうで[はつ(もうで)]
　　　　……………………大年初一寺廟參拜
気持ちがいい[きも(ちがいい)]……神清氣爽
ふうん…………………………………………嗯
〜のかわりに……………………………代替〜

文法ノート
ぶんぽう

●**本文**
ほんぶん

〜人が増えたそうである
ひと

論說文通常不用「です」而用「である」，而「でした」也都由「であった」取代。例：正月はぜいたくをする時であった。「でしょう」則變成「であろう」。

〜がきらいな人もある
ひと

表示人或動物存在於某一特定的場所時用「いる」，但是若沒有特定的地點，而只是表示有人具備某條件時，其存在亦可用「ある」表示。

●**会話文I**
かいわぶん

お正月はどんな予定ですか
しょうがつ　　　　　よてい

意思是「お正月にはどんな予定を立てたのですか」<新年有什麼計劃？>。不過，會話時常用「〜は〜でしたか」的句型。例：お昼ご飯は何でしたか。<中餐吃了什麼？>

〜にしようかと思っています
おも

加上「か」是表示尚未有明確的決定。例：行こうかと思っています。<正考慮是否要去>

海外じゃなくて〜
かいがい

〜之後，通常是省略了「国内ですか」<是國內嗎？>之類的句子。

～ほどの金はない

「ほど」是表程度。意思是「還沒有充分的～做～」。例：食事をするほどの時間はありません。<連用餐的時間都沒有>

●会話文Ⅱ

どうするの

談話雙方若很熟悉，常會將「ですか」省略。男女皆可用。例：どこへ行くの。<上哪兒去？>

いいわねえ、いなかがあって

意思是「いなかがあって幸運だ」<有鄉下老家，真幸運>。會話時常將句子的順序顛倒過來，用以表示「強調」。

たいくつだもの

「もの」和「から」一樣，表示原因、理由。語氣上如果比較親近熟悉，則用「だもの」。「ですもの」是女性用語。

お酒のんだり

表示動作對象的「を」，在比較親近熟悉的談話中常會省略。

～のんだり、～食べたり

「～たり～たりする」的句型，主要是列舉出具有代表性的語詞，用以表示某種狀態。意思是「酒をのみ、ごちそうを食べる、楽しい時間をすごす」<喝酒、吃大餐、愉快地度過>。

あら

意思和「ああ」差不多。談話語氣比較親近熟悉，是女性表示驚訝時使用。

わたし、初詣では好き

「わたしは」的「は」，在談話語氣較親近熟悉時，常被省略。

ふうん

在閒聊時，表示輕微的訝異。

いなかへ行ってくれない？

「～てくれない」用於要好的朋友之間，表示請求之意。

文型練習

 No.4

1．……て、……ができない

> 本文例──主人も主婦もいそがしくて、正月の準備ができない場合もある。

（注）ここの「……て」は理由を示している。

練習Ａ 例にならって文を作りなさい。

例：いそがしい、正月の準備→いそがしくて、正月の準備ができない。

1．時間がない、勉強→
2．お金がない、買うこと→
3．会社がいそがしい、結婚の準備→
4．問題がむずかしい、答えること→

練習Ｂ 練習Ａで作った文のあとに「場合もある」をつけなさい。

例：いそがしい、正月の準備→いそが

しくて、正月の準備ができない場合もある。

1．時間がない、勉強→

2．お金がない、買うこと→

3．会社がいそがしい、結婚の準備→

4．問題がむずかしい、答えること→

__練習C__ 練習Aで作った文のあとに

「人もある」をつけなさい。

例：いそがしい、正月の準備→いそがしくて、正月の準備ができない人もある。

1．時間がない、勉強→

2．お金がない、買うこと→

3．会社がいそがしい、結婚の準備→

4．問題がむずかしい、答えること→

1.因為～而無法～

> 正文範例------有時因爲先生和主婦都很忙，而無法準備過年事宜。

【註】這裏的「～て」是表示原因、理由。

練習A　請依例造句。

例：忙、準備過年事宜→因爲很忙，而無法準備過年事宜。

1.沒時間、唸書→

2.沒錢、購買→

3.公司忙、準備結婚事宜→

4.問題困難、回答→

練習B　請在練習A所造各句之後，加上「有時」。

例：忙、準備過年事宜→有時因爲忙，而無法準備過年事宜。

1.沒時間、唸書→

2.沒錢、購買→

3.公司忙、準備結婚事宜→

4.問題困難、回答→

練習C　請在練習A所造各句後面加上「也有人」。

例：忙、準備過年事宜→也有人因爲忙，而無法準備過年事宜。

1.沒時間、唸書→

2.沒錢、購買→

3.公司忙、準備結婚事宜→

4.問題困難、回答→

 No.5

2．……人は少ない。たいていの人が……

> 本文例――今は住宅の利用法が変わった。自分の家で結婚式や祝い

> の宴会をする人は少ない。たいていの人がホテルを使う。

（注）まとまった考えを示すために、短い文を接続のことばなしで、簡潔にまとめる練習。

練習A　例にならって文を作りなさい。

例：結婚式や宴会をする、ホテルを使う→自分の家で結婚式や宴会をする人は少ない。たいていの人がホテルを使う。

1．パンを焼く、パン屋で買う→

2．もちをつく、米屋にたのむ→

3．医者にみてもらう、病院に行く→

4．ふとんを直す、ふとん屋に出す→

練習B　練習Aで作った文の前に、例のような語句をつけなさい。

例：住宅の利用法→今は住宅の利用法が変わった。自分の家で結婚式や宴会をする人は少ない。たいていの人がホテルを使う。

1．台所の仕事→

2．正月の準備のやりかた→

3．医者にかかる方法→

4．主婦の仕事→

練習C　練習A、Bの内容で、例のようにして会話をしなさい。

［例］

A：今は住宅の利用法が変わりましたね。

B：どういうことですか。

A：自分の家で結婚式や宴会をする人は少なくなって…。

B：ええ。

A：たいていの人がホテルを使うようになったんです。

B：ああ。そうですか。

(注)会話では、ひとりの人が続けて長く話すのではなく、少し話して、相手が相づちを打ってから、次へ進むのがよい話しかた。

2．～的人很少，泰半的人～

> 正文範例------如今，運用屋宅的方式已經改變了。在自宅舉行婚禮或宴客的人很少。泰半的人都利用飯店。

【註】本練習是要訓練諸位，不用任何接續詞，以最簡潔的方式，整理成短句，俾能表達出自己完整的想法。

練習A　請依例造句。

例：舉行婚禮或宴客、利用飯店→在自宅舉行婚禮或宴客的人很少。泰半的人都利用飯店。

1.烤麵包、在麵包店購買→

2.搗米蒸年糕、委託米店→

3.請醫生看病、到醫院去→

4.翻修棉被、拿到棉被店去→

練習B　請在練習A所造各句之前，加上下例所示的語句。

例：運用屋宅的方式→如今運用屋宅的方式已經改變了。在自宅舉行婚禮或宴客的人很少，泰半的人都利用飯店。

1.廚房裏的工作→

2.準備過年的方式→

3.求診的方式→

4.主婦的工作→

練習C　利用練習A、B的內容，照下例所示，做會話練習。

【例】

A：如今，運用屋宅的方式已經改變了。

B：指什麼而言？

A：在自宅舉行婚禮或宴客的人減少了。

B：嗯……。
A：泰牛的人都利用<u>飯店</u>。
B：噢，這樣子啊！

【註】會話並不是一個人長篇大論講個不停，而是講一點，等對方答腔之後，再繼續講下去，這才是良好的說話技巧。

ディスコース練習 ゖゖゖ

 No.6

1．どんな予定ですか（会話文 I より）

> A：……は、どんな予定ですか。
> B：まだ、はっきりきまっていないんですが……。
> A：ええ。
> B：……にしようかと思っています。

練習の目的 予定をたずねる練習と答える練習です。答えが少し長いので、途中でポーズをおき、Aが相づちを打ってから、次へ進んでください。個人的な会話では、1人がどんどん話すことはしないほうがいいのです。

練習の方法 基本型の下線の部分に入れかえ語句を入れて、会話をします。はじめは見ながら言ってもいいですが、あとで暗記して、見ないで2人で会話をします。少し違ってもよいから、自然な話しかたを練習してくだ

さい。はじめに練習A、次に練習Bをしてください。

練習A

《基本型》

A：ことしのお正月は、どんな予定ですか。
B：まだ、はっきりきまっていないんですが……。
A：ええ。
B：<u>市内のホテル</u>にしようかと思っています。

▶入れかえ語句

1．東京のホテル
2．日本風の旅館
3．うちにいること
4．海外旅行

練習B 練習Aは正月の話でしたが、練習Bはいろいろな話題です。練習の方法は練習Aとおなじですが、入れかえる部分が2つになります。

〈基本型〉

A：(1)ことしのお正月は、どんな予定ですか。

B：まだ、はっきりきまっていないんですが……。

A：ええ。

B：(2)市内のホテルにしようかと思っています。

▶入れかえ語句

1．(1)クリスマス　(2)うちでパーティーを
2．(1)冬休み　(2)スキーを
3．(1)春休み　(2)勉強を
4．(1)こんどの休み　(2)結婚を

このあと、おなじ形を使って、おたがいに予定をきいてください。本当のことではなくても、おもしろい答えを作ると、いい練習になります。

1.有何打算？(取材自會話I)

> A：……有何打算？
> B：還沒有明確的決定……。
> A：噢。
> B：正在考慮是否……。

練習目的　練習詢問對方的計劃，並練習回答。由於回答的內容稍長，因此請在中途稍作停頓，待A答腔之後再往下說。私下的交談，最好儘量避免個人長篇大論。

練習方法　請將代換語句填入基本句型的劃線部分，練習會話。剛開始不妨邊看邊練習，之後則請熟記，不看書本，兩個人對話。即使稍有錯誤也無所謂，請練習說出最自然的說法。先做練習A，再做練習B。

練習A

〈基本句型〉

A：今年過年，有何打算？
B：還沒有明確的決定……。
A：噢。
B：正在考慮是否要在市內的飯店過年。

▲代換語句
1.東京的飯店
2.日式的旅館
3.在家
4.出國旅行

練習B　練習A是有關過年的話題，練習B的話題則包羅萬象。練習的方式和練習A相仿，只不過代換的部分變成兩個。

〈基本句型〉

A：(1)今年過年，做何什算？
B：還沒有明確的決定……。
A：噢！
B：正在考慮是否要(2)在市內的飯店過年。

▲代換語句
1.(1)聖誕節　(2)在家聚會
2.(1)寒假　(2)滑雪
3.(1)春假　(2)唸書
4.(1)這次休假　(2)結婚

＊接著，請用同樣的形式，彼此練習詢問對方的計劃。即使不是眞有其事，只要回答有趣，亦不失爲一項有意義的練習。

2．いいわねえ、……があって
（会話文IIより） CD① No.7

> A：……、どうするの。
>
> B：……（よ）。
>
> A：いい（わ）ねえ、……があって。
>
> B：あまり……たくないけど、
>
> ……から、しかたがない（んだ）。

練習の目的 会話文Iの「どんな予定ですか」とおなじように、予定をたずねますが、Bはその予定があまり好きでないと言います。Aは楽しそうに、Bは楽しくなさそうに、感情を表してください。

練習の方法 基本型を十分に練習してから、入れかえ語句を入れて話してください。親しい話しかたでは、男の話しかたと女の話しかたが違いますから、自分の話しかたを練習してください。次は男の話しかたと女の話しかたの違う点です。

男（男性）	女（女性）
いなかへ帰る**よ**	いなかへ帰る**わ**
いい**ねえ**	いい**わねえ**
しかたがない**んだ**	しかたがない**の**

〈基本型〉 （Aが女、Bが男の場合）

A：(1)お正月、どうするの。

B：(2)いなかへ帰るよ。

A：いいわねえ、いなかがあって。

B：あまり帰りたくないけど、(3)親が待っているから、しかたがないんだ。

▶入れかえ語句

1．(1)冬休み (2)アルバイトをする
(3)お金がない

2．(1)来年 (2)仕事をする (3)お金がない

3．(1)週末 (2)庭の掃除をする (3)ほかにする人がいない
（「いいわねえ、庭があって」「あまりしたくないけど」）

4．(1)あした (2)パーティーへ行く
(3)食べる物がない

応用 上の練習のあと、形を少し変えて、自由に話しなさい。たとえば、次のような話もできる。
（パーティーのあとで料理がのこった）

A：このお料理、どうするの。

B：ぼくが食べるよ。

A：いいわねえ、食欲があって。

B：あまり食べたくないけど、ぼくのガール・フレンドが作った料理だから、しかたがないんだ。

2.真好啊，有……(取材自會話Ⅱ)

> A：……如何打發？
> B：……(呀)！
> A：眞好啊，有……。
> B：不太想……，因爲……，沒辦法。

練習目的 和會話Ⅰ的「どんな予定ですか」一樣，都是詢問對方的計劃。不過，B對於計劃並不喜歡。練習時，請將A的愉悅和B的不悅情緒表現出來。

練習方法 將基本句型充分練習之後，再代入代換語句練習對話。如果語氣上較爲親近熟悉時，男性與女性的說法則有差異，因此，請各自練習自己的說法。下例就是男、女表達方式之不同點。

＜基本句型＞(A是女性，B為男性時)

A：(1)過年，如何打發？

B：(2)回鄉下老家去呀！

A：眞好啊，有鄉下老家。

B：不太想回去，可是因爲(3)爸媽等著，沒辦法。

▲代換語句

1. (1)寒假　(2)打工　(3)沒錢
2. (1)明年　(2)工作　(3)沒錢
3. (1)週末　(2)打掃庭院　(3)沒有其他人打掃
(「眞好啊，有庭院」、「不太想打掃」)
4. (1)明天　(2)參加聚會　(3)沒有食糧

應用 請在上面的練習之後，將形式稍作更改，自由練習對話。比如，亦可改爲如下的對話。

(聚會結束後，剩下一些菜)

A：這些菜，如何處置？

B：我吃啊！

A：眞好啊，有食慾。

B：不挺想吃，可是因爲是女友做的，沒辦法。

漢字熟語練習
かん　じ　じゅく　ご　れんしゅう

1.正＜正月＞

正確(な)[せいかく(な)]…………正確(的)
正月[しょうがつ]……………………新年
正しい[ただ(しい)]…………………正確

2.月＜正月＞

月末[げつまつ]………………………月底
来月[らいげつ]……………………下個月
今月[こんげつ]……………………這個月
先月[せんげつ]……………………上個月
一か月[いっ(か)げつ]……………一個月
正月[しょうがつ]……………………新年
月[つき]……………………月亮；月份
毎月[まいつき、まいげつ]…………每月
半月[はんつき]……………………半個月

3.人＜人、主人＞

人口[じんこう]………………………人口

人間[にんげん]………………人類；人
人工[じんこう]………………………人工
人事[じんじ]…………………………人事
人生[じんせい]………………………人生
人類学[じんるいがく]………………人類學
人気[にんき]…………………………人緣
主人[しゅじん]………………丈夫；外子
殺人[さつじん]………………殺人；謀殺
犯人[はんにん]………………………犯人
知人[ちじん]…………………熟人；朋友
老人[ろうじん]………………………老人
個人[こじん]…………………………個人
病人[びょうにん]……………………病人
人[ひと]………………………………人
人々[ひとびと]………………………人人

4.年＜年末＞

年始[ねんし]…………………年初；賀年

年末[ねんまつ]……………………歳末
年賀状[ねんがじょう]………………賀年卡
昨年[さくねん]……………………去年
去年[きょねん]……………………去年
来年[らいねん]……………………明年
少年[しょうねん]…………………少年
青年[せいねん]……………………青年
中年(の)[ちゅうねん(の)]…………中年
毎年[まいねん、まいとし]…………毎年
年[とし]………………………年;年齢
今年[ことし]……………………今年

5.家＜家、家族、家事＞
家庭[かてい]……………………家庭
家族[かぞく]……………………家人
家具[かぐ]………………………傢倶
国家[こっか]……………………國家
作家[さっか]……………………作家
家[いえ]……………………家;房子

6.特＜特別＞
特に[とく(に)]……………………特別地
特別(な)[とくべつ(な)]……………特別(的)
特派員[とくはいん]………………特派員

7.理＜料理、理由＞
理由[りゆう]……………………理由;原因
理解(する)[りかい(する)]………………理解
理論[りろん]……………………理論
合理的(な)[ごうりてき(な)]………合理的
代理[だいり]……………………代理
総理[そうり]……………………總理
料理[りょうり]……………………菜餚

8.主＜主人、主婦＞
主人[しゅじん]……………………丈夫;外子
主婦[しゅふ]……………………主婦
主要(な)[しゅよう(な)]…………主要(的)

主義[しゅぎ]……………………主義
主任[しゅにん]……………………主任
主に[おも(に)]……………………主要

9.場＜場合、場所＞
市場[しじょう]……………………市場
劇場[げきじょう]…………………劇場;劇院
会場[かいじょう]…………………會場
ゴルフ場[(ゴルフ)じょう]………高爾夫球場
場合[ばあい]……………………場合;情況
場所[ばしょ]……………………場所;地方
場面[ばめん]……………………情景;場面
売り場[う(り)ば]…………………販售處;專櫃
市場[いちば]……………………市場

10.合＜場合、話し合う＞
合計[ごうけい]……………………總計;合計
都合[つごう]……………………時間上的方便與否
会合[かいごう]……………………集會;聚會
話し合う[なな(し)あ(う)]………交談;協商
組合[くみあい]……………………公會;工會

11.大＜大ぜい、大切、大都会＞
大使[たいし]……………………大使
大変(な)[たいへん(な)]………非常(的);糟糕
大切(な)[たいせつ(な)]…………重要(的)
大学[だいがく]……………………大學
大事(な)[だいじ(な)]……………重要(的)
大体[だいたい]……………………大概;大抵
大好き[だいす(き)]………………非常喜歡
最大(の)[さいだい(の)]…………最大的
大きい[おお(きい)]………………大
大ぜい[おお(ぜい)]………………很多人

12.會＜会う、宴会＞
会社[かいしゃ]……………………公司
会議[かいぎ]……………………會議
会合[かいごう]……………………集會;聚會

会場[かいじょう]……………………會場　　　　社会[しゃかい]……………………社會
会長[かいちょう]………會長；名譽董事長　　司会者[しかいしゃ]……………………司儀
会計[かいけい]……………………會計　　　　教会[きょうかい]……………………教會
議会[ぎかい]……………………議會　　　　会う[あ(う)]……………………見面

漢字詞彙複習

1．料理を作るのは大好きです。

2．正月までは一か月ぐらいです。

3．あの作家は青年にも老人にも人気がある。

4．この売り場の主任をよんでください。

5．月末は特にいそがしいので、都合がわるい。

6．人事のことで、大切な会議があります。

7．病人のせわをするのは大変です。

8．この家庭では主人も主婦もはたらいている。

9．この理論を理解するのはむずかしい。

10．総理大臣の代理として来ました。

11．大体のことはわかりますが、正確にはわかりません。

12．組合の会合があるそうですが、会場はどこでしょう。

13．劇場で大使に会いました。

14．あの司会者はわたしの知人です。

15．殺人の犯人がつかまったそうです。

16．大学で人類学を勉強しています。

17．来年はきっと年賀状を書きます。

18．家族が大ぜいなので、広い家が必要です。

19．毎年、世界の人口がふえています。

20．この家具は先月買いました。

1.很喜歡做菜。

2.大約還有一個月就新年了。

3.那位作家很受老少歡迎。

4.叫這個販售處的主任來。

5.月底特別忙，所以時間上不太方便。

6.人事方面有重要會議。

7.照顧病人相當辛苦。

8.這個家庭，夫婦都在上班。

9.要瞭解這個理論很難。

10.我以首相代理的身份前來。

11.大概的情形知道，可是詳情不知。

12.聽說工會有個會議，不知會場在哪裏？

13.在劇院遇見大使。

14.那位司儀是我的朋友。

15.聽說殺人犯已被逮捕。

16.在大學唸人類學。

17.明年一定寫賀年卡。

18.家人眾多，所以需要住大房子。

19.世界人口每年不斷增加。

20.這傢俱是上個月買的。

応用読解練習
おう よう どっ かい れん しゅう

僕の部屋は、実際よりも少し広い。

図面によると20㎡の部屋なのだが、

5㎡ぐらいは広い感じになっている。

空間を2次元で考えてモノを配置するのではなく、

3次元で考えて高さを利用するのがそのコツだ。

天上天下をフルに使ったレイアウト。

そして、不要なモノは持たないこと。

こうしたアイデアで、ひねりだした5㎡。

その広さの分だけ、僕のゆとりは人より大きい。

僕は満ち足りた気分で、フロアに寝そべった。

天上天下、

近藤 徹　30歳　証券会社勤務
は事区吉岡

僕の部屋は、実際よりも少し広い。
図面によると20㎡の部屋なのだが、
5㎡ぐらいは広い感じになっている。
空間を2次元で考えてモノを配置するのではなく、
3次元で考えて高さを利用するのがコツだ。

字彙表

僕[ぼく]……………………………我（男性）
部屋[へや]………………………………房間
実際[じっさい]…………………………實際
少し[すこ(し)]………………………稍微；或許
広い[ひろ(い)]…………………寛敞；寬廣
図面によると[ずめん(によると)]
………………………………根據平面圖
20㎡[にじゅっへいほうメートル]
………………………………二十平方公尺
５㎡[ごへいほうメートル]………五平方公尺

感じ[かん(じ)]…………………………感覺；印象
空間[くうかん]…………………………空間
二次元[にじげん]………………………二次元
考える[かんが(える)]…………………索；思考
配置する[はいち(する)]………………配置；擺設
高さ[たか(さ)]…………………………高度
〜を利用する[(〜を)りよう(する)]
………………………………………利用〜
コツ………………………竅門；秘訣；要點

中譯

　　我的房間比實際還要寬敞一些。根據平面圖，雖然是二十平方公尺的房間，但是感覺上寬了五平方公尺。秘訣是不以二次元來考量空間擺設物品，而是以三次元來考量並利用高度。

レッスン2
足のうら

 No.8

　人間の手はいろいろなことをするが、足のほうはあまり働かない。歩くことと走ることのほかはたいした仕事をしない。とくに足のうらは、何も重要な働きはしていないように見える。ところが、足のうらの働きについて実験した結果、おもしろいことがわかったそうだ。

　十二人の若い男女を二つの組にわける。一定の時間、いっぽうの組の人たちは、はだしになって竹をふみ続ける。もういっぽうの組は、高いいすにこしかけて、何もしないでいる。いすが高いので足はゆかにつかないから、足のうらには何の刺激もない。

　そのあと両方の組が同じゲームをする。テレビの画面に色の名前を表す漢字が出るが、その漢字の表す色と、漢字そのものの色はちがっている。たとえば白い線で書いた「青」という字が出る。それを見て、いそいで「青」の札をさがして高くあげる。何回も続けると、つかれて間違いが多くなるが、二つの組のうち、竹をふんだ人たちのほうが成績がよかった。つまり足のうらを刺激すると、頭の働きがよくなることがわかったのである。

　むかしのある有名な人は、子どものころ家がびんぼうで、一日中働いていたので、勉強するひまがなかった。そこで、せなかにたきぎをせおって歩きながら、本を読んだそうである。目のためにはわるかったかもしれないが、頭の働きのためには、よい勉強法だったわけである。

腳掌

人的手可以做各種事情，可是腳卻不太有作用。除了走路和跑步之外，就做不了什麼大事。尤其是腳掌，看起來好像沒有任何重要功能。然而，有關腳掌的功能，據說實驗的結果，發現了有趣的事。

把十二位年輕男女分成兩組。在一定的時間內，一組光著腳不斷地踩竹子，另一組則靜坐在高腳椅上，什麼也不做。由於椅子很高，腳碰不到地板，所以腳掌沒有任何刺激。

然後，兩組進行同一個遊戲。在電視畫面上，出現表示顏色名稱的漢字，而漢字所表示的顏色和漢字本身的顏色不同。譬如：出現了以白線書寫的「青色」這個字，看見之後馬上找出「青色」的牌子並高舉起來。一旦連續好幾次的話，就會覺得疲勞，錯誤便會增加，不過兩組當中以踩過竹子這一方成績較好。也就是說，由此可知刺激腳掌的話，頭腦的反應會變得比較靈活。

據說從前有一位名人，小時家境貧窮，由於成天工作，無暇唸書，因此，都是扛著木柴邊走邊看書。對於眼睛而言也許有害，但是，對於頭腦的功能來說，倒是一個很好的讀書方式。

会話
かいわ

●会話文 I No.9
ぶん

二人の知人が道で出会い、歩きなが
ふたり ちじん みち であ ある
ら話している。Ａは女性、Ｂは男性。
はな じょせい だんせい
Ａ：このごろよくテレビ見ますか。
み
Ｂ：あまり見ませんね、帰りがおそい
かえ
ので。
Ａ：そうですか。わたしもあまり見な
いんですけど、このあいだ、ちょっとおもしろい番組を見ましたよ。
ばんぐみ
Ｂ：どんな番組ですか。
Ａ：足のうらの話です。
あし はなし
Ｂ：足のうら？
Ａ：ええ、足のうらって、あまりたいしたことをしないようですけど、実はたいせつなんだそうです。
じっ
Ｂ：へえ？

Ａ：足のうらを刺激すると、頭の働き
しげき あたま はたら
がよくなるんだそうです。
Ｂ：そうですか。実験かなにかで、わ
じっけん
かったんですか。
Ａ：ええ。若い人が二つのグループに
わか ひと ふた
わかれて、いっぽうは竹をふんだけ
たけ
ど、いっぽうはいすにこしかけて、
何もしないでいたんですって。
なに
Ｂ：足はどうしたんですか。
Ａ：いすが高いから、足はゆかにつか
たか
ないで…
Ｂ：ああ、ぶらんぶらん…
Ａ：ええ、そうなんです。そのあとで
テレビゲームみたいなことをしたら
……
Ｂ：ええ。

A：竹をふんだグループのほうが成績
　がよかったそうです。

B：なるほどねえ。

A：だから、じっと長いあいだすわっ
　ているのは、頭のためによくないん

ですね。

B：じゃ、歩きながら本を読んだら、
　どうでしょう。

A：いいかもしれませんね。目にはわ
　るいかもしれないけれど。

●會話I
兩位熟人在馬路上碰面，邊走邊聊。A是女性，
B是男性。

A：最近常看電視嗎？

B：不常看哪，因為回家都很晚了……。

A：這樣子啊。我也不常看，不過，前幾天倒是
　看了一個挺有趣的節目哩！

B：什麼節目呢？

A：有關腳掌的話題……。

B：腳掌？

A：嗯，談起腳掌好像沒什麼多大功能，然而事
　實上聽說相當重要。

B：真的？

A：據說刺激腳掌的話，頭腦的反應會變得比較
　靈活。

B：這樣子啊！是實驗或什麼得知的嗎？

A：嗯。據說是年輕人分兩組，一組踩竹子，另
　一組坐在椅子上什麼也不做……。

B：腳怎麼樣呢？

A：由於椅子很高，腳碰不到地板……。

B：啊，懸空掛著……。

A：是的，正是如此。然後，開始玩類似電視遊
　樂器的遊戲……。

B：噢。

A：據說，踩竹子的這一組成績比較好。

B：原來如此啊！

A：因此，長時間靜坐不動，對於頭腦是沒有益
　處的！

B：那麼，邊走邊看書如何？

A：也許不錯哩！雖然對眼睛可能不好……。

●会話文II No.10

　会社の中。Aは課長、Bは部下。ど
ちらも男性。

A：あ、君、どこかへ行くの。

B：ええ、ちょっと歩いてきます。頭
　がつかれたので。

A：ふうん。

B：課長、頭と足のうらの関係を知っ
　ていますか。

A：知ってるよ。

B：じゃ、どういう関係ですか。

A：人間でいえば、社長と君だ。

B：ふうん。

A：つまり、いちばん上といちばん下。

B：ちがいますよ。足のうらを刺激す
　ると、頭の働きがよくなるんです。

A：へえ？

B：そういう実験の結果が出ているん
　です。

A：なるほど。それで散歩に行くのか。

B：ええ。

A：それなら行く必要はない。さあ、クツをぬいで。

B：えっ?

A：くつしたもぬいで。

B：ここでですか。

A：そう。ほら、ここに竹がある。これをふめばいいんだよ。

B：この竹、課長のですか。

A：そう、ぼくもあの番組見て、すぐ竹を買いに行ったんだ。

B：なあんだ。

A：実はさっき、へやのすみでふんでいたんだよ。さあ、これ、使いなさい。

B：けっこうです。もう頭のつかれがとれました。(ひとりごと)課長がはだしでふんだ竹をふむなんて…

A：何か言った?

B：言いません。さ、仕事、仕事。

●會話II
在公司裏。A是課長,B是屬下。
兩者皆為男性。

A：喂,你是不是要去哪兒?

B：是的,想出去走走。因為頭有點累……。

A：噢。

B：課長,您知道頭和腳掌的關係嗎?

A：知道啊!

B：那麼,是什麼關係呢?

A：以人來說的話,就是董事長和你。

B：嗯。

A：也就是說,最高階層和最低階層。

B：不是這樣的!是刺激腳掌的話,頭腦的反應會比較靈活!

A：噢?

B：那樣的實驗結果已經出來了!

A：原來如此。所以你要去散步?

B：是的。

A：如果是這樣,你就不必去了。來吧,把鞋子脫掉!

B：幹什麼?

A：襪子也脫掉……。

B：在這裏?

A：是的。你看,這兒有竹子。踩踩這個,好處多多喲!

B：這竹子是課長的嗎?

A：是的,我也看了那個節目,才立刻去買竹子的。

B：原來是這回事。

A：其實,我剛才也在房間的角落裏踩了一下子。來吧,這個,用用看!

B：謝了,我頭已經不累了。(自言自語)叫我踩課長光著腳踩過的竹子才不幹呢……。

A：你說什麼?

B：沒有。幹活吧!

単語のまとめ

●本文

足のうら[あし(のうら)]………………脚掌
人間[にんげん]…………………………人類
手[て]……………………………………手
足[あし]…………………………………脚
働く[はたら(く)]………………………工作
歩く[ある(く)]…………………………走路
走る[はし(る)]……………………跑步；跑
〜のほか………………………………除〜之外
たいした……………………重大的；重要的
仕事[しごと]……………………………工作
とくに……………………………………尤其
重要な[じゅうよう(な)]………………重要的
ところが………………………………但是；然而
実験する[じっけん(する)]……………做實驗
結果[けっか]……………………………結果
若い男女[わか(い)だんじょ]………年輕男女
二つの組[ふた(つの)くみ]……………兩組
わける……………………………………分割；分開
一定の[いってい(の)]…………………一定的
時間[じかん]……………………………時間
いっぽう…………………………………一方
はだし……………………………………赤腳
竹[たけ]…………………………………竹子
ふみ続ける[(ふみ)つづ(ける)]
　………………………………連續不斷地踩
もういっぽうの…………………………另一方
高いいす[たか(いいす)]………高椅；高腳椅
〜にこしかける…………………………坐在〜上
ゆか………………………………………地板
つく………………………………………碰到
刺激[しげき]……………………………刺激
両方の[りょうほう(の)]……兩方的；雙方的
同じ[おな(じ)]…………………………相同
画面[がめん]……………………………畫面

色の名前[いろ(の)なまえ]……………顏色名稱
表す[あらわ(す)]………………………表示
そのもの………………………………那樣東西
たとえば………………………………譬如；比如
白い線[しろ(い)せん]…………………白線
青[あお]………………………………青色；藍色
字[じ]……………………………………字
いそいで………………………………快速地
札[ふだ]…………………………………牌子
あげる……………………………………舉起
何回も[なんかい(も)]…………………好幾次
続ける[つづ(ける)]……………………連續
成績[せいせき]…………………………成績
つまり…………………換句話說；總而言之
頭[あたま]………………………………頭
むかし……………………………………從前
有名な[ゆうめい(な)]…………………有名的
びんぼう…………………………………貧窮
せなか……………………………………背部
たきぎ……………………………………木柴
せおう…………………………………扛；揹
勉強法[べんきょうほう]………………讀書方法

●会話文I

知人[ちじん]……………………………熟人
出会う[であ(う)]………………………碰見
女性[じょせい]…………………………女性
男性[だんせい]…………………………男性
帰りがおそい[かえ(りがおそい)]
　………………………………………回來得很晚
番組[ばんぐみ]…………………………節目
実は[じつ(は)]…………………………事實上
たいせつ…………………………………重要
わかれる…………………………………分開
ぶらんぶらん(する)……………………懸空掛著

じっと……………………一動也不動地

●会話文II

会社[かいしゃ]………………………公司
課長[かちょう]………………………課長
部下[ぶか]……………………………屬下
君[きみ]………………………………你
〜でいえば……………………以〜而言
社長[しゃちょう]………………董事長

散歩[さんぽ]……………………………散步
必要[ひつよう]…………………………必要
ぬぐ………………………………………脫掉
くつした…………………………………襪子
ほら………………………………………你看！
すみ………………………………………角落
使いなさい[つか(いなさい)]…………請使用
けっこうです……………夠了；不用了
つかれがとれた………疲勞消除了；不累了

文法ノート
ぶん ぽう

●本文
ほんぶん

何回も続けると
なんかい つづ

助詞「と」用來表示因果關係。「足の裏を刺激すると」的「と」具有同樣的功能。例句：五時になると暗くなります。＜一到五點，天就黑了。＞

よい勉強法だったわけである。
べんきょうほう

「〜わけである」用來強調結論。出現於說明句的尾部，含有＜就是這麼一回事＞的語氣。

●会話文 I
かい わ ぶん

実験かなにか
じっけん

「〜かなにか」等於中文＜〜或什麼的＞。如果說話者以「実験で分かったんですか」發問，會顯得比較唐突粗魯，所以用「〜かなにか」讓語氣委婉一些。

テレビゲームみたいな

「〜みたいな」等於「〜のような」。用於熟人之間。

●会話文 II
かい わ ぶん

クツをぬいで。

例句中的「動詞二變＋て（或で）」是表命令的形式。

ここでですか

是「ここで(脱ぐの)ですか」的簡縮。如果把「です」也省略的話，就變成常體的說法，語氣太過於親近，不適合對上司使用。

竹をふむなんて〜
たけ

「〜なんて」等於「〜などということは」。主觀感情色彩比「〜のは」濃厚。句尾省略「いやだ」＜討厭＞之類的形式。

文型練習
ぶん けい れん しゅう

 No.11

1．あまり……。…と…のほかは……。

> 本文例——人間の手はいろいろな
> ほんぶんれい　　にんげん　て
> ことをするが、足のほうはあまり
> あし
> 働かない。歩くことと走ることの
> はたら　　ある　　　　はし
> ほかはたいした仕事をしない。
> …………ように見える。
> しごと　　　　　　　み

（注）はじめの文で観察したことをのべ、次の文
ちゅう　　　　　　　ぶん　かんさつ　　　　　　　つぎ
でその内容をくわしく説明する。
ないよう　　　　　せつめい

練習A 例にならって文を作りなさい。
つく
例：歩く、走る→歩くことと走ること
のほかはたいした仕事をしていない
ように見える。

1．コピーをとる、郵便を出しに行く→
ゆうびん　だ　　い
2．お茶を入れる、べんとうを買いに
ちゃ　　　　　　　　　　か
行く→
3．そうじをする、買い物をする→
もの
4．電車にのる、会社の中を歩く→
でんしゃ　　　かいしゃ　なか

（注）動詞の場合は、あとに「こと」をつけるが、
どうし　ばあい
3の場合は「そうじと買い物」としてもよい。

練習B 練習Aで作った文の前に、例
まえ
にならって文をつけなさい。

例：働かない→あまり働かない。歩く
ことと走ることのほかはたいした仕
事をしていないように見える。

1．仕事をしない→
2．用がない→
よう
3．家の仕事をしない→
いえ
4．運動をしない→
うんどう

練習C 練習Bで作った文の前に、例
にならって句をつけなさい。
く
例：足のほう→足のほうはあまり働か
ない。歩くことと走ることのほかは
たいした仕事をしていないように見
える。

1．あの社員→
しゃいん
2．あの若い女性社員→
わか　じょせい
3．あの奥さん→
おく
4．課長→
かちょう

1.不太～。除了～和～之外。

> 正文範例------人的手可以做各種事情，可是腳卻<u>不太</u>有作用。<u>除了走路和跑步之外</u>，就做不了什麼大事。……看起來好像……。

【註】第一句是敘述所觀察的事情，第二句是詳述其內容。

練習A　請依例造句。

例：走路、跑步→除了<u>走路</u>和<u>跑步</u>之外，看起來好像就做不了什麼大事。

1.影印、去寄信→

2.泡茶、去買便當→

3.打掃、買東西→

4.搭電車、在公司裏走動→

【註】動詞之後要加上「こと」，而3的例子也可寫成「そうじと買い物」＜打掃和買東西＞。

練習B　請在練習A所造各句之前，依例添加句子。

例：不太有作用→<u>不太有作用</u>。除了走路和跑步之外，看起來就好像做不了什麼大事。

1.不太能做事→

2.不太有用→

3.不太做家事→

4.不太運動→

練習C　請在練習B所造各句之前，依例添加句子。

例：腳→<u>腳</u>不太有作用。除了走路和跑步之外，看起來好像就做不了什麼大事。

1.那個職員→

2.那個年輕女職員→

3.那位太太→

4.課長→

 No.12

2．……も……と、……なる。

> 本文例──何回も続けると、つかれて間違いが多くなる。

（注）「…と…」の形は原因と結果を表す。「何回も」のように「何」に「も」をつける形は、回数の多いことや時間の長いことを強調する。

練習A　例にならって文を作りなさい。

例：何回、間違いが多く→<u>何回</u>も続けると、間違いが多くなる。

1．何時間、ゆびがいたく→

2．何日、きらいに→

3．何か月、たいくつに→

4．何年、つまらなく→

練習B　練習Aで作った文の前に、例にならって文をつけなさい。

例：この仕事はむずかしくない→<u>この仕事はむずかしくない</u>けれど、何回も続けると、間違いが多くなる。

1．テレビゲームはおもしろい→

2．ステーキはおいしい→

3．休みはうれしい→

4．結婚生活はたのしい→

応用　ほかの文も考えて練習してくだ

さい。練習Bで作った文に賛成できない人は、あとに、「…と言う人もいますが、わたしはそんなことありません(そう思いません)」などをつけること。

例2．ステーキはおいしいけれど、何日も続けるときらいになると言う人も

いますが、わたしはそんなことありません。

例4．結婚生活はたのしいけれど、何年も続けると、つまらなくなると言う人もいますが、わたしはそう思いません。

2.一旦～好～的話，就會～。

> 正文範例——一旦連續好幾次的話，就會覺得很疲勞，錯誤便會增加。

【註】「～と～」是表示因果關係的句型。而像「何回も」＜好幾次＞，在「何」後面加上「も」的句型乃是強調次數很多或時間很長。

練習A 請依例造句。

例：幾次，錯誤增加→一旦連續好幾次的話，錯誤便會增加。

1.幾個鐘頭，指頭就會覺得疼痛→

2.幾天、覺得討厭→

3.幾個月、覺得無聊→

4.幾年、覺得無聊→

練習B 請在練習A所造各句之前，依例添加句子。

例：這個工作不困難→雖然這個工作不困難，

但是一旦連續好幾次的話，錯誤便會增加。

1.電視遊樂器很好玩→

2.牛排很好吃→

3.放假很高興→

4.婚姻生活很快樂→

應用 再想想其他句子練習看看。對於練習B所造各句不表贊同的人，可以在後面加上「～と言う人もいますが、私はそんなことありません(そう思いません)」＜也有人說～然而我卻不以爲然＞。

例2：雖然牛排很好吃，可是也有人說，一旦連續吃上好幾次的話，就會覺得厭煩，然而我卻不以爲然。

例4：雖然婚姻生活很快樂，可是也有人說，一旦連續好幾年的話，就會覺得無聊，然而我卻不以爲然。

ディスコース練習

（会話文Ⅰより） No.13

A：このごろ……か。

B：あまり……。……ので。

A：そうてすか。わたしもあまり

……けど、このあいだ……。

B：……か。

練習の目的 趣味や娯楽についての会話。AはBの状態をたずねてから、

自分の経験を話します。Bはそれに興味を示します。

練習の方法 基本型の下線の部分に入れかえ語句を入れて会話をします。

〈基本型〉

A：このごろよく(1)テレビを見ますか。

B：あまり(2)見ませんね。いそがしいので。

A：そうですか。わたしもあまり(2)見ないんですけど、このあいだ、ちょっと(3)おもしろい番組を見ましたよ。

B：(4)どんな番組ですか。

▶入れかえ語句

1．(1)野球を見ます (2)見ません、見ない (3)見に行きました (4)どうでした

2．(1)釣りに行きます (2)行きません、行かない (3)行ってきました (4)どうでした

3．(1)絵をかきます (2)かきません、かかない (3)かいてみました (4)どんな絵です

4．(1)山に登ります (2)登りません、登らない (3)登ってきました (4)どこです

（入れかえ語句が多くてやりにくい時は、はじめにABAの3行だけ練習して、なれてから、最後のBを加えるとよい）

（取材自會話I）

A：最近……？
B：不常……。因爲……。
A：這樣子啊！我也不常……，不過幾天前……。
B：……呢？

練習目的 有關興趣和娛樂方面的會話。A問過B的狀況之後，談到自己的經驗。B對此表示有興趣。

練習方法 請在基本句型的劃線部分填入代換語句，練習對話。

〈基本句型〉

A：最近常(1)看電視嗎？

B：(2)不常看哪！因爲很忙。

A：這樣子啊！我也(2)不常看。不過幾天前倒是(3)看了一個挺有趣的節目哩！

B：(4)什麼節目呢？

▲代換語句

1.(1)看棒球 (2)不常看、不常看 (3)去看了一場 (4)覺得怎麼樣

2.(1)去釣魚 (2)不常去、不常去 (3)去了一下 (4)覺得怎麼樣

3.(1)畫畫 (2)不常畫、不常畫 (3)畫了一下 (4)什麼樣子的畫

4.(1)爬山 (2)不常爬、不常爬 (3)去爬了一次 (4)哪裏

（如果覺得代換語句太多不容易練習的話，剛開始可以只練習ABA三行，熟悉之後再加上最後的B句。）

漢字熟語練習
かん　じ　じゅく　ご　れんしゅう

1.重＜重要な＞
重要(な)[じゅうよう(な)]‥‥‥‥‥‥重要(的)
重大(な)[じゅうだい(な)]‥‥‥‥‥‥重大(的)
体重[たいじゅう]‥‥‥‥‥‥‥‥‥‥‥體重
貴重品[きちょうひん]‥‥‥‥‥‥‥貴重物品
重い[おも(い)]‥‥‥‥‥‥‥‥‥‥‥‥重的

2.男＜男女＞
男性[だんせい]‥‥‥‥‥‥‥‥‥‥‥‥男性
男子[だんし]‥‥‥‥‥‥‥‥‥‥‥‥‥男子
男女[だんじょ]‥‥‥‥‥‥‥‥‥‥‥‥男女
長男[ちょうなん]‥‥‥‥‥‥‥‥‥‥‥長子
男[おとこ]‥‥‥‥‥‥‥‥‥‥‥‥‥‥男人
男の子[おとこ(の)こ]‥‥‥‥‥‥‥‥男孩子

3.女＜男女＞
女性[じょせい]‥‥‥‥‥‥‥‥‥‥‥‥女性
女子[じょし]‥‥‥‥‥‥‥‥‥‥‥‥‥女子
女王[じょおう]‥‥‥‥‥‥‥‥‥‥‥‥女王
女優[じょゆう]‥‥‥‥‥‥‥‥‥‥‥女演員
少女[しょうじょ]‥‥‥‥‥‥‥‥‥‥‥少女
女の子[おんな(の)こ]‥‥‥‥‥‥‥‥女孩子

4.組＜組＞
労組[ろうそ]‥‥‥‥‥‥‥‥‥‥‥‥‥工會
組[くみ]‥‥‥‥‥‥‥‥‥‥‥‥‥‥‥‥組
組合[くみあい]‥‥‥‥‥‥‥‥工會；合作社
番組[ばんぐみ]‥‥‥‥‥‥‥‥‥‥‥‥節目

5.両＜両方＞
両親[りょうしん]‥‥‥‥‥‥‥‥‥‥‥雙親
両国[りょうこく]‥‥‥‥‥‥‥‥‥‥‥兩國
両方[りょうほう]‥‥‥‥‥‥‥‥‥‥‥雙方
両手[りょうて]‥‥‥‥‥‥‥‥‥‥‥‥雙手
車両[しゃりょう]‥‥‥‥‥‥‥‥‥‥‥車輛

6.画＜画面＞
画面[がめん]‥‥‥‥‥‥‥‥‥‥‥‥‥畫面

画家[がか]‥‥‥‥‥‥‥‥‥‥‥‥‥‥畫家
計画(する)[けいかく(する)]‥‥‥‥‥‥計劃
映画[えいが]‥‥‥‥‥‥‥‥‥‥‥‥‥電影
漫画[まんが]‥‥‥‥‥‥‥‥‥‥‥漫畫；卡通

7.面＜画面＞
面[めん]‥‥‥‥‥‥‥‥‥‥‥‥‥‥面；臉
面積[めんせき]‥‥‥‥‥‥‥‥‥‥‥‥面積
面接(する)[めんせつ(する)]‥‥‥‥‥‥面試
場面[ばめん]‥‥‥‥‥‥‥‥‥‥‥‥‥場面
表面[ひょうめん]‥‥‥‥‥‥‥‥‥‥‥表面
方面[ほうめん]‥‥‥‥‥‥‥‥‥‥‥‥方面
一面[いちめん]‥‥‥‥‥‥‥‥‥‥一面；全面
正面[しょうめん]‥‥‥‥‥‥‥‥‥‥‥正面

8.表＜表す＞
表[ひょう]‥‥‥‥‥‥‥‥‥‥‥‥‥表；圖表
表現[ひょうげん]‥‥‥‥‥‥‥‥‥表現；表達
表情[ひょうじょう]‥‥‥‥‥‥‥‥‥‥表情
表示[ひょうじ]‥‥‥‥‥‥‥‥‥‥‥‥表示
発表(する)[はっぴょう(する)]‥‥‥‥‥發表
代表[だいひょう]‥‥‥‥‥‥‥‥‥‥‥代表
公表(する)[こうひょう(する)]‥‥‥‥公開發表
表す[あらわ(す)]‥‥‥‥‥‥‥‥‥表示；表達

9.白＜白い＞
白書[はくしょ]‥‥‥‥‥‥‥‥白皮書；報告書
白人[はくじん]‥‥‥‥‥‥‥‥‥‥‥‥白人
空白[くうはく]‥‥‥‥‥‥‥‥‥‥‥‥空白
白い[しろ(い)]‥‥‥‥‥‥‥‥‥‥‥‥白色的

10.線＜線＞
線[せん]‥‥‥‥‥‥‥‥‥‥‥‥‥‥‥‥線
線路[せんろ]‥‥‥‥‥‥‥‥‥‥‥鐵路；軌道
新幹線[しんかんせん]‥‥‥‥‥‥‥‥‥新幹線
戦線[せんせん]‥‥‥‥‥‥‥‥‥‥‥‥戰線
内線[ないせん]‥‥‥‥‥‥‥‥‥‥‥‥內線
無線[むせん]‥‥‥‥‥‥‥‥‥‥‥‥‥無線

11.回＜何回も＞

〜回(三回)[〜かい(さんかい)]
　　……………………………〜回(三回)；〜次(三次)
何回[なんかい]………………………………幾次
回数[かいすう]………………………回數；次數
回答[かいとう]………………………………回答
今回[こんかい]………………………這一次；這一回
前回[ぜんかい]………………………………上一次

12.成＜成績＞

成功(する)[せいこう(する)]……………成功
成長(する)[せいちょう(する)]…………成長
成果[せいか]………………………………成果
成績[せいせき]……………………………成績
成人[せいじん]……………………………成人
完成(する)[かんせい(する)]……………完成
構成(する)[こうせい(する)]……………構成
賛成(する)[さんせい(する)]………賛成；同意

漢字詞彙複習

1．これから**重大**な**発表**があるそうです。

2．**貴重品**に気をつけてください。

3．**内線**の十三番におねがいします。

4．この**番組**は**女性**に人気があります。

5．あの**男性**には**表情**がありませんね。

6．**前回**はだめでしたが**今回**は**成功**しました。

7．**両親**は**賛成**しました。

8．会社にはいる前に**二回**、**面接**があります。

9．**組合**の**代表**に会いました。

10．一日に**何回**、**体重**をはかっているんですか。

11．この学校の学生は**男子**より**女子**のほうが**多**い。

12．きのう**新幹線**にのった。きれいな**車両**だった。

13．これは**成人**のための**映画**だ。

14．**表**は**完成**しましたか。

15．**少女**は**成長**して**女優**になった。

16．**両国**のあいだに**重要**な話し合いがすすんでいる。

17．**長男**は**漫画**がだいすきです。

18．あの**画家**の絵は**線**がきれいだ。

19．この**表現**はなおしたほうがいい。

20．この**計画**はまだ**公表**できない。

1.聽說今後將有重要的**發表**。
2.請小心**貴重物品**。
3.請接**分機**十三號。
4.這個**節目**頗受**女性**喜愛。
5.那位**男子**面無**表情**哪！
6.上一回失敗，可是**這一次成功**了。
7.**雙親同意**了。
8.進公司之前有**二次面試**。
9.和**工會**的**代表**面晤。
10.一天量**幾次體重**？

11.這所學校的學生，**女生**比**男生**多。
12.昨天搭了**新幹線**，**車箱**好漂亮。
13.這是爲**成人**所拍的**電影**。
14.**表格**已經**完成**了嗎？
15.**少女長大**當了**女演員**。
16.**兩國**之間正進行**重要**的**會談**。
17.**長子**很喜歡**漫畫**。
18.那位**畫家**的**畫**，**線條**很美。
19.這種**表達**方式最好修正一下。
20.這個**計劃**還不能**公開**。

文法練習
ぶん ぽう れん しゅう

第3課以後の文を理解し、作るために必要な文法の練習をする。

1．……と

(注)第2課の文法ノート「何回も続けると」参照。

練習 例にならって文を作りなさい。

例：いそがしい、正月の準備→<u>いそがしいと</u>正月の準備<u>が</u>できません。

1．お客が来る、仕事→

2．お金がない、好きな物を買うこと→

3．家がせまい、お客をよぶこと→

4．おふろに入っている、電話に出ること→

5．あまり高くなる、払うこと→

2．……たら

(1)会話文の例——そのあとでテレビゲームみたいなことをしたら、竹をふんだグループのほうが成績がよかったそうです。

(2)会話文の例——じゃ、歩きながら本を読んだらどうでしょう。

(注)「…たら」も「と」と同じように、if、when の意味に使われる。(1)の場合は「と」でもいいが、「たら」のほうが会話的。また、「と」は提案には使えないので、(2)の場合は「と」は使わない。

練習A 例にならって文を作りなさい。

例：家へ帰る、だれもいなかった→<u>家へ帰ったらだれもいませんでした。</u>

1．運動をする、つかれた→

2．本を読む、目がつかれた→

3．実験する、おもしろいことがわかった→

4．作ってみる、よくできた→

5．くすりをのむ、なおった→

練習B 例にならって文を作りなさい。

例：すこし休む→<u>すこし休んだらどう</u>ですか。

1．いまの会社をやめる→

2．結婚する→

3．やさしいことばをかける→

4．気をつける→

3．……たり……たり

(注)第1課「……のんだり……食べたり」の注を参照。

練習 例にならって文を作りなさい。

例：お正月、のむ、食べる→<u>お正月にはのんだり食べたりします。</u>

1．休み、映画を見る、野球をする→

2．ねむくなった時、散歩する、コーヒーをのむ→

3．かぜをひいた時、くすりをのむ、
早くねる→
はや

4．ひまな時、手紙をかく、ひるねを
てがみ
する→

這是爲了理解第三課以後的句子，所做的必要的文法練習。

1.一旦……

【註】請參照第二課文法註釋「何回も続けると」。

練習 請依例造句。

例：忙碌、準備過新年→一旦忙碌就無法準備過新年。

1.客人來、工作→

2.沒錢、買喜歡的東西→

3.房子狹窄、邀請客人→

4.洗澡、接電話→

5.變得太貴、支付→

2.……的話；當……時；……結果

(1)會話例－－然後，開始玩類似電視遊樂器的遊戲。據說，踩竹子的這一組成績比較好。

(2)會話例－－那麼邊走邊看書如何？

【註】「～たら」和「と」同樣用來表示"如果"、"當～時"的意思。(1)的情形也可以用「と」，不過「たら」比較有口語色彩。此外，「と」不能用於提案，所以(2)不用「と」。

練習A 請依例造句。

例：回家、沒有人在→回家，結果沒有人在。

1.運動、疲累→

2.看書、眼睛累→

3.實驗、發現有趣的事→

4.吃藥、痊癒→

練習B 請依例造句。

例：稍微休息→稍微休息如何？

1.離開現在的公司→

2.結婚→

3.說優雅的話→

4.注意→

3.又……又……；或……或……

【註】請參看第一課「～のんだり～食べたり」的註。

練習 請依例造句

例：新年、喝、吃→新年時又喝又吃的。

1.放假、看電影、打棒球→

2.想睡覺、散步、喝咖啡→

3.感冒時、吃藥、早睡→

4.閒暇時、寫信、睡午覺→

レッスン3

るすばん電話

 CD 1 No.14 **本文**

るすばん電話を利用する人が多くなった。るすばん電話はたしかに便利である。だれも家にいないときにだれかから電話があった場合、あとで録音テープでその内容を知ることができる。家にいるときでも、ふろに入っていたりして*、電話に出ることができないこともある。たとえば、食事中やテレビでおもしろいドラマを見ているときなど、電話に出なくてすむ*のは、ありがたいこと*である。

それほど便利なものであるが、つけたくないと言う人も多い。電話をかけたとき、相手の声でなく録音テープを聞くのが不ゆかいなためである。「いまるすです。ピーという音のあとで、ご用件をお話しください*」という事務的な声を聞くのがきらいだし、人にもそんな声を聞かせたくない*、と言う人が

多い。

るすばん電話の伝言にしたがって、電話してみると、その人もるすばん電話をつけているので、録音テープに話をする。その返事もまた録音テープということもある。こうなると、人と話すのでなく、いつもマイクにむかって話すことになる。普通の人も、テレビやラジオのアナウンサーになったようなものだ。

話しかけてすぐ返事を聞くことができるのが、電話の魅力であるが、るすばん電話ではそれがない。手紙をうけとって読んで、返事を書いて送るのと似ている。もちろんその早さは手紙と比較にならないが、同時性がないという点では、手紙時代に逆もどりしたような気がする。

電話錄音

利用電話錄音的人增加了。電話錄音的確很方便,家中無人時,若有人打電話來,亦可在稍後經由錄音帶得知其內容。即使人在家裏,偶爾也會因為在入浴中而無法接聽電話。比如:用餐之際或正在觀賞有趣的電視劇時,不去接聽電話也行,實在太方便了。

雖說如此便利,但是仍有許多人表示不願安裝。原因是,打電話時所聽到的聲音不是對方的而是錄音帶,令人感到不悅。多數人表示:聽到「現在外出不在,請在嗶的聲響之後留話」之類的職業性聲音,不僅自己不喜歡,而且也不願讓別人聽那種聲音。

根據電話錄音的留言,打電話給對方,往往會因為對方也安裝電話錄音,而必須對錄音帶說話。有的甚至連回話也用錄音帶。如此一來,並非與人交談,而是變成常常對著麥克風說話。彷彿一般人也成了電視或收音機播音員一樣。

話一出口隨即可以聽到回答,此乃電話的魅力所在,然而,電話錄音就沒有那種效果。恰如接信展讀後再回函一般。當然,其速度之快並非書信可比擬的,但是就缺乏「同時性」這一點而言,感覺彷彿又回到魚雁往返的時代一般。

会話
かいわ

●会話文 I No.15
かいわぶん

るすばん電話の例。Ａは男性であるが、女性でもほとんど変わらない。

Ａ:もしもし、山下さんですか。川上ですが。

録音テープ:山下でございます。ただいまるすでございます。おそれいりますが、ピーという信号音が聞こえたら、ご用件をお話しください。テープは一分間ですから、一分以内にお願いします。

Ａ:ああ、これはるすばん電話だな。*

録音テープ:ピー。

Ａ:えーと、あのう、もしもし川上ですが……。

録音テープ:……。

Ａ:こんどの仕事のことなんですけどね、このあいだ、十五日でけっこうですと言ったんですが……。

録音テープ:……。

Ａ:ちょっと都合がわるくなりましたので……。

録音テープ:……。

Ａ:すみませんが、十八日か二十日にしてくださいませんか。*

録音テープ:……。

Ａ:できれば20日のほうがいいんですが……。

録音テープ:……。

Ａ:どうなんですか。*

録音テープ:……。

Ａ:あ、返事はないんだった。*あのね、

それから、田中さんに連絡したら、家の人の話では、いまヨーロッパ旅行中なんだって*……。

録音テープ：……。

A：うらやましいねえ。

録音テープ：……。

A：それでね、あの……。

録音テープ：ピー。

A：ええっ、ひどいなあ。

●會話１

電話錄音之例。A雖為男性，但是換成女性也是大同小異。

A：喂，是山下先生嗎？我是川上。

錄音帶：我是山下。現在不在家。真抱歉，請您在聽到一聲「嗶」之後留話。錄音帶限時一分鐘，因此，請在一分鐘以內錄畢。

A：啊，這是電話錄音！

錄音帶：嗶！

A：嗯……，那個，喂，我是川上……。

錄音帶：……。

A：是關於這次工作的問題，前些日子，曾說十五日可以，不過……。

錄音帶：……。

A：因為時間上稍感不便……。

錄音帶：……。

A：真抱歉！是否能改到八日或二十日？

錄音帶：……。

A：儘可能在二十日較好……。

錄音帶：……。

A：如何呢？

錄音帶：……。

A：啊，沒人回答。嗯……，還有我和田中先生聯絡過，他的家人告訴我，他目前正在歐洲旅行……。

錄音帶：……。

A：真羨慕哩！

錄音帶：……。

A：所以……，那個……。

錄音帶：嗶！

A：咦，真掃興！

●会話文II No.16

夫と妻の会話。

妻：ねえ、うちもるすばん電話にしましょうよ。

夫：どうして。

妻：うち、ともばたらきだから、ひるまはるすが多いでしょ？

夫：うん。

妻：友だちが、「おたくはいつもるすね」っておこるのよ。

夫：夜、電話してくださいって言ったら*？

妻：でも、夜は電話がきても、出られない*ことが多いのよ。おふろに入っていたりして……。

夫：うん。

妻：テレビでおもしろいドラマやってるとき、電話に出ると、話がわからなくなるし……。

夫：そうだね。

妻：だから、るすばん電話がいいと思うけど。

夫：でも、人に電話したとき、録音テープの声が聞こえるのは、いやだな。

妻：そう。

夫：ピーっていう音を聞いて、いそいで録音するんだろう？

妻：ええ、そうよ。

夫：アナウンサーじゃないんだから、マイクにむかって話すのはいやだよ。

妻：でも、うちがるすばん電話にしたら、録音をするのはほかの人よ。わたしたちが録音するんじゃないのよ。

夫：自分がしたくないことは、ほかの人にもさせたくないよ。

妻：ああ、そう。じゃ、るすばん電話はやめましょう。

夫：いいの？

妻：ええ。残業をことわって、早くうちに帰るわ、収入はへるけど。

●會話Ⅱ

夫妻的對話。

妻：喂，咱們家也來安裝電話錄音吧！

夫：為什麼？

妻：咱們倆都在上班，白天常常不在家，不是嗎？

夫：嗯。

妻：朋友們都很火大，說我們家常唱空城計呢！

夫：請他們晚上打電話不就得了？

妻：可是，晚上即使有電話來，也常常無法接，比如洗澡或是……。

夫：嗯……。

妻：而且，電視上正在上演著精彩的電視劇時，如果去接電話，劇情往往就不知所云了……。

夫：的確。

妻：所以，我才覺得電話錄音不錯……。

夫：但是，打電話給別人時，聽到錄音帶的聲音，實在很不是滋味。

妻：嗯。

夫：聽到嗶一聲，就得趕緊錄音，不是嗎？

妻：嗯，是的。

夫：又不是播音員，對著麥克風講話，實在很討厭！

妻：可是，家裏裝電話錄音的話，錄音的人是別人，不是我們呀！

夫：己所不欲，勿施於人呀！

妻：啊，說的也是。那麼，電話錄音就此打消念頭吧。

夫：可以嗎？

妻：嗯，不要加班，早一點兒回家，雖然收入會減少……。

単語のまとめ

●本文

るすばん電話[(るすばん)でんわ]
……………………… 電話錄音

利用する[りよう(する)]………………利用

たしかに……………………的確；確實

便利(な)[べんり(な)]………………方便(的)

場合[ばあい]………………情況；場合

41

録音テープ[ろくおん(テープ)]………録音帶
内容[ないよう]…………………………內容
たとえば………………………………比如
食事中[しょくじちゅう]…………………正在用餐
テレビ…………………………………電視
ドラマ…………………………戲劇；戲曲
出なくてすむ[で(なくてすむ)]
　　………………………不必接（電話）也行
ありがたいこと…………………值得感謝的事
相手[あいて]……………………………對方
声[こえ]………………………………聲音
不ゆかい[ふ(ゆかい)]…………………不愉快
ご用件[(ご)ようけん]………………貴幹；貴事
お話しください[(お)はな(しください)]
　　…………………………………請說
事務的[じむてき]………職業性的；公務性的
聞かせたくない[き(かせたくない)]
　　……………………………不願讓別人聽
伝言[でんごん]…………………留言；傳話
～にしたがって……………………隨著～
マイク…………………………………麥克風
～にむかって……………………面對著
普通[ふつう]………………………普通；一般
～ようなものだ…………………諸如～之類
話しかける[はな(しかける)]
　　…………………………………打招呼；搭話
返事[へんじ]……………………………回答
魅力[みりょく]…………………………魅力
手紙[てがみ]……………………………書信
似ている[に(ている)]…………………類似
比較[ひかく]……………………………比較
比較にならない[ひかく(にならない)]
　　……………………………………無法比較
同時性がない[どうじせい(がない)]
　　…………………………………無法同時進行
点[てん]…………………………………點

手紙時代[てがみじだい]………書信往返的時代
逆もどり[ぎゃく(もどり)]
　　……………………………往回走；開倒車
気がする[き(がする)]…………………覺得

●会話文I
　　かいわぶん

ただいま…………現在（比「いま」更鄭重）
おそれいりますが……………………很抱歉
信号音[しんごうおん]…………………訊號音
1分以内[いっぷんいない]
　　………………………………一分鐘以內
お願いします[(お)ねが(いします)]
　　…………………………………拜託
えーと…………………………………嗯～
このあいだ……………………………前幾天
都合[つごう]……………時間上方便不方便
できれば…………………………可能的話
どうなんですか……………你覺得如何？
連絡する[れんらく(する)]………………聯絡
家の人[いえ(の)ひと]…………………家人
旅行中[りょこうちゅう]…………旅行當中
うらやましいねえ………………眞羨慕哩！
ひどいなあ……………………眞掃興！

●会話文II
　　かいわぶん

ともばたらき………………両個人都上班
ひるま…………………………………白天
おたく…………………………………府上
おこる…………………………………生氣
出られない[で(られない)]
　　………………………………無法接電話
いそいで………………………………趕緊
いいの………………………………可以嗎？
残業[ざんぎょう]………………………加班
ことわる……………………………拒絕

文法ノート
ぶんぽう

●本文
ほんぶん

ふろに入っていたりして
はい

是「ふろに入っている＋たりする」。「〜たりする」是用來舉例說明某種狀況的句型。例：お茶を飲んだり、おかしを食べたりした。＜喝喝茶、吃吃點心。＞（表示度過了一段快樂美好的時光）。

出なくてすむ
で

「〜なくてすむ」的意思，相當於「〜をしなくてもよい」（不做〜也行）。例：こんどの試験はやさしいから、あまり勉強しなくてすむ。＜這次考試很簡單，所以不必太用功唸書也行＞。加「も」說成「なくてもすむ」，意思一樣。

ありがたいこと

意思是讓人覺得欣喜、高興。例：休みがつづくのはありがたいことだ。＜假期接二連三，真令人高興。＞。

お話しください
はな

語氣上比「話してください」客氣。例：お読みください/お待ちください。

人にも
ひと

「人」指「＜別人＞。例：自分のことは自分でしなさい。人に頼んではいけません。＜自己的事自己做，不可拜託別人。＞

聞かせたくない
き

「きかせる＋たい＋ない」。「せる」和「させる」表示使役。例：行く→行かせる；読む→読ませる；食べる→食べさせる；出る→出させる。

●会話文Ⅰ
かいわぶん

〜だな

「な」是自言自語時常用的助詞，男女皆可用。

〜のことなんですけどね

用於提示話題。

〜てくださいませんか

語氣上比「〜てください」客氣。

どうなんですか

電話中，通常是一邊聽對方答腔一邊講話，如果沒有答腔，說話者常會感到不安。忘了對方是電話錄音而期待對方答腔，相當滑稽。

ないんだった

「過去式」，通常是在忘記前面所聽、所看之事，而後來又想起時使用。例：どなたでしたか＜您是哪一位？＞（名字以前聽過，可是卻忘了）。あっ、今日は土曜日だった。＜啊今天是禮拜六哩！＞。

旅行中なんだって
りょこうちゅう

意思等於「旅行中なのだそうです」＜聽說正在旅行當中＞，是會話體。「って」等於「と」，是「と言った」或「と聞いた」的簡縮。

●会話文Ⅱ
かいわぶん

言ったら？
い

是「言ったらどう(ですか)」的省略。雙方彼此都很熟悉，而在給予對方建議時，常用此句。

出られない
で

「出られる」是「出る」的可能形。此形態共有下列三種：
Ⅰ.読む→読める；書く→書ける。
Ⅱ.出る→出られる；見る→見られる。
Ⅲ.来る→来られる；する→できる。

文型練習

No.17

1. ……てすむのはありがたい

> **本文例**──たとえば、食事中やテレビでおもしろいドラマを見ているときなど、電話に<u>出</u>なくて<u>すむのは、ありがたい</u>ことである。

（注）「……てすむ」と「……のはありがたい」の２つの文型を組み合わせた練習。はじめに２つの文型を別々に練習し、あとで組み合わせる。

[練習A] 例にならって文を作りなさい。

例：電話に出る→電話に<u>出</u>なくてすむ。

1. 早くおきる→
2. こんだ電車にのる→
3. にがいくすりをのむ→
4. むずかしい試験をうける→

[練習B] 練習Aで作った文のあとに「のは、ありがたいことである」をつけなさい。

例：電話に出る→電話に出なくてすむのは、<u>ありがたいことである</u>。

1. 早くおきる→
2. こんだ電車にのる→
3. にがいくすりをのむ→
4. むずかしい試験をうける→

[練習C] 練習Bで作った文の前に状況を示す句をつけなさい。

例：食事中など→<u>食事中</u>など、電話に出なくてすむのは、ありがたいことである。

1. 寒い朝など→
2. 会社へいくとき→
3. 病気になったとき→
4. 大学に入るとき→

応用 そのほか、自分がやりたくないことを考え、それをやる必要がない場合を考えて、文を作りなさい。
「ありがたい」のほかに「うれしい」「すばらしい」なども使える。

例：試験がやさしくて、勉強しなくてすむのは、うれしいことである。

1.～也行，實在太方便了。

正文範例──────比如，用餐之際或是正在觀賞有趣的電視劇時，不必去接聽電話也行，實在太方便了。

【註】「～てすむ」和「～のはありがたい」兩種句型的組合練習。開始時先分開練習兩種句型，之後再組合。

練習A 請依例造句。

例：接聽電話→不必接聽電話也行。

1.早起→

2.搭乘擁擠的公車→

3.吞食苦藥→

4.參加困難的考試→

練習B 請在練習A所造各句之後加上「のは、ありがたいことである」。

例：接聽電話→不必接聽電話也行，實在太方便了。

1.早起→

2.搭乘擁擠的公車→

3.吞食苦藥→

4.參加困難的考試→

練習C 請在練習B所造各句之前，加上表示狀況的語句。

例：像用餐之際→像用餐之際，不必去接聽電話也行，實在太方便了。

1.像寒冷的早晨→

2.上班時→

3.生病時→

4.進入大學時→

應用 此外，想一些自己不願意做的事，然後再聯想不去做也行的情形造句。除了「ありがたい」之外，亦可使用「うれしい」或「すばらしい」。

例：考試很簡單，不唸也行，實在太高興了。

 No.18

2．……がきらいだし、人にも ……させたくない

本文例──……という事務的な声を聞くのがきらいだし、人にもそんな声を聞かせたくない、と言う人が多い。

(注)「……のがきらいだ」という文型と「(さ)せる」の形の練習を組み合わせたものである。まず２つの文型を別々に練習し、あとで組み合わせて練習しなさい。

練習A 例にならって文を作りなさい。

例：聞く→聞くのがきらいだし、聞かせたくない。

１．食べる→

２．する→

３．うける→

４．のむ→

練習B 例にならって文を作りなさい。

例：事務的な声を聞く→事務的な声を
　　聞くのがきらいだし、人にも聞かせ
　　たくない。

1．まずい物を食べる→

2．いそがしい生活をする→

3．むずかしい試験をうける→

4．にがいくすりをのむ→

練習C　練習Bで作った文に、次の
　　句をつけて、さらに長い文を作りな
　　さい。

例：そんな声→事務的な声を聞くのが
　　きらいだし、人にもそんな声を聞か
　　せたくない。

1．そんな物→

2．そんな生活→

3．そんな試験→

4．そんなくすり

応用　「人にも」の部分を「ほかの人
　　にも」あるいは「子どもにも」など
　　と変えてもよい。

2.～不僅不喜歡，而且也不願讓別人～。

> 正文範例――……之類的職業性聲音，不
> 僅(自己)不喜歡，而且也不願讓別人聽那種
> 聲音。

【註】「～のがきらいだ」的句型和「(さ)せ
る」句型的組合練習。兩種句型先分開練習，
之後再組合起來練習。
練習A　請依例造句。
例：聽→(自己)不喜歡聽，而且也不願讓別人
聽。
1.吃→
2.做→
3.參加→
4.喝→
練習B　請依例造句。

例：聽職業性的聲音→聽職業性的聲音，不僅
　　(自己)不喜歡，而且也不願讓別人聽。
1.吃不可口的東西→
2.過忙碌的生活→
3.參加困難的考試→
4.吞食苦藥→
練習C　請在練習B所造各句加上下列語句，練
習造更長的句子。
例：那樣的聲音→很多人表示，聽職業性的聲
音，不僅(自己)不喜歡，而且也不願意讓別人
聽那樣的聲音。
1.那樣的東西→
2.那樣的生活→
3.那樣的考試→
4.那樣的苦藥→
應用　「人にも」的部分，也可以換成「ほか
の人にも」或「子供にも」等語句。

ディスコース練習

1. 会話文Ⅰより

> A：……のことです ど……。
>
> B：はい。
>
> A：ちょっと都合がわるくなった
> ので……。
>
> B：はい。
>
> A：すみませんが、……てくださ
> いませんか。

練習の目的 ていねいな頼みかたの練習。Aははじめに話題を言い、次に理由を言い、さいごに頼みたいことを言います。一度につづけて言うのではなく、相手があいづちを打ってから、次へすすみます。

練習の方法 基本型の下線の部分に入れかえ語句を入れて練習します。

〈基本型〉

A：こんどの(1)仕事のことなんですけど……。

B：はい。

A：ちょっと都合がわるくなりましたので……。

B：はい。

A：すみませんが、(2)少し待ってくださいませんか。

▶入れかえ語句

1．(1)支払い　(2)少し待って
2．(1)お約束　(2)あとにして
3．(1)仕事　(2)半分にして
4．(1)パーティー　(2)会場を変えて

1.（取材自會話Ⅰ）

> A：是關於……。
> B：是的。
> A：因為時間上稍感不便……。
> B：是的。
> A：真抱歉，是否能……。

練習目的 在於練習語氣較為鄭重的請託法。首先A講明話題，其次說明原因，最後才表達想要請託對方之事。並非一次說完，而須等對方應聲之後再循次漸進。

練習方法 請練習將代換語句填入基本句型的劃線部分。

〈基本句型〉

A：是關於這次(1)工作的問題……。
B：是的。
A：因為時間上稍感不便……。
B：是的。
A：真抱歉，是否能(2)再稍候一下。

▲代換語句

1.(1)付款　(2)稍候一下
2.(1)約定　(2)延後
3.(1)工作　(2)減少一半
4.(1)聚會　(2)換場地

No.20

2．（1．のつづき）

> B：はい、わかりました。それで、
> ……がよろしいでしょう。
> A：できれば……がいいのですが。
> B：はい、けっこうです。

練習の目的　BはAの頼みがだいたいわかったので、もっとくわしくAの希望をたずねます。Aは「できれば……が」の形で遠慮の気持ちを表します。

練習の方法　基本型の下線の部分に入れかえ語句を入れて練習します。

〈基本型〉

B：はい、わかりました。それで、(1)いつごろがよろしいでしょう。

A：できれば(2)20日ごろがいいのですが。

B：はい、けっこうです。

▶入れかえ語句

1．(1)いつごろ　(2)来月のはじめ

2．(1)いつ　(2)来月の土日

3．(1)前半と後半とどちら　(2)後半

4．(1)どこ　(2)もっと安いところ

応用　1．と2．を続けて練習しなさい。基本型の場合は次のようになります。

A：こんどの仕事のことなんですけど……。

B：はい。

A：ちょっと都合がわるくなりましたので……。

B：はい。

A：すみませんが、少し待ってくださいませんか。

B：はい、わかりました。いつごろがよろしいでしょう。

A：できれば20日ごろがいいのですが……。

B：はい、けっこうです。

　（この会話は、普通の話し合いでも電話でもよい。できるようになったら、ほかの話題で会話をしなさい。必要があれば一部分を変えてよい）

2.(續1.)

> B：是的，我知道了。那麼……可以吧？
> A：儘可能……較好。
> B：好的，可以。

練習目的 B對A的請求已大致瞭解，所以又更進一步詳問A的希望。A以「儘可能……」的句型回答，表現出客氣的語氣。

練習方法 請練習將代換語句填入基本句型的劃線部分。

＜基本句型＞

B：是的，我知道了。那麼(1)<u>大概何時</u>可以呢？

A：儘可能(2)<u>二十日前後</u>較好。

B：好的，可以。

▲代換語句

1.(1)大概何時　(2)下個月初

2.(1)何時　(2)下個月的週六或週日

3.(1)前半或後半　(2)後半

4.(1)哪裏　(2)更便宜的地方

應用　請將1和2連起來練習。基本句型如下所示：

A：是關於這次的工作問題……。

B：是的。

A：因爲時間上稍感不便……。

B：是的。

A：真抱歉，是否能再稍候一下？

B：是的，我知道了。那麼大概何時可以呢？

A：儘可能二十日前後較好……。

B：好的，可以。

(這次對話，可用於一般的交談或電話。如果可以，請換成其他話題的對話練習。必要時，將部分對談稍作變更亦可。)

漢字熟語練習
かん　じ　じゅく　ご　れん　しゅう

1.電＜電話＞

電話(する)[でんわ(する)]…………(打)電話

電気[でんき]……………………………電氣

電車[でんしゃ]…………………………電車(火車)

電力[でんりょく]………………………電力

電子[でんし]……………………………電子

電灯[でんとう]…………………………電燈

停電(する)[ていでん(する)]…………停電

2.話＜電話、話す＞

話題[わだい]……………………………話題

電話(する)[でんわ(する)]…………(打)電話

会話[かいわ]……………………………會話

世話[せわ]………………………照顧；幫助

神話[しんわ]……………………………神話

話す[はな(す)]…………………………說話

話[はなし]………………………談話；故事

話し合い[はな(し)あ(い)]……………交談

3.利＜利用、便利＞

利益[りえき]……………………………利益

利用(する)[りよう(する)]………利用；使用

利子[りし]………………………………利息

利息[りそく]……………………………利息

権利[けんり]……………………………權利

便利(な)[べんり(な)]…………………方便(的)

勝利[しょうり]…………………………勝利

有利(な)[ゆうり(な)]…………………有利(的)

4.用＜利用、用件＞

用[よう]…………………………………事情

用意[ようい]……………………………準備

用件[ようけん]…………………………事情

用事[ようじ]……………………………事情

利用(する)[りよう(する)]………利用；使用

応用(する)[おうよう(する)]…………應用

信用(する)[しんよう(する)]……信用；信任

使用(する)[しよう(する)]……………使用
採用(する)[さいよう(する)]……採用；雇用
引用(する)[いんよう(する)]…………引用

5.時＜同時性、時代＞
時間[じかん]…………………………時間
時刻[じこく]…………………………時刻
時代[じだい]…………………………時代
何時[なんじ]…………………………何時
同時[どうじ]…………………………同時
一時[いちじ]………………………一點(鐘)
その時[(その)とき]………………當時
時計[とけい]………………………時鐘；錶

6.出＜出る＞
出席する[しゅっせき(する)]…………出席
出身[しゅっしん]…………畢業於～；籍貫
出発(する)[しゅっぱつ(する)]………出發
輸出(する)[ゆしゅつ(する)]……出口；輸出
出る[で(る)]………………出去；接(電話)
出かける[で(かける)]…………出門；外出
出す[だ(す)]………………取出；拿出

7.事＜食事中、事務的＞
事実[じじつ]…………………………事實
事件[じけん]…………………………事件
事故[じこ]……………意外事故；車禍
事務[じむ]……………………事務；業務
事務所[じむしょ]…………辦公處；辦公室
食事[しょくじ]……………………飯；吃飯
返事[へんじ]…………………………回答
記事[きじ]………………文章；報導
火事[かじ]……………………………火災
行事[ぎょうじ]…………節慶；例行活動
大事(な)[だいじ(な)]……………重要(的)
事[こと]……………………………事情
仕事[しごと]…………………………工作

8.中＜食事中＞

中心[ちゅうしん]……………………中心
中央[ちゅうおう]……………………中央
中学[ちゅうがく]……………國中；初中
中止(する)[ちゅうし(する)]…………中止
中年[ちゅうねん]……………………中年
中間[ちゅうかん]……………………中間
途中[とちゅう]………………………途中
～中(午前中)[～ちゅう(ごぜんちゅう)]
　　　　　……………在～時間內(中午以前)
～中(食事中)[～ちゅう(しょくじちゅう)]
　　　　　……………………正在～(吃飯)
～の中[～(の)なか]……………在～之內
夜中[よなか]…………………………半夜

9.言＜言う、伝言＞
言語[げんご]…………………………語言
伝言(する)[でんごん(する)]……留言；傳話
言葉[ことば]………………語言；話語
ひとり言[(ひとり)ごと]…………自言自語
言う[い(う)]…………………………說

10.聞＜聞く＞
新聞[しんぶん]………………………報紙
聞く[き(く)]…………………………聽

11.務＜事務的＞
事務[じむ]……………………事務；業務
義務[ぎむ]……………………………義務
勤務(する)[きんむ(する)]………工作；勤務
外務省[がいむしょう]………………外交部
税務署[ぜいむしょ]…………………稅捐處

12.代＜時代＞
代理[だいり]…………………………代理
代金[だいきん]………………………款額
時代[じだい]…………………………時代
現代[げんだい]………………………現代
世代[せだい]………………一代；世代
十代[じゅうだい]…………十幾歲；十代

漢字詞彙複習

1．食事の用意ができました。

2．電車の中でいろいろな話をした。

3．代理の人が出席するそうです。

4．いい話題がないと会話はたのしくならない。

5．彼の成功は現代の神話だ。

6．時計の代金をはらってください。

7．用事があって彼の事務所へ行った。

8．こちらのほうが利息が高くて有利です。

9．出かけるときは電灯をけしてください。

10．新聞の中のおもしろい記事を切りぬいている。

11．これは大事な行事です。

12．この二つの機械を同時に使用することはできない。

13．火事を出さないように気をつけてください。

14．途中で事故にあって、おくれました。

15．十代から中年になるまで、この仕事をした。

16．A社に勤務中はたいへんお世話になりました。

17．出身は関西だが、言葉は東京の人のようだ。

18．採用がきまったという伝言がありました。

19．わかい世代が中心になってやっています。

20．一時ごろ外務省を出て、税務署へ行った。

1.**飯菜準備**好了。

2.在**電車**裏聊了不少**話題**。

3.聽說由**代理人**出席。

4.沒有好**話題**，聊起來就不起勁。

5.他的成功可謂**現代神話**。

6.請付**手錶**的**錢**。

7.因爲**有事**到他的**辦公室**去了。

8.這一邊**利息**較高較**有利**。

9.**出門**前請熄**燈**。

10.將**報紙**上有趣的**報導**剪下來。

11.這是**重要**的**節慶**。

12.這兩部機器不可**同時使用**。

13.請小心，別**釀成火災**。

14.在**途中**發生**車禍**，所以來遲了。

15.從**十幾歲**開始到**中年**，一直從事這項**行業**。

16.在A公司**上班時**，受到您很多**照顧**。

17.雖然**生於關西**，但是**說話**卻像東京人。

18.對方**留言**說已經決定**錄用**了。

19.正以年輕的**一代**爲**中心**進行著。

20.**一點鐘**左右離開**外交部**，前往**稅捐處**。

応用読解練習
おう よう どっ かい れん しゅう

My Letter JUNE

立ちばなし

1 キカイに向かって
「ありがとう」？

岐阜市　八木下ゆかり　《会社員》30歳

いつからかわかりませんが、NTTの電話番号案内がテープの声になったのをご存じですか？

2 テープの声に向かって「ありがとう」ともいえず、中途半端な気持ちで電話を切るのは私だけでしょうか。

字彙表

中譯

1

面對機器說：「謝謝你」？
岐阜市　八木下緣＜公司職員＞三十歲

　　不知是從何時開始，您知道NTT的電話號碼查詢服務已經改為錄音帶答詢了嗎？

2

　　面對卡帶的聲音，無法說聲：「謝謝」，以不乾不脆的心情掛斷電話的難道只有我嗎？

レッスン4
コーヒー

CD 1 No.21 **本文**
ほんぶん

　最近、都会の喫茶店の数がへっているそうである。ひとつの原因は、週休二日の会社や役所がふえたことである。このため、土曜日に店をあけても商売ができなくなってしまった*。もうひとつの原因は、土地の値段が信じられないほど高くなったことである。これまでのように、お客が一ぱいのコーヒーでゆっくり休んでいると、お客の数がかぎられる*ので、高い地代を払うことができなくなってしまうそうである。

　そこで最近多くなったのは、いままでの喫茶店よりずっと安いコーヒーを出し、お客は立って飲むという形の店である。お客はどんどん出ていくからコーヒーがたくさん売れるわけである*。

　いっぽう、家庭でコーヒーを飲む人は多くなった。コーヒー豆の輸入の量は毎年ふえているそうである。朝、ごはんとみそしるという食事をとる人が少なくなって、パンとコーヒーの人が多くなった。コーヒーはいわばみそしるのかわりである。

　いまの中年以上の人たちは、コーヒーがぜいたく品であった時代の記憶をもっている。その人たちの少年時代には、コーヒーは欧米の文化のかおりを伝えるものであった。コーヒーを飲むことは、単にのどのかわきをとめることでなく、日常をはなれた文化の世界にあそぶ*ことであった。

　最近のコーヒーは、朝のみそしるのかわりとなり、コーラに似た立ち飲みの飲み物になった。味そのものは変わっていないが、コーヒーに対する人々の気持ちが変わってきたと言えよう*。

咖啡

最近，都市裏的咖啡屋聽說已逐漸減少了。一個原因是，週休兩天的公司及機關增加了。因此，即使週六開店營業，也做不到生意。另一個原因是，地價狂飆貴得離譜。據說如果像以往一般，客人叫一杯咖啡坐很久的話，顧客人數就會受到限制，無法負擔昂貴的租金。

因此，最近日益增多的是，販售的咖啡比目前的咖啡屋便宜，而讓顧客站著飲用的咖啡店。由於顧客喝完就離開，所以咖啡的銷售情況自然不錯。

另一方面，在家中喝咖啡的人多了。據說咖啡豆的輸入量年年增加。早餐吃飯喝味噌湯的人減少，而吃麵包的人卻增多了。咖啡可以說已經取代了味噌湯。

在目前，中年以上的人們的記憶當中，咖啡乃是他們那個時代的奢侈品。在他們的年少時代，咖啡是傳送歐美文化氣息的東西。喝咖啡不單是解渴，而且可以遠離塵囂，神遊於文化世界。

最近的咖啡已經取代了早晨的味噌湯，成了類似可樂之類可站著飲用的飲料了。味道依然如昔，可是人們對於咖啡的感覺，可以說逐漸改變了。

会話
かいわ

● 会話文 I No.22
かいわぶん

（町を歩きながら、二人の男性が話
まち ある　　ふたり だんせい はな
している）

A：そのへんで、コーヒーでも飲みま
　　　　　　　　　　　　　　　　　　　　の
せんか。*

B：いいですね。あの角にいい店があ
　　　　　　　　　　かど　　　みせ
ったんですが……。おや、食堂にな
　　　　　　　　　　　　　　　しょくどう
ってしまった。

A：そうですね。

B：最近、喫茶店がへってしまったそ
さいきん きっさてん
うですよ。

A：地代があがったからですか。
じだい

B：ええ、信じられないほど高いです
しん　　　　　　　　　たか
からね、このごろは。

A：以前は古本屋を見て歩いたあと、
いぜん ふるほんや み ある
よく喫茶店でコーヒー飲んで休んだ
　　　　　　　　　　　　の　　　　やす

んですけどね。

B：ええ。いま買った本をながめなが
　　　　　　　　　　か
らコーヒーを飲むのは、たのしかっ
たですね。

A：でも、お客がゆっくり休んでいる
　　　　　　きゃく
と、店はもうからないから、高い地
代を払うことができないそうですよ。
だい はら

B：ああ、だから、立ち飲みのような
　　　　　　　　　　た
店がふえたんですね。あそこにも一
　　　　　　　　　　　　　　　　　　いっ
軒ありますよ。
けん

A：はいりましょうか。

B：でも、あそこじゃ、ゆっくり話が
　　　　　　　　　　　　　　　　　はなし
できないでしょうね。

A：そうですね。じゃ、もう少し歩い
　　　　　　　　　　　　　　すこ ある
てほかをさがしましょう。

●會話I

（兩位男士，在街上邊走邊聊。）

A：在這附近喝一杯咖啡如何？

B：好啊！那個轉角有一家蠻不錯的……。咦，改為餐廳了。

A：是啊！

B：最近，聽說咖啡屋減少了。

A：是因為地租太貴嗎？

B：嗯，貴得離譜，這陣子。

A：以前，在逛完舊書攤後，常常到咖啡屋喝咖啡，小憩一番……。

B：是啊，邊閱覽新買的書，邊喝咖啡，實在是一大樂趣！

A：不過，聽說顧客如果坐太久，咖啡店賺不了錢，無法支付昂貴的地租。

B：噢，所以站著飲用的咖啡店才不斷地增加。那裏也有一家。

A：要不要進去？

B：不過，那裏的話大概就無法長談了。

A：的確，那麼再多走幾步找找別家吧！

●会話文II No.23

（女性の友人どうし。Aの部屋へBが訪ねてきた）

A：のどがかわいたわね。

B：ええ。

A：コーヒー入れましょうか。

B：ええ、お願いするわ*。

A：じゃ、一分待って。

B：一分って*、インスタント？

A：ええ、そうよ。どうして？

B：だって*、以前はコーヒー豆をひいて、二種類ぐらいブレンドして、入れていたでしょ？

A：ああ、学生のころね。あのころはコーヒーを入れるのが大好きだったから。

B：このごろは？

A：ひまもないし*、それにコーヒーがめずらしくなくなったし。

B：ああ、そうね。

A：朝はいそがしいからインスタント、昼は安い立ち飲み。コーヒーも番茶のようなものよ。

B：そうね。普及したら、値うちがさがったのね。

A：そう。日本茶だって昔はぜいたく品だったんですって。

B：この次は何がぜいたくな飲み物になるのかしら。

A：さあ……。

B：おいしいお水！

A：そうね。それ、最高のぜいたく品よ。

●會話II
(兩個女性朋友，B到A的房間來。)
A：口渴了吧？
B：嗯。
A：我來泡杯咖啡吧？
B：好，麻煩妳了。
A：那麼，稍待一分鐘。
B：一分鐘，即溶的嗎？
A：嗯，是啊！怎麼了？
B：……，記得以前妳是自己磨咖啡豆，混合兩種來沖泡不是嗎？
A：啊，在學生時代，那時候因為喜歡泡咖啡。
B：最近呢？

A：一來沒時間，二來咖啡已經普遍不足為奇了。
B：啊，的確。
A：早上忙碌所以喝即溶的，中午可以站著喝便宜的，咖啡其實已和「番茶」(粗茶)差不多了。
B：是啊，一旦普遍，就不那麼有價值了。
A：的確。聽說日本茶在以前是奢侈品哩！
B：不曉得接著是什麼飲料會成為奢侈品。
A：嗯……。
B：美味可口的「水」！
A：是啊，那才是珍貴的奢侈品！

単語のまとめ
たんご

●本文
ほんぶん

最近[さいきん]	最近
都会[とかい]	都會；都市
喫茶店[きっさてん]	咖啡屋
数[かず]	數目
へる	減少
原因[げんいん]	原因
週休二日[しゅうきゅうふつか]	週休兩天
会社[かいしゃ]	公司
役所[やくしょ]	政府機關
ふえる	增加
店をあける[みせ(をあける)]	開店
商売[しょうばい]	買賣
土地[とち]	土地
値段[ねだん]	價錢
信じられない[しん(じられない)]	無法相信
お客[(お)きゃく]	客人
かぎられる	限制
地代[じだい]	地租

払う[はら(う)]	付
形[かたち]	形式
どんどん	一個接著一個
売れる[う(れる)]	銷售良好
いっぽう	另一方面
家庭[かてい]	家庭
コーヒー豆[(コーヒー)まめ]	咖啡豆
輸入[ゆにゅう]	輸入
量[りょう]	數量
いわば	可以說
かわり	替代
中年[ちゅうねん]	中年
～以上[～いじょう]	～以上
ぜいたく品[(ぜいたく)ひん]	奢侈品
時代[じだい]	時代
記憶[きおく]	記憶
少年時代[しょうねんじだい]	少年時代
欧米[おうべい]	歐美
文化[ぶんか]	文化
かおり	香氣；香味
伝える[つた(える)]	傳達；傳送
単に[たん(に)]	不單是

のどのかわき…………………口渇
日常[にちじょう]………………日常
はなれる…………………………遠離
世界[せかい]……………………世界
似た[に(た)]……………………類似
立ち飲み[た(ち)の(み)]………站著喝
飲み物[の(み)もの]……………飲料
味[あじ]………………………口味；味道
そのもの…………………指東西本身
気持ち[きも(ち)]……………心情；感覺
言えよう[い(えよう)]…………可以這麼說

●**会話文I**
　　かい わ ぶん

そのへんで……………………這附近
角[かど]…………………………轉角
おや……………唉！(表示驚訝的口吻)
食堂[しょくどう]………………餐廳
以前[いぜん]……………………以前
古本屋[ふるほんや]……………舊書店
ながめる…………………………閱讀

たのしかった…………………有樂趣
もうからない…………………賺不了錢
1軒[いっけん]…………………一家店

●**会話文II**
　　かい わ ぶん

のどがかわいた…………………口渇
コーヒーを入れる[(コーヒーを)い(れる)]
………………………………泡咖啡
お願いするわ[(お)ねが(いするわ)]
………………………………麻煩你了
ひく……………………………磨(咖啡豆)
二種類[にしゅるい]……………二種
ブレンドする…………………混合
めずらしい………………珍貴；稀奇
番茶[ばんちゃ]…………………粗茶
普及する[ふきゅう(する)]……普及
値うち[ね(うち)]………………價值
日本茶[にほんちゃ]…………日本茶(綠茶)
最高の[さいこう(の)]……………最好的

文法ノート
　　ぶん　ぽう

●**本文**
　　ほんぶん

できなくなってしまった

寫成「できなくなった」意思不變。不過加上「しまった」的話，通常是對於某動作的完結，有各種不同的感情因素。特別是含有遺憾的感情成分。這個句子即是。「高い地代をはらうことができなくなってしまう」＜無法負擔昂貴的地租＞一句亦然。

かぎられる

是「かぎる」(限制)的被動態，經常使用。例：「予算が限られているから、それはできない」。＜由於預算受限，所以辦不到。＞

たくさん売れるわけである
　　　　　　　う

在狀態的說明終了時常用「〜わけである／〜わけです」來表示。含有＜就是因為這樣才〜＞口氣。

文化の世界にあそぶ
　　ぶん か　せ かい

「〜にあそぶ」是慣用句。意思是「〜に心が行っている」＜神遊於〜＞。不用「で」。

〜と言えよう
　　　　い

「言えよう」是「言えるであろう」，亦即「言うことができるであろう」＜可以這麼說吧？＞之意。屬於文章書寫體。會話時則用「〜と言えるでしょう」。

●会話文Ⅰ

コーヒーでも飲みませんか

也可以説成「コーヒーを」。不過，在勸誘、邀約別人時，爲了表示「其他東西也無妨」時，則用「でも」比較委婉。

●会話文Ⅱ

お願いするわ

女性談話時比較親近的表達方式。更客氣的説法是「お願いします」＜拜託；麻煩你＞。接受別人親切的提議時使用。例A：「お荷物お持ちましょうか。」B：「すみません。お願いします。」＜A：我幫你提行李吧！ B：眞不好意思，麻煩你了。＞

1分って

「〜って」，是重新詢問對方所言時使用。這個句子若換成另一種説法：「1分と言ったのはなぜですか。インスタント・コーヒーを使うからですか。」

だって

叙述理由，同時也表達自己意見的説法，所以在比較客套的談話時避免使用。

ひまもないし

「〜し、〜し」是在並列數個理由時使用。在「〜めずらしくなくなったし」＜而且〜已經不足爲奇＞之後，省略了「それで、コーヒーを入るのに手間をかけることは止めた」＜因此，不再費工夫去泡咖啡＞。

文型練習

 No.24

1．……原因は、……ことである。このため……

> 本文例——最近、都会の喫茶店の数がへっているそうである。ひとつの原因は、週休二日の会社や役所がふえたことである。このため、土曜日に店をあけても商売ができなくなってしまった。

(注)現象を示し、その原因をあげ、さらにくわしく説明する練習。練習Aでは原因をあげる形を練習する。そのあと練習Bで原因のくわしい説明をし、最後に練習Cで現象を示す。

練習A 例にならって文を作りなさい。

(注)「原因は」で始めた文は「……ことである」で終わる。「原因は……ふえた」とする間違いが多い。

例：週休二日の会社や役所がふえた→

その原因は週休二日の会社や役所がふえたことである。

1．電話が普及した→

2．ワープロが普及した→

3．あまり外であそばなくなった→

4．子どもの数が少なくなった→

59

練習B 練習Aで作った文のあとに、例のような文をつけなさい。

例：土曜日に店をあけても商売ができない→その原因は週休二日の会社や役所がふえたことである。このため、<u>土曜日に店をあけても商売ができなく</u>なってしまったのである。

1．手紙を出すことが少ない→

2．漢字を書くことが少ない→

3．体を強くする機会が少ない→

4．弟や妹のせわをする機会が少ない→

練習C 練習Bで作った文の前に、例のような文をつけなさい。

例：都会の喫茶店の数がへった→最近、都会の喫茶店の数がへった。その原因は週休二日の会社や役所がふえたことである。このため、土曜日に店をあけても商売ができなくなってしまったのである。

1．手紙の書き方を知らない人がふえた→

2．漢字が書けない人が多くなった→

3．スポーツでけがをする子どもが多くなった→

4．子どものせわのへたな母親がふえた→

応用 この練習では原因をひとつにしたが、次には原因をもうひとつ考えて、二つの原因をあげる練習をするとよい。その場合は、

最近、……ひとつの原因は、……ことである。このため、……。もうひとつの原因は、……ことである。このため、……のである。

とする。この場合は「……のである」は二つめの原因説明の最後につけてまとまりを示すとよいだろう。

1．～。原因是～。因此～

正文範例------最近，都市裏的咖啡屋聽說已逐漸減少。一個原因是週休兩天的公司及機關增加了。<u>因此</u>，即使週六開店營業，也做不到生意。

【註】表示現象，列舉原因，然後再做詳細說明的練習。練習A是做列舉原因的句型練習，其後在練習B將原因詳細說明，最後在練習C將現象表示出來。

練習A 請依例造句。

【註】以「原因は」起始的句子，就用「～ことである」來結尾。常會出現「原因は～ふえた」這種錯誤的說法。

例：週休兩天的公司及機關增加了→其原因是，週休兩天的公司及機關增加了。

1.電話普遍了→

2.文書處理機普遍了→

3.已經很少在外面遊玩→

4.小孩子的人數已經減少→

練習B 請在練習A所造的句子後面，加上如例句所示之句子。

例：即使週六開店營業，也做不到生意。→其原因是，週休兩天的公司及機關增加了。因此，即使週六開店營業也做不到生意。

1.比較少寫信→

2.比較少寫漢字→

3.鍛鍊身體的機會減少了→

4.照顧弟妹的機會微乎其微→

練習C 請在練習B所造各句之前，加上如例句所示之句子。

例：都市裏的咖啡屋減少了→最近，都市裏的咖啡屋減少了。其原因是週休兩天的公司及機關增加了。因此，即使週六開店營業，也做

不到生意。

1.不曉得如何寫信的人增加了→

2.不會寫漢字的人增加了→

3.運動受傷的小孩增加了→

4.不會照顧小孩的母親增加了→

應用 這個練習將原因歸爲一個，接著也可以再想出另一個原因，練習將這兩個原因並列出來。此時就變成以下的形式：

＊最近，……一個原因是……。因此……。另一個原因是……。因此，……。

此時「～のである」可以放在第二個原因說明的最後，用以表示「總結」。

No.25

2．……ていると、……しまう

本文例――これまでのように、お客が一ぱいのコーヒーでゆっくり休んでいると、お客の数がかぎられるので、高い地代を払うことができなくなってしまうそうである。

（注）「……と」という条件と「……てしまう」という、よくない結果を結びつける練習。練習の文は本文をより簡単にした。

練習 例にならって文を作りなさい。

例：休む、間に合わない→ゆっくり休んでいると、間に合わなくなってしまう。

1．ねる、会社に間に合わない→

2．ねる、朝食の時間がない→

3．歩く、バスに間に合わない→

4．書く、時間がたりない→

応用 そのほか、朝出かける前のことや、試験のときのことなどを考えて、いろいろな文を作ってみなさい。

2.～的話，就～。

正文範例------據說如果像以往一般，客人叫一杯咖啡坐很久的話，顧客人數就會受到限制，無法負擔昂貴的租金。

【註】連接條件子句「～と」和結果不甚良好的「～てしまう」的句型練習。練習的句子比正文的範例更為簡單。

練習 請依例造句。

例：休息、來不及→慢慢休息的話，就會來不及。

1. 睡覺、來不及上班→

2. 睡覺、沒有時間吃早飯→

3. 走、趕不上公車→

4. 寫、沒有足夠的時間→

應用　此外，可以想想早上出門以前的情形，考試時的種種情況等，練習造各種不同的句子。

ディスコース練習

CD① No.26

1. あそこじゃ……（会話文Iより）

> A：……ありますよ。
>
> B：……ましょうか。
>
> A：でも、あそこじゃ……。
>
> B：そうですね。じゃ、……ましょうか。

練習の目的　町を歩きながら店などをさがしているときの会話。Aがある店を見つけ、Bははいろうかと言いますが、Aはその店の欠点に気がつき、2人はやめて、ほかをさがすことにします。

練習の方法　基本型の下線の部分に入れかえ語句を入れて、会話をします。おぼえたら、壁か黒板に店の絵や写真などをはって、見ながら会話をするとよいでしょう。

〈基本型〉

A：あそこにも1軒ありますよ。

B：はいりましょうか。

A：でも、あそこじゃ、<u>ゆっくり話ができない</u>でしょうね。

B：そうですね。じゃ、もう少し歩いてほかをさがしましょう。

▶入れかえ語句

1. ゆっくり休むことができない

2. 安いものは売っていない

3. いいものは売っていない

4. 立ち読みはできない

　（1.は喫茶店、2.3.はみやげもの店、4.は書店）

1. 那裏的話……（取材自會話 I）

> A：有……。
> B：……吧！
> A：不過，那裏的話……。
> B：的確，那麼……吧！

練習目的 在街上邊走邊找商店的對話。A找到某家商店，B提議說進去吧！可是A發現該店不盡理想，因此兩人便打消念頭，另尋他處。

練習方法 請在基本句型的劃線部分填入代換語句，練習會話。熟記之後，可以在牆壁或黑板貼上商店的圖畫或照片，邊看書邊練習對話。

＜基本句型＞

A：那裏也有一家。
B：要不要進去？
A：不過，那裏的話大概就無法長談了。
B：的確，那麼再多走幾步找找別家吧！

▲代換語句

1. 無法慢慢休息
2. 沒有賣便宜貨
3. 沒有賣上等貨
4. 無法站著閱讀

（1是咖啡屋，2、3是禮品店，4是書店）

2．ええ、お願いします（会話文 II より） No.27

> A：……ましたね。
> B：ええ。
> A：……ましょうか。
> B：ええ、お願いします。
> A：じゃ、ちょっと待ってください。
> B：はい。

練習の目的 主人と客の会話。主人が何かもてなしの申し出をし、客はそれを受ける。「ええ、お願いします」が大切。「ええ、どうぞ」というのは失礼です。

練習の方法 基本型を十分に練習してから入れかえ語句を入れて話してください。Aは知人どうしの会話。Aがすんだら、Bの友人どうしの会話

を練習してください。

＜基本型A＞

A：(1)のどがかわきましたね。
B：ええ。
A：(2)コーヒーを入れましょうか。
B：ええ、お願いします。
A：じゃ、ちょっと待ってください。
B：はい。

▶入れかえ語句

1．(1)おなかがすきました　(2)何か作りましょうか

2．(1)おなかがすきました　(2)何かとりましょうか

3．(1)少し寒くなりました　(2)ストーブをつけましょう

4．(1)雨が降りだしました　(2)かさを持ってきましょう

＜基本型B＞

［男性］

A：(1)のどがかわいたね。

B：うん。

A：(2)コーヒー入れようか。

B：うん、たのむ。

A：じゃ、ちょっと待って。

B：うん。

▶入れかえ語句

1．(1)はらがへった　(2)何か作ろう

2．(1)はらがへった　(2)何かとろう

3．(1)少し寒くなった　(2)ストーブを
　つけよう

4．(1)雨が降りだした　(2)かさを持っ
　てこよう

［女性］

A：(1)のどがかわいたわわね。

B：ええ。

A：(2)コーヒー入れましょうか。

B：ええ、お願い。

A：じゃ、ちょっと待って。

B：ええ。

▶入れかえ語句

1．(1)おなかがすいたわ　(2)何か作り
　ましょう

2．(1)おなかがすいたわ　(2)何かとり
　ましょう

3．(1)少し寒くなったわ　(2)ストーブ
　をつけましょう

4．(1)雨が降りだしたわ　(2)かさを持
　ってきましょう

2.好，麻煩你了。（取材自會話Ⅱ）

A：……吧？

B：嗯。

A：……吧？

B：好，麻煩你了。

A：那麼，請稍待。

B：好的。

練習目的　主人和客人的對話。主人想招待客人吃點東西，客人答應了。「好，麻煩你了」這句話很重要，千萬不要說：「ええ，どうぞ」＜好，請便＞，這句話很失禮的。

練習方法　將基本句型充分練習之後，再代入代換語句練習說說看。A是兩位熟人之間的對話。A練習完畢之後，再練習B兩位友人之間的交談。

＜基本句型A＞

A：(1)口渴了吧？

B：嗯。

A：(2)我來泡杯咖啡吧？

B：好，麻煩你了。

A：那麼，請稍待。

B：好的。

▲代換語句

1.(1)肚子餓了　(2)我來煮點什麼吧

2.(1)肚子餓了　(2)我們吃點什麼吧

3.(1)已經稍有寒意了　(2)我來開暖爐吧

4.(1)下雨了　(2)我去拿傘吧

＜基本句型B＞

［男性］

A：(1)口渴了吧？

B：嗯。

A：(2)我們來泡杯咖啡吧？

B：好，拜託！

A：那麼，請稍待。

B：好的。

▲代換語句

1.(1)肚子餓了　(2)我來煮點什麼吧

2.(1)肚子餓了　(2)我們吃點什麼吧

3.(1)已經稍有寒意了　(2)我來開暖爐吧

4.(1)下雨了　(2)我去拿傘吧

[女性]

A：(1)口渴了吧？

B：嗯。

A：(2)我們來泡杯咖啡吧？

B：好，麻煩你了。

A：那麼，請稍待。

B：好的。

▲代換語句

1.(1)肚子餓了　(2)我來煮點什麼吧

2.(1)肚子餓了　(2)我們吃點什麼吧

3.(1)已經稍有寒意了　(2)我來開暖爐吧

4.(1)下雨了　(2)我去拿傘吧

漢字熟語練習
かん　じ　じゅく　ご　れんしゅう

1.最＜最近＞

最近(の)[さいきん(の)]…………最近(的)

最初(の)[さいしょ(の)]…………最初(的)

最後(の)[さいご(の)]…………最後(的)

最終(の)[さいしゅう(の)]…………最終(的)

最高(の)[さいこう(の)]…………最高(的)

最低(の)[さいてい(の)]…………最低(的)

最大(の)[さいだい(の)]…………最大(的)

最小(の)[さいしょう(の)]…………最小(的)

最新(の)[さいしん(の)]…………最新(的)

最も[もっと(も)]…………………………最

2.店＜喫茶店、店＞

店員[てんいん]…………………………店員

店内[てんない]…………………………店內

支店[してん]…………………………分店

書店[しょてん]…………………………書店

商店[しょうてん]…………………………商店

売店[ばいてん]…………………………小賣店

喫茶店[きっさてん]…………………咖啡屋

開店[かいてん]…………………………開店

～店(カメラ店)[～てん(カメラてん)]

…………………………～店（照相機店）

店[みせ]………………………………………店

店の人[みせ(の)ひと]…………商店老闆

3.二＜二日＞

二[に]………………………………………二

二重[にじゅう]…………………………二層

二～(二年)[に～(にねん)]………二～(二年)

二月[にがつ]…………………………二月

二か月[に(か)げつ]…………………二個月

二つ[ふた(つ)]…………………二；二個

二人[ふたり]…………………………二個人

二日[ふつか]…………………二號；兩天

二十日[はつか]…………二十號；二十天

4.日＜二日、土曜日、日常＞

日本[にほん]…………………………日本

日本語[にほんご]…………………………日語

日本人[にほんじん]…………………日本人

日中[にっちゅう]………白天；日本和中國

日記[にっき]…………………………日記

日常[にちじょう]…………………………日常

日曜(日)[にちよう(び)]…………………星期天

毎日[まいにち]…………………………每天

今日[こんにち]・・・・・・・・・・・・・・・・・・今天
先日[せんじつ]・・・・・・・・・・・・・・・・・・前幾天
一日中[いちにちじゅう]・・・・・・・・・・・・一整天
日米[にちべい]・・・・・・・・・・・・・・日本和美國
日[ひ]・・・・・・・・・・・・・・・・・・・・日子；太陽
日付[ひづけ]・・・・・・・・・・・・・・・・・・・日期
月日[つきひ]・・・・・・・・・・・・・・・・・・・月日
(一月)一日[(いちがつ)ついたち]
　　　・・・・・・・・・・・・・・・・・・・・・・一月一日
二日[ふつか]・・・・・・・・・・・・・・二號；兩天

5.社＜会社＞

社会[しゃかい]・・・・・・・・・・・・・・・・・・社會
社員[しゃいん]・・・・・・・・・・・・・・・・・・職員
社説[しゃせつ]・・・・・・・・・・・・・・・・・・社論
社長[しゃちょう]・・・・・・・・・・・社長；董事長
会社[かいしゃ]・・・・・・・・・・・・・・・・・・公司
出社(する)[しゅっしゃ(する)]・・・・・・・・上班
入社(する)[にゅうしゃ(する)]・・・・・・・進公司
神社[じんじゃ]・・・・・・・・・・・・・・・・・・神社

6.所＜役所＞

所長[しょちょう]・・・・・・・・・・・・・・・・・・所長
住所[じゅうしょ]・・・・・・・・・・・・・・・・・・地址
役所[やくしょ]・・・・・・・・・・・・・・・政府機關
場所[ばしょ]・・・・・・・・・・・・・・・・・・・・場所
名所[めいしょ]・・・・・・・・・・・・・・・觀光名勝
事務所[じむしょ]・・・・・・・・・・・・・・・辦公室
近所[きんじょ]・・・・・・・・・・・・・・附近；鄰居
便所[べんじょ]・・・・・・・・・・・・・・廁所；洗手間

7.売＜商売、売れる＞

売店[ばいてん]・・・・・・・・・・・・・商店；小賣店
商売[しょうばい]・・・・・・・・・・・・・・・・・・買賣
販売[はんばい]・・・・・・・・・・・・・・・・・・販賣
特売[とくばい]・・・・・・・・・・・・・・特賣；拍賣
売る[う(る)]・・・・・・・・・・・・・・・・・・・・・賣
前売り[まえう(り)]・・・・・・・・・・・・・・預先售票

8.高＜高い＞

高級[こうきゅう]・・・・・・・・・・・・・・・・・・高級
高等[こうとう]・・・・・・・・・・・・・・・・・・高等
高校[こうこう]・・・・・・・・・・・・・・・・・・高中
最高[さいこう]・・・・・・・・・・・・・・・・・・最好
高い[たか(い)]・・・・・・・・・・・・・・・・・・・高
名高い[なだか(い)]・・・・・・・・・・・・・・有名氣

9.以＜以上＞

以上[いじょう]・・・・・・・・・・・・・・・・・・以上
以下[いか]・・・・・・・・・・・・・・・・・・・・以下
以外[いがい]・・・・・・・・・・・・・・・・・・以外
以内[いない]・・・・・・・・・・・・・・・・・・以內
以前[いぜん]・・・・・・・・・・・・・・・・・・以前
以後[いご]・・・・・・・・・・・・・・・・・・・・以後

10.文＜文化＞

文[ぶん]・・・・・・・・・・・・・・・・・・文章；句子
文化[ぶんか]・・・・・・・・・・・・・・・・・・文化
文学[ぶんがく]・・・・・・・・・・・・・・・・・・文學
文芸[ぶんげい]・・・・・・・・・・・・・・・・・・文藝
文明[ぶんめい]・・・・・・・・・・・・・・・・・・文明
文字[もじ]・・・・・・・・・・・・・・・・・・・・文字
文部省[もんぶしょう]・・・・・・・・・・・・・・教育部
作文[さくぶん]・・・・・・・・・・・・・・・・・・論文
注文する[ちゅうもん(する)]・・・・・・・・訂購

11.化＜文化＞

化学[かがく]・・・・・・・・・・・・・・・・・・化學
文化[ぶんか]・・・・・・・・・・・・・・・・・・文化
変化(する)[へんか(する)]・・・・・・・・・・變化
消化(する)[しょうか(する)]・・・・・・・・消化
電化(する)[でんか(する)]・・・・・・・・電氣化

12.世＜世界＞

世界[せかい]・・・・・・・・・・・・・・・・・・世界
世代[せだい]・・・・・・・・・・・・・・・・・・世代

世間[せけん]‥‥‥‥‥‥‥‥‥‥社會；世界
世帯[せたい]‥‥‥‥‥‥‥‥‥‥‥‥‥家庭
世話(する)[せわ(する)]‥‥‥‥‥‥‥照顧

世紀[せいき]‥‥‥‥‥‥‥‥‥‥‥‥世紀
世の中[よ(の)なか]‥‥‥‥世界上；社會上

漢字詞彙複習

1. 会社では販売の仕事をしています。
2. うちの近所に名高い神社があります。
3. あの社員は入社してからまだ二十日です。
4. 事務所のそばに小さな喫茶店があります。
5. 毎日、日記をつけています。
6. 社長は十時以前に出社します。
7. そんなにいそいで食べると消化にわるいですよ。
8. 先日はたいへんお世話になりました。
9. 二月以後は住所がかわります。
10. 特売の日にはお客が二倍になります。
11. 所長は社説はかならず読むそうだ。
12. あの書店は二月一日に開店した。
13. 高校のころは化学が大好きだった。
14. この店は場所がわるいが店員はしんせつだ。
15. これは日本語で書いた最初の作文だ。
16. 世界の文学をたくさん読みたい。
17. 五時以後に注文がたくさん入った。
18. 最近、文部省であの人に会った。
19. あの売店はあまり売れていないようだ。
20. 二か月以内に返してください。

1.在公司擔任販售的工作。
2.我家附近有一座很出名的神社。
3.那個職員進公司才二十天。
4.辦公室旁邊有家小型咖啡屋。
5.每天寫日記。
6.董事長十點以前上班。
7.吃那麼快會消化不良喔！
8.上次承蒙您多方照顧。
9.二月以後住址會更改。
10.拍賣期間顧客倍增。
11.聽說所長一定看社論。
12.那家書店二月一日開張。
13.高中時代非常喜歡化學。
14.那家商店雖然地點不佳，但是店員卻很親切。
15.這是我第一篇用日文書寫的作文。
16.希望唸很多世界文學作品。
17.五點以後，訂單大量湧進。
18.最近曾在教育部遇見那個人。
19.那家商店生意好像不太理想。
20.請在二個月內送回。

応用読解練習
おうようどっかいれんしゅう

都市部で喫茶店減り ①

本格コーヒー 家庭用伸びる

専門の業界団体も設立

家庭向けのレギュラーコーヒ ーにターゲットをしぼった業界団体「日本家庭用レギュラーコーヒー工業会」をこのほど設立した。

全日本コーヒー協会による と、レギュラーコーヒーの消費は一九八〇年に約六万トンだったのが、喫茶店など業務用の消費量が続いている半面、業務用の需要は伸び悩んでいる。家庭の消費量は缶コーヒー原料なども含めたレギュラーコーヒー全体の消費量の二割を占める勢いだ。このため、業界は、家庭用

ー（焙煎＝ばいせん＝したコーヒー豆とそれをひいた粉）の需要が急増している。この十年間で四倍近くも伸び、今年は約三万五千トンに達する見込みだ。自分で粉を買い、いれたての味を楽しむという消費者の本物指向が、喫茶店など業務用の消費量が九〇％程度を占めていた。しかしその後、家庭でも手軽に本モノのコーヒーが飲める紙フィルターと電気コーヒーメーカーの普及で、家庭向けレギュラーコーヒーが急成長してきた。

また、「最近は喫茶店が地価高騰や人件費上昇のあおりで都市部を中心に昨年までの三年間で約二万軒減って約十三万三千軒になるなど、今後の伸びが期待できなくなっている。

現在は業務用と家庭用の比率は、六八％対三二％程度だが、今後の市場の主力が家庭向けになるのは確実で、大手焙煎業者十五社が、「日本家庭用レギュラーコーヒー工業会」を設立した。具体的な活動内容はこれから決めるが、当面は、一般消費者向けにコーヒーの知識の普及を図ることにしている。

---

① 都市部で喫茶店減り
本格コーヒー家庭用伸びる

② 最近は喫茶店が地価高騰や人件費上昇のあおりで都市部を中心に昨年までの三年間で約二万軒減って約十三万三千軒になるなど、今後の伸びが期待できなくなっている。

字彙表

1

都市部[としぶ]……………………………市區
喫茶店[きっさてん]………………………咖啡店
減り/減る[へ(り)/へ(る)]………………減少
本格[ほんかく]……………………………正式
家庭用[かていよう]………………………家庭用
伸びる[の(びる)]…………………………增加

2

最近[さいきん]……………………………最近
地価高騰[ちかこうとう]…………………地價飆漲
人件費[じんけんひ]………………………人事費用
上昇[じょうしょう]………………………上昇
〜のあおりで………………………………受〜影響
〜を中心に[(〜を)ちゅうしん(に)]
　…………………………………………以〜為中心
昨年[さくねん]……………………………去年

三年間[さんねんかん]……………………三年之間
約〜[(やく)〜]……………………………大約
二万軒[にまんけん]………………………兩萬家
十三万三千軒[じゅうさんまんさんぜんけん]
　…………………………………………十三萬三千家
今後[こんご]………………………………今後
伸び[の(び)]………………………………增加
期待できない[きたい(できない)]
　……………………………無法期待；無法期望

【註】
(1)「減り」のようなます形に続く形は、論説体（論說體）に多い。会話では「〜て」の形を使う。
(2)「軒」は家を数えることば。

中譯

1

　　市區咖啡店減少
　　家庭用正式咖啡增加

2

　　最近，咖啡店受地價飆漲及人事費用增加的影響，以市區為中心，到去年為止三年之間，大約減少了兩萬家，剩下十三萬三千家左右，今後將無法期望咖啡店會增加。

レッスン5

地下生活
ちかせいかつ

CD ② No.1

本文
ほんぶん

　東京のように多くの人口が集中しているところでは、どうしても地下に空間をもとめなければならない。今でもかなり地下の空間を利用しているが、将来は地下にいくつもの町を作って、それを地下鉄でむすぶようになるかもしれない。

　地下に都市を作って生活するというと、科学小説か世界大戦の時代のようだが、そうではない。大手の建設会社は、地下に都市を作るための研究をしているそうである。土をほるための機械の改良もだいぶ進んでいるという話である。*

　また横浜市では、電力会社が新しく発電所を作ろうとしたが、土地が見つからなかったので、市内にたてる予定の十七階のマンションの地下に、発電所を作っているそうである。

　地下で生活すると、人間の体や精神にどんな影響があるかということも、よく考えなければならない。地下生活のためにおこるストレスや不安をやわらげるために、クラシック音楽や、虫の声などの自然の音をながすことも研究しているそうだ。

　地下生活では天気は関係ないから、かさもいらなくなるし、雪で交通がとまることもないだろうから、仕事の能率は上がるかもしれない。しかし地下では自然に親しむことができない。小さい子どもを育てているときなど、日光に当てることが必要だし、老人にも地下は適当ではないだろう。将来は小さい子どもや老人だけ地上にいて、働く人は地下にいるという時代になるかもしれない。

70

地下生活

　　像東京這般人口密集的地方，無論如何都得向地下另尋空間。目前雖然已經充分利用地下的空間，但是，將來或許會在地底下闢建幾個城墎，然後利用地下鐵將其連結起來也說不定。

　　在地下建造城市而生活於其中，說起來彷彿是科學小說或世界大戰的時代一般，其實不然。據說，大規模的建設公司，已著手研究如何在地底下闢建城市，而挖土機的改良也更為精進了。

　　此外，聽說電力公司計劃在橫濱市新建發電廠，不過，因為找不到土地，於是將發電廠改建於市內預定興建的十七層大廈公寓的地下。

　　一旦在地下生活，對於人體及精神將會有什麼樣的影響？這個問題也必須詳加考量才行。據說，為了緩和因地下生活所引起的壓力與不安，古典音樂及蟲鳴聲等大自然聲響的播放，也在進行研究當中。

　　由於地下生活不受天氣的影響，所以雨傘也不需要了，而且大概也不會因下雪而造成交通停頓，工作效率或許能因而提高。不過，在地下無法接近大自然。養育幼兒時，需要陽光的照射，而對於老人而言，地下可能是不太適宜吧？將來，也許會轉變成只有小孩、老人在地面上，而勞動者在地底下生活的時代也說不定。

会話
（かいわ）

●会話文（ぶん）

 CD② No.2

知人（ちじん）2人（ふたり）の会話。Ａは女性（じょせい）、Ｂは男性（だんせい）。

Ａ：ゆうべのテレビで、地下都市（ちかとし）の話（はなし）をやってましたね。

Ｂ：地下都市ですか。

Ａ：ええ、地下に町（まち）を作（つく）る計画（けいかく）があるそうですよ。

Ｂ：だれがそんなこと考（かんが）えているんですか。

Ａ：大手（おおて）の建設会社（けんせつがいしゃ）です。

Ｂ：そうですか。じゃあ、ＳＦみたいな話じゃないんですね。

Ａ：そうです。

Ｂ：もっとも、今（いま）だって地下はだいぶ利用（りよう）してますね。

Ａ：ええ。

Ｂ：駐車場（ちゅうしゃじょう）とか、デパートの売（う）り場（ば）とか。

Ａ：ええ。地下４階（かい）という事務所（じむしょ）もあるそうです。

Ｂ：なんだか不安（ふあん）でしょうね、地下で生活（せいかつ）するのは。

Ａ：そうですね。だからいろいろ研究（けんきゅう）してるそうですよ。いい音楽（おんがく）をながすとか。

Ｂ：そうですか。でも、ぼくはいやですね、地下は。

Ａ：会社（かいしゃ）が半分（はんぶん）地下になったら、たいへんですね。

B：ぼく、そうなったら会社やめますよ。やめて…

A：やめて、どうしますか。

B：動物園にでもつとめますよ。動物
　どうぶつえん
　園は地上でしょうから。
　　　ちじょう

●會話Ⅰ

兩個朋友間的對話。A是女性，B是男性。

A：昨晚，電視上談到有關地下都市的事情。

B：地下都市啊？

A：嗯，據說將計劃在地下闢建城鎮。

B：是誰想出那種點子的呢？

A：是大規模的建設公司。

B：噢，那麼，並不是科幻奇談囉！

A：是啊！

B：不過，目前地下已經充分利用了，不是嗎？

A：的確！

B：像停車場啦、百貨公司的售貨處啦……。

A：是啊，聽說也有建在地下四樓的辦公室。

B：總覺得缺乏安全感哩，在地底下生活。

A：說的也是！所以，聽說已經展開各方面的研究。比如，播放優美的樂曲等等……。

B：這樣子啊！不過，我還是不喜歡在地下……。

A：如果有一半的公司都建在地下的話，可就糟囉！

B：果真如此，我就辭職不幹了。辭職後……。

A：辭職後，做什麼？

B：到動物園之類的地方上班呀！因為動物園總該在地面上吧？

●会話文Ⅱ No.3

　夫婦が夕方、町を歩きながら話して
　ふうふ　ゆうがた　まち　　ある
いる。

夫：食事しようか。
　おっと　しょくじ

妻：ええ、ここなんかどう？
　つま

夫：ここはだめ、地下だもの。

妻：じゃ、あのビルの中は？
　　　　　　　　なか

夫：36階？　だめだよ、そんな高いと
　　　　かい　　　　　　　　　たか
　ころ。

妻：こまるわねえ。高いところもきら
　　　　　　　　たか
　い、地下もきらいだと、都心では安
　　　　　　　　　　　としん　やす
　いレストランないわよ。

夫：ぼくは人間だよ。モグラでもない
　　　にんげん
　し、トリでもない。

妻：そんなこと言ったって、地下鉄に
　　　　　　　い　　　　　ちかてつ

乗らないわけにはいかないじゃない
の。
の

夫：地下鉄が限界だね。ゆうべのテレ
　　ちかてつ　げんかい
　ビでやってたみたいに、地下の事務
　所で働くなんて、ぼくにはできない
　　　はたら
　よ。

妻：地下だと雨がふってもぬれないし、
　　　　　あめ
　雪で道がすべることもないし。
　ゆき　みち

夫：それはそうだけど。

妻：事務所だけじゃなくて、住宅も地
　　　　　　　　　　　じゅうたく
　下になったらいいわね。朝、かさを
　　　　　　　　　　あさ
　持っていこうかどうしようか、なや
　も
　むこともないし。

夫：ぼくはいやだよ。地上にいて毎日
　　　　　　　　　　　　まいにち
　かさを持って歩くほうがいい。

妻：あ、ここにしましょう。１階よ。

夫：高そうだなあ。

妻：しかたがないでしょ、入_{はい}りましょう。

● 會話II

一對夫婦於傍晚時分，在街上邊走、邊聊天。

夫：吃飯吧！

妻：嗯，這兒如何？

夫：這裏怎麼行，在地底下！

妻：那麼，那一棟大樓裏頭呢？

夫：三十六層樓？不好啦，那麼高的地方！

妻：你可真傷腦筋！高處也不行，地下也討厭。如此，在東京都心可找不到便宜的餐廳了！

夫：我是人耶！既不是土撥鼠，也不是飛鳥。

妻：說那種話，地下鐵還不是非搭不可？

夫：地下鐵是能夠容忍的極限！像昨晚電視上所說的那樣，在地下工作什麼的，我可受不了喲！

妻：在地下，即使下雨也不會淋濕，而且不會因下雪而路滑……。

夫：那倒是沒錯，不過……。

妻：不只是公司，如果住宅也能建在地下更好！早上，也不必為了是否帶傘而煩惱！

夫：我可不喜歡那樣！我寧願在地面上每天帶傘走路。

妻：啊，就在這兒吧！一樓

夫：看起來挺貴的耶！

妻：沒辦法呀，進去吧！

単語のまとめ
たんご

● **本文**
ほんぶん

地下[ちか]	……………………	地下
生活[せいかつ]	…………………	生活
多くの[おお(くの)]	………	許多的；眾多的
人口[じんこう]	…………………	人口
集中する[しゅうちゅう(する)]	…	集中；密集
どうしても	……………	無論如何也～
空間[くうかん]	…………………	空間
もとめる	……………………	尋求
利用する[りよう(する)]	…………	利用
将来[しょうらい]	………………	將來
いくつもの	…………………	好幾個
地下鉄[ちかてつ]	………………	地下鐵
むすぶ	………………………	連結
市[し]	…………………………	市；城市
科学小説[かがくしょうせつ]	……	科學小説

世界大戦[せかいたいせん]	………	世界大戰
時代[じだい]	……………………	時代
大手の[おおて(の)]	………………	大規模的
建設会社[けんせつがいしゃ]		
	……………………	建設公司
研究[けんきゅう]	………………	研究
土をほる[つち(をほる)]	…………	挖土
機械[きかい]	……………………	機械；機器
改良[かいりょう]	………………	改良
進む[すす(む)]	…………………	進步
電力会社[でんりょくがいしゃ]		
	……………………	電力公司
発電所[はつでんしょ]	…………	發電廠
土地[とち]	………………………	土地
市内[しない]	……………………	市內
たてる予定の[(たてる)よてい(の)]		
	……………………	預定興建的

十七階[じゅうななかい]…………十七層樓

マンション……………………大廈；公寓

人間[にんげん]…………………人類；人

体[からだ]………………………身體

精神[せいしん]…………………精神

影響[えいきょう]………………影響

おこる……………………………引起；引發

ストレス…………………………壓力

不安[ふあん]……………………不安

やわらげる………………………緩和

クラシック音楽[(クラシック)おんがく]

…………………………………古典音樂

虫の声[むし(の)こえ]…………蟲鳴聲

自然の音[しぜん(の)おと]………自然的聲音

ながす……………………………播放

天気[てんき]……………………天氣

関係ない[かんけい(ない)]………無關

雪[ゆき]…………………………雪

交通[こうつう]…………………交通

仕事の効率[しごと(の)のうりつ]

…………………………………工作效率

自然[しぜん]……………………自然

親しむ[した(しむ)]……………接近；親近

育てる[そだ(てる)]……………養育

日光に当てる[にっこう(に)あ(てる)]

…………………………………曬太陽

必要[ひつよう]…………………必要；需要

老人[ろうじん]…………………老人

てきとう…………………………適宜

地上[ちじょう]…………………地上

●**会話文 I**
かいわぶん

やってました……………………放映；做

計画[けいかく]…………………計劃

～みたいな………………………像～

今だって[いま(だって)]………即使目前也

駐車場[ちゅうしゃじょう]……停車場

売り場[う(り)ば]………………售貨處

事務所[じむしょ]………………辦事處；辦公室

なんだか…………………………總覺得

半分[はんぶん]…………………一半

動物園[どうぶつえん]…………動物園

つとめる…………………………服勤；上班

●**会話文 II**
かいわぶん

食事[しょくじ]…………………用餐；餐點

モグラ……………………………土撥鼠；鼴鼠

トリ………………………………鳥

限界[げんかい]…………………界限；極限

ぬれない…………………………不會淋濕

道[みち]…………………………道路

すべる……………………………滑溜

住宅[じゅうたく]………………住宅

なやむ……………………………煩惱

文法ノート

●本文

〜という話である

和「〜そうだ」＜據說＞一樣，表示消息來自傳聞並非目睹。但「〜という話である」通常用於轉述的內容較長或較爲複雜的場合。

●会話文 I

SFみたいな話

「みたいな」的口語色彩比「ような」濃。同樣地，「みたいに」的口語色彩比「ように」濃。

今だって

「だって」等於「でも」，但口語色彩比較濃。

動物園にでもつとめますよ

這裏的「でも」＜之類的＞表例示。注意「勤める」＜上班；工作＞前面的助詞用「に」。

●会話文 II

ここなんか

「なんか」等於「など」，用來舉例，只能用於會話中。例：これなんかどうですか、綺麗ですよ。＜像這個怎麼樣？滿漂亮的呢！＞

地下だもの

出現在句尾的「もの」，表說明理由，相當於「から」，但用於比較親密的會話中。

乗らないわけにはいかない

「〜ないわけにはいかない」＜無法不＞可以改爲「外に方法がない」＜別無方法可以選擇＞。

働くなんて

等於「働くなどということは」＜工作之類的事＞。

それはそうだけど

對對方的說法原則上表示同意，但不是百分之百贊成。

文型練習

CD② No.4

1．……は、どうしても……なければならない。

本文例——東京のように多くの人口が集中しているところでは、どうしても地下に空間をもとめなければならない。

(注)ある条件のもとでの必然的な結果をのべる練習。練習A、Bがそれぞれ十分に言えるようになってから2つを組み合わせること。

練習A 例にならって文を作りなさい。

例：地下に空間をもとめる→どうしても地下に空間をもとめなければならない。

1．しずかに番を待つ→

2．外国と交流する→

3．辞書を引く→

4．人に道を聞く→

練習B 練習Aで作った文の前に、例のように語句をつけなさい。

例：多くの人口が集中しているところ
で→多くの人口が集中しているとこ
ろでは、どうしても地下に空間をも
とめなければならない。

1．こんでいるところで→

2．現在の世界で→
げんざい せかい

3．むずかしい本を読むときに→
ほん よ

4．地図がないときに→
ちず

その他、自分でほかの場合を考えて
た じぶん ばあい かんが
文を作ってみなさい。

1.〜無論如何都得〜

> 正文範例------像東京這般人口密集的地
> 方,無論如何都得向地下另尋空間。

【註】敘述在某種條件下,必然會產生某種結
果的練習。先將練習A、B分別練習熟練之後,
再將二者合起來練習。

練習A 請依例造句。

例：向地下另尋空間→無論如何都得向地下另
尋空間。

1.平心靜氣地等候→

2.和外國交流→

3.查字典→

4.向人問路→

練習B 請在練習A所造各句之前,分別依例添
加語句。

例：在人口密集的地方→在人口密集的地方,
無論如何都得向地下另尋空間。

1.在擁擠不堪的地方→

2.在目前的世界→

3.閱讀難解之書籍時→

4.沒有地圖時→

＊此外,請自行想想其他的情形,練習造句。

２．…と、…かということを…

本文例──地下で生活すると、人間の体や精神にどんな影響があるかということも、よく考えなければならない。

（注）「……と……」という原因・結果を示す形と、"疑問のことば"「…か」を組み合わせた練習。「か」を忘れやすいので注意。ここでは「…ことをよく考えなければならない」としたが、前の文をうける時は「…ことも……」となる。練習Ａ、Ｂそれぞれよく練習してから組み合わせること。

練習Ａ 例にならって文を作りなさい。

例：人間の体や精神に影響がある→<u>人間の体や精神にどんな影響があるかということを、よく考えなければな</u>らない。

1．機械に影響がある→
2．機械に故障がおこる→
3．人に印象をあたえる→
4．人にめいわくをかける→

練習Ｂ 練習Ａで作った文の前に、例にならって語句をつけなさい。

例：地下で生活すると→<u>地下で生活すると人間の体や精神にどんな影響があるかということを、よく考えなければならない。</u>

1．まちがった使いかたをすると→
2．まちがったボタンをおすと→
3．失礼な言いかたをすると→
4．かってなことをすると→

2.一旦～，這個問題～

正文範例──────一旦地下生活，對於人體及精神將會有什麼樣的影響？這個問題必須詳加考量才行。

【註】表示原因、結果的句型「～と～」和疑問詞「～か」的組合練習。「か」很容易被遺忘，請注意。在此採取「～ことをよく考えなければならない」的形式，但在承接前文時，會變成「～ことも～」。練習Ａ、Ｂ分別練熟之後，再將二者合併鍊習。

練習A 請依例造句。

例：對於人體及精神將會有影響→對於<u>人體及精神將會有什麼樣的影響？這個問題必須詳加</u>考量才行。

1.對於機器將有影響→
2.對於機器將引發故障→
3.給人印象→
4.給人添加麻煩→

練習B 請在練習A所造各句之前，依例添加語句。

例：一旦在地下生活→<u>一旦在地下生活</u>，對於人體及精神會有什麼樣的影響？這個問題必須詳加考量才行。

1.一旦用法錯誤→
2.一旦按錯電鈕→
3.一旦說話失禮→
4.一旦我行我素→

ディスコース練習
れんしゅう

（会話文１より） **No.6**
かいわぶん

> A：……そうですよ。
>
> B：……んですか。
>
> A：……です。
>
> B：そうですか。じゃ、……んで
>
> すね。

練習の目的　Aが見たり聞いたりした
もくてき　　　　み　　き
ことをBに伝えます。Bは情報のも
った　　　　　　　じょうほう
とを聞いて、その情報が正しいこと
ただ
をたしかめます。たしかめてよろこ
ぶ場合もがっかりする場合もありま
ばあい
す。練習の時はどちらかの感情を表
とき　　　　　　かんじょう　あらわ
すようにしてください。

練習の方法　基本型の下線の部分に入
ほうほう　　きほんけい　かせん　ぶぶん　い
れかえ語句を入れて会話をします。
ごく　い　　かいわ

〈基本型〉

> A：(1)地下に町を作る計画があるそうで
> ### ちか　まち　つく　けいかく
> すよ。
>
> B：だれがそんなことを(2)考えているん
> ### かんが
> ですか。
>
> A：(3)大手の建設会社です。
> ### おおて　けんせつがいしゃ
>
> B：そうですか。じゃ、(4)SFみたいな
>
> 話じゃないんですね。
> ### はなし

▶入れかえ語句

1. (1)あしたボーナスが出る　(2)言っ
で　　　　　　　　い
　た　(3)課長　(4)うそ
かちょう

2. (1)木村さんがやめる　(2)言った　(3)
きむら
　課長　(4)うそ

3. (1)松本さんが結婚する　(2)言った
まつもと　　けっこん
　(3)本人　(4)ただのうわさ
ほんにん

4. (1)１ドルが150円になった　(2)言っ
えん
　た　(3)テレビ　(4)ただのうわさ

（取材自會話１）

> A：聽說……。
>
> B：是……的呢？
>
> A：是……。
>
> B：噢，那麼……囉！

練習目的　A將所見、所聞傳達給B，B聽到消息
的來源而確認其正確性。確認之後，有時會高
興，有時會失望。練習時，請將高興或失望的感
情表現出來。

練習方法　請在基本句型的劃線部分，填入代換
語句，練習對話。

〈基本句型〉

A：(1)據說將計劃在地下闢建城鎮。

B：是誰(2)想出那種點子呢？

A：(3)是大規模的建設公司。

B：噢，那麼，並不是(4)科幻奇談囉！

▲代換語句

1.(1)明天將發紅利　(2)說的　(3)課長
　(4)騙人的

2.(1)木村先生將辭職　(2)說的　(3)課長
　(4)假的

3.(1)松本先生將結婚　(2)說的　(3)本人
　(4)只是謠傳

4.(1)一美元可兌換日幣一百五十元
　(2)說的　(3)電視　(4)只是謠傳

漢字熟語練習
かん　じ　じゅく　ご　れん　しゅう

1.下＜地下、地下鉄＞
下宿(する)[げしゅく(する)]………租房子
下車(する)[げしゃ(する)] ……………下車
以下[いか]………………………………以下
低下(する)[ていか(する)]………降低；低落
部下[ぶか]…………………………部下；屬下
地下[ちか]………………………………地下
地下鉄[ちかてつ]……………………地下鐵
上下(する)[じょうげ(する)]…………上下
下りる[お(りる)]…………………下車；下來
下ろす[お(ろす)]…………………拿下；取下
下げる[さ(げる)]…………………降低；撤下
下さる[くだ(さる)]…………………(別人)給予
下着[したぎ]…………………………內衣褲
下り[くだ(り)]………………下行(列車)；降；下

2.活＜生活＞
活用する[かつよう(する)]………………活用
活動する[かつどう(する)]………………活動
活躍する[かつやく(する)]………………活躍
活発(な)[かっぱつ(な)]………………活潑
生活[せいかつ]…………………………生活
復活(する)[ふっかつ(する)] …………復活

3.東＜東京＞
東西[とうざい]…………………………東西
東南[とうなん]…………………………東南
東北[とうほく]…………………………東北
東西南北[とうざいなんぼく]
………………………………………東西南北
東部[とうぶ]……………………………東部
東[ひがし]………………………………東
東側[ひがしがわ]………………………東側
東口[ひがしぐち]………………東口；東側出口

4.来＜将来＞
来年[らいねん]…………………………明年
来月[らいげつ]………………………下個月
来週[らいしゅう]………………………下週
来客[らいきゃく]………………………訪客
以来[いらい]…………………………以來
未来[みらい]…………………………未來
将来[しょうらい]………………………將來
来る[く(る)]……………………………來

5.町＜町＞
町村[ちょうそん]………………………郷鎮
町長[ちょうちょう]……………………鎮長
〜町(永田町)[〜ちょう(ながたちょう)]
　　　　　………………〜鎮(永田鎮)
〜町(小川町)[〜まち(おがわまち)]
　　　　　………………〜鎮(小川鎮)
下町[したまち]
　　………………庶民區；工商業者居住區

6.都＜都市＞
都[と]…………………………………東京都
都市[とし]……………………………都市
都会[とかい]…………………………城市；都市
都民[とみん]…………………………東京都民
都心[としん]…………………………東京都心
都道府県[とどうふけん]
　………………都道府縣(日本的行政區劃分)
都合[つごう]……………情況；時間上的安排
都[みやこ]………………………………首都

7.界＜世界＞
世界[せかい]…………………………世界
業界[ぎょうかい]………………………業界
財界[ざいかい]…………………財經界；金融界

芸能界[げいのうかい]……………………演藝界
限界[げんかい]…………………………界限；限度
～界(野球界)[～かい(やきゅうかい)]
　　　　　　…………………………～界(棒球界)

8.発＜発電所＞
発表(する)[はっぴょう(する)]…………發表
発言(する)[はつげん(する)]……………發言
発達(する)[はったつ(する)]……………發達
発生(する)[はっせい(する)]……………發生
発展(する)[はってん(する)]……………發展
発行(する)[はっこう(する)]……………發行
発明(する)[はつめい(する)]……………發明
発電(する)[はつでん(する)]……………發電
発売(する)[はつばい(する)]……………發售
発見(する)[はっけん(する)]……………發現
開発(する)[かいはつ(する)]……………開發
活発(な)[かっぱつ(な)]…………………活潑
始発[しはつ]…………………………第一班車
～発(東京発)[～はつ(とうきょうはつ)]
　　　　　　…………………………～發(東京發車)

9.七＜十七階＞
七[しち]………………………………………七
七月[しちがつ]……………………………七月
七人[しちにん]……………………………七個人
七百[ななひゃく]…………………………七百
七つ[ななつ]………………………………七個
七日[なのか]…………………………七天；七日
七夕[たなばた]……………………………七夕

10.内＜市内＞
内容[ないよう]……………………………內容
内部[ないぶ]………………………………內部
内閣[ないかく]……………………………內閣
内外[ないがい]……………………………內外
内科[ないか]………………………………內科

国内[こくない]……………………………國內
市内[しない]………………………………市內
社内[しゃない]……………………………公司內部
案内(する)[あんない(する)]……引導；招待
以内[いない]………………………………以內
～内(ビル内)[～ない(ビルない)]
　　　　　　…………………～之內；～裏面
内側[うちがわ]………………………內側；裏面
内訳[うちわけ]………………………細分；明細

11.定＜予定＞
定価[ていか]………………………………定價
定期[ていき]………………………………定期
定期券[ていきけん]……………………定期月票
定食[ていしょく]…………………………客飯
定員[ていいん]…………………名額；規定的人數
予定[よてい]………………………………預定
決定(する)[けってい(する)]……………決定
安定(する)[あんてい(する)]……………安定
判定(する)[はんてい(する)]……………判定
未定(の)[みてい(の)]
　　　　　　…………………未定；尚未決定(的)

12.上＜地上＞
上下(する)[じょうげ(する)]……………上下
上司[じょうし]……………………………上司
上空[じょうくう]…………………上空；高空
上演(する)[じょうえん(する)]
　　　　　　…………………………上映；上演
海上[かいじょう]…………………………海上
陸上[りくじょう]…………………………陸上
地上[ちじょう]……………………………地上
向上(する)[こうじょう(する)]…………提升
以上[いじょう]……………………………以上
上がる[あ(がる)]…………………………上升
上げる[あ(げる)]…………………………提高

漢字詞彙複習

1. 社内を案内しましょう。
2. この町はこのごろずいぶん発展しましたね。
3. 発売は来月七日の予定です。
4. 地下鉄の定期券を持っています。
5. 上演は来年になるでしょう。
6. 下宿は駅から十分以内のところです。
7. 来客があるので都合がわるいんですが。
8. 東京発の電車を下りと言います。
9. 低気圧が発生し、発達しています。
10. くわしい内容はまだ発表できません。
11. 彼女はいま芸能界で活躍している。
12. 月に十万以下では生活ができない。
13. よい上司は部下の力を活用する。
14. きょうの会議では、活発な発言がたくさんあった。
15. 内閣の人気は低下している。
16. 定価は未定です。
17. パリは世界のファッションの都だ。
18. 駅の東口で十分以上待ったが、彼は来なかった。
19. このボートの定員は七人です。
20. 生活の安定が何よりたいせつだ。

---

1. 我來引導參觀公司吧！
2. 這個城鎮近來發展得相當快。
3. 預定在下個月七日發售。
4. 持有地下鐵的定期月票。
5. 上映(日期)可能是在明年吧？
6. 房子租在距離車站不到十分鐘的地方。
7. 因為有訪客，所以時間上不太方便……。
8. 從東京發出的列車稱為下行列車。
9. 低氣壓形成並逐漸擴大中。
10. 詳細內容尚無法公佈。
11. 她目前在演藝界相當活躍。
12. 月入不到日幣十萬元的話無法生活。
13. 好上司能善用部屬的能力。
14. 今天的會議，發言相當踴躍。
15. 內閣的聲望大跌。
16. 定價尚未決定。
17. 巴黎是世界流行之都。
18. 在車站東口等了十幾分鐘，然而他卻沒來。
19. 這艘小艇限乘七人。
20. 生活安定勝於一切。

漢字熟語復習
（かん　じ　じゅく　ご　ふく　しゅう）

これまでに出た漢字熟語を復習すると、これからの文の理解が早くなる。

I．1〜5のあとに何がくればよいか、下のa〜hの中からえらびなさい。
（読みかたがわからなくても、意味がわかればできる）

1．会社は月末になると……
2．毎日、体重を……
3．この番組は女性に……
4．家族が大ぜいだから……
5．電車の中で漫画を……
6．高校のころは化学が……

　　a．人気がある。
　　b．よむのがすきだ。
　　c．いそがしくなる。
　　d．ひろい家がほしい。
　　e．おもしろい。
　　f．おねがいします。
　　g．だいすきだった。
　　h．はかる。

II．つぎの（　）の中には、何を入れたらいいか、a、b、cの中からえらびなさい。

1．（　）二日の会社がふえた。
　　（a．週体　b．週休　c．週日）

2．途中で（　）にあって、おくれました。
　　（a．事実　b．事務　c．事故）

3．くわしいことはまだ（　）できません。
　　（a．発生　b．発達　c．発表）

4．今の大都会の（　）は何をするところであろう。
　　（a．住所　b．住宅　c．住民）

5．毎年、（　）がふえています。
　　（a．人口　b．人工　c．人口）

III．ただしい読みかたをえらびなさい。

1．空間
　　（a．くうま　b．くうかん
　　c．そらま　d．くうけん）

2．予定
　　（a．ようて　b．よて
　　c．よてい　d．ようてい）

3．重要
　　（a．じゅうよう　b．じゅうよ
　　c．じゅよ　d．じゅよう）

4．世界
　　（a．せかい　b．せいかい
　　c．せいか　d．せっかい）

5．来月

（a．らいつき　b．らいがつ

c．らいげつ　d．こんげつ）

6．成長

（a．せいちょ　b．せいちょう

c．せちょう　d．せっちょう）

IV．つぎの漢字熟語の読みかたを書き

なさい。_か

1．料理　2．正月　3．主人

4．来年　5．番組　6．知人

7．女性　8．映画　9．青年

10．電車　11．体重　12．会話

13．新幹線　14．大体　15．生活

16．大学　17．二倍　18．社員

19．作文　20．最近　21．世話

22．仕事　23．先日　24．書店

25．以後　26．土曜日　27．文化

28．二日　29．何回　30．新聞

レッスン6

企業内学校
き ぎょう ない がっ こう

本文
ほん ぶん

CD ② No.7

　社会人のための学校にも、いろいろなものがある。会社が社員の再教育のために学校を作る場合もある。会社の事業を大きくしたい場合には、社員を教育する必要がある。たとえば海外の事業をさかんにするために、社員に語学教育をおこなう場合も多い。多くの情報を処理するため、社員にパソコンの操作を教えることもある。

　ある建設会社が社員のために作った教育機関の話を聞いた。これまでは現場で上司が指導していたが、上司もいそがしくなってあまり指導ができなくなった。そこで社員教育のための学校を作ったのだそうである。

　授業は月曜から土曜まで、毎日朝九時から五時まで七時間。学費は無料で、

会社から給料をもらう。夏休みもある。全員が寮に住む。寮はひとりひと部屋。一年間約千八百時間勉強したあと、現場で仕事をはじめ、三年か五年ぐらいで現場監督になる。

　現在二十四名の学生がいるが、大学で建築を学んだ人は二名だけで、あとは商業などを学んだ人である。だから全くの初歩から建築の技術を習うことになる。その学生のひとりがこう言った。「給料をもらいながら勉強しているので、しっかりやらなければいけないと感じています」。最近の学生はあまり勉強しないと言う人もいるが、もし学生がみな給料をもらうようになったら、よく勉強するようになるかもしれない。

84

企業附設學校

專爲社會人士所創辦的學校，其種類也是五花八門。有時是公司爲了再次教育員工而創設學校。當公司有意拓展業務時，就有必要教育員工。比方說，有很多情況是爲了使海外事業更加活絡，而對員工施以外語訓練。有的則是爲了處理大量的資訊，而教員工操作個人電腦。

我聽說過有關某家建設公司爲了員工而創辦教育機構的情形。據說，以往一直是上司在現場指導，但是因爲公司也愈來愈忙，漸漸地無法顧及，於是便創辦學校教育員工。

授課是從週一到週六，每天早上九點到五點爲止，共七個小時，學費全免，留職留薪，也有暑假。員工全部住宿，宿舍是一個人一個房間。一年大約研習一千八百個小時，之後便開始到工地工作，三、五年左右便可晉升監工。

目前有二十四名學生，不過在大學時唸建築的只有二位，其他是唸商業方面的。因此，完全是從頭開始學習建築的技術。其中有一位學生表示：「因爲是拿薪水的研習，所以總覺得不努力學習不行」。有人說，最近的學生不太用功，假如每一位學生都能夠領薪，也許就會更加奮發圖強也說不定。

会話（かいわ）

●会話文（ぶん） | CD② No.8

会社員（かいしゃいん）2人（ふたり）の会話。Ａは女性（じょせい）、Ｂは男性（だん）。

Ａ：こんばんは。残業（ざんぎょう）ですか。

Ｂ：いえ、会社（かいしゃ）は早（はや）くおわったんです。学校（がっこう）の帰（かえ）りです。

Ａ：学校？

Ｂ：ええ。週（しゅう）2回（かい）パソコンの練習（れんしゅう）に行（い）っているんです。

Ａ：会社がおわってからですか。

Ｂ：ええ。

Ａ：たいへんですね。

Ｂ：いろいろな人（ひと）が来（き）ていますよ。かなり年（とし）をとった人もいます。

Ａ：そうですか。

Ｂ：技術革新（ぎじゅつかくしん）の時代（じだい）ですからね。

Ａ：そういえば、うちの会社、建設会社（けんせつがい）ですけどね。

Ｂ：ええ。

Ａ：こんど、社員（いん）のための学校を作（つく）ったんです。

Ｂ：へえ？

Ａ：これまでは上（うえ）の人が現場（げんば）で教（おし）えていたんですけど、このごろはいそがしくて教えるひまがないんですって。*

Ｂ：なるほど。

Ａ：それで、学校を作って若（わか）い人を教育（きょういく）することにしたんです。

Ｂ：じゃ、学費は無料（むりょう）？

Ａ：ええ。給料（きゅう）も出（で）ます。夏休（なつやす）みもあります。

Ｂ：へえ、すごいなあ。

Ａ：初歩（しょほ）からはじめて一年間勉強（いちねんかんべんきょう）したあとは、現場で仕事（しごと）ができるんです。

B：ほんとですか！

A：来年、入社試験をうけてみますか。*

B：一年間だけですね、勉強は？

A：ええ。月曜から土曜まで毎日7時

間。

B：週42時間！　やっぱりやめます。

ぼく、勉強は週4時間で十分です。

●會話Ⅰ

兩個職員間的對話。A是女性，B是男性。

A：晚安。加班嗎？

B：不，早就下班了，剛從學校回來。

A：學校？

B：是的。每個禮拜兩次去學校學個人電腦。

A：下班之後嗎？

B：嗯！

A：真辛苦啊！

B：有很多人學哩！也有年紀一大把的……。

A：這樣子啊！

B：因為現在是技術革新的時代啊！

A：你這麼一說，我倒想起來我們公司是建設公司……。

B：嗯。

A：最近為員工辦了學校呢！

B：噢？

A：以前是主管在現場指導。聽說最近因為愈來愈忙，無暇顧及……。

B：原來如此！

A：所以才創辦學校以便教育年輕的一代。

B：那麼，學費全免囉？

A：嗯。薪水照發，而且有暑假。

B：噢，真好啊！

A：從初步研究開始，研習滿一年後便可以實地工作。

B：真的嗎？

A：明年，要不要到我們公司來考考看呢？

B：研習時間只有一年吧？

A：是的。週一至週六，每天七個小時。

B：一個禮拜四十二小時！還是打消念頭吧？我一星期唸四個小時就綽綽有餘了！

●会話文Ⅱ No.9

大学生2人の会話。Aは男性、Bは女性。

A：やあ。

B：あら、しばらくね。

A：うん、ずっと休んでいたから。

B：アルバイト？

A：それもあるけど。

B：スポーツ？

A：うん、それから旅行。

B：勉強は全然しないのね。

A：そんなことはない。卒業単位の勉強はするよ。それ以上はしない。

B：そう。

A：だって、大学で勉強したことは、社会に出たあと役に立たないよ。

B：そうかもしれないわね。

A：仕事をはじめてから、その仕事に

必要な技術を勉強するんだよ、いまの時代は。

B：そうね。会社もさかんに社員教育をやるわね。

A：だから、大学のときは勉強する必要ないんだよ。

B：ふうん。

A：ただ、体はだいじだよ。だからスポーツはやっているんだ。

B：ふうん。

A：これからの会社がもとめるのは、強い体と、勉強したいという気持ち*だよ。

B：そうかもしれないわね。

A：大学のときに勉強しすぎると、勉強がいやになるから、あまり勉強しないほうがいいんだよ。君も気をつけたほうがいいよ。

B：そうね。じゃ、かわりにレポートを書いてあげるって前に約束したけど、あれ、やめるわ。

A：えっ？

B：頭を使いすぎるのはよくないから。さよなら。

A：おい、待ってよ。たのむよ。

●會話 II

兩位大學生的對話。A是男性，B是女性。

A：嗨！

B：噢，好久不見！

A：是啊，因為我一直沒來上課……。

B：打工嗎？

A：那也是原因之一。

B：運動？

A：嗯，然後去旅行。

B：你根本沒在唸書嘛！

A：沒那回事，畢業學分的唸，其他的一概不管！

B：是嗎？

A：反正大學所學的，出了社會根本派不上用場。

B：或許吧？！

A：工作上所需的技術，是上班以後才開始學習的！現在這個時代。

B：說的也是！公司也很積極地實施員工教育哩！

A：所以說，大學時代根本不需要唸書！

B：噢？

A：不過，身體健康最重要，所以我天天運動。

B：噢？

A：今後，公司所需求的是：強健的體魄和積極的學習意願。

B：也許吧？！

A：大學時代太用功，反而會討厭唸書，所以還是不要太用功比較好。妳最好也留意一下！

B：是啊！那麼我們上次說好替你寫報告一事，就此取消吧！

A：什麼？

B：用腦過度不太好，所以……再見！

A：喂，等一下，拜託拜託！

単語のまとめ
たん ご

● **本文**
ほんぶん

企業内学校[きぎょうないがっこう]
......................企業附設學校
社会人[しゃかいじん]................社會人士
会社[かいしゃ]........................公司
社員[しゃいん].....................公司職員
再教育[さいきょういく]..............再度教育
作る[つくる]......................做；創設
場合[ばあい]....................情形；場合
事業[じぎょう]........................事業
教育する[きょういく(する)]............教育
必要[ひつよう]...................必要；需要
たとえば.......................比如；譬如
海外[かいがい]........................海外
さかんにする..............使繁榮；擴展
語学[ごがく]................語學；語言的學習
行う[おこな(う)]................實施；施行
多い[おお(い)]........................很多
多くの[おお(くの)]....................很多的
情報[じょうほう]..............資訊；情報
処理する[しょり(する)]..............處理
パソコン......................個人電腦
操作[そうさ].........................操作
教える[おし(える)].....................教
〜こともある............也有〜的(情況)
建設会社[けんせつがいしゃ]
...........................建設公司
機関[きかん]........................機構
これまでは.........................至今
現場[げんば]...................現場；工地
上司[じょうし]........................上司
指導する[しどう(する)]..............指導
十分に[じゅうぶん(に)]..............充分地
そこで..............................因此

〜そうである......................聽說〜
授業[じゅぎょう]..............授課；課程
月曜[げつよう].....................星期一
土曜[どよう]......................星期六
学費[がくひ].........................學費
無料[むりょう].......................免費
給料[きゅうりょう]..................薪水
夏休み[なつやす(み)]................暑假
全員[ぜんいん]...................全體人員
寮[りょう]...........................宿舍
〜に住む[(〜に)す(む)].............住在〜
ひと部屋[(ひと)へや]..............一個房間
一年間[いちねんかん]................一年
約〜[やく〜]......................大約〜
現場監督[げんばかんとく]............監工
現在[げんざい]...............目前；現在
〜名[〜めい]..............〜人；〜名
大学[だいがく].......................大學
建築[けんちく].......................建築
学ぶ[まな(ぶ)].......................學習
商業[しょうぎょう]..................商業
全くの[まった(くの)]..............完全的
初歩[しょほ].........................起步
技術[ぎじゅつ].......................技術
〜ことになる.....................變成〜
しっかりやる...............努力學習好好幹
感じる[かん(じる)]..................感覺
最近[さいきん].......................最近

● **会話文 I**
かいわぶん

会社員[かいしゃいん]..............公司職員
残業[ざんぎょう]....................加班
たいへんですね..................眞辛苦啊！
年をとった[とし(をとった)]........上了年紀

技術革新[ぎじゅつかくしん]………技術革新
時代[じだい]………………………時代
そういえば〜……………………你這麼一說
こんど………………………………最近
〜ことにした……………………發展決定〜
すごいなあ………………………眞不賴耶！
入社試験[にゅうしゃしけん]……公司考試

●**会話文Ⅱ**
かいわぶん

しばらく…………………………好久不見
ずっと………………………………一直
アルバイト………………………兼差；打工
旅行[りょこう]……………………旅行
全然[ぜんぜん]……………………完全
そんなことはない………………沒那回事
卒業単位[そつぎょうたんい]……畢業學分

それ以上[(それ)いじょう]
………………………………超過那個；更多
だって………………………………因爲
役に立たない[やく(に)た(たない)]
………………………………沒有用處
さかんに…………………………積極地
体[からだ]…………………………身體
もとめる…………………………要求
勉強しすぎると[べんきょう(しすぎると)]
………………………………太用功的話
気をつけたほうがいい[き(をつけたほうがいい)]
………………………………最好留意一下
かわりに…………………………代替〜
約束した[やくそく(した)]………約好的
おい…………………………………喂！
待ってよ[ま(ってよ)]…………等一下！
たのむよ…………………………拜託

文法ノート
ぶんぽう

●**本文**
ほんぶん

だから〜ことになる

先提示原因，然後陳述必然結果的說法。例：駅の近くは家賃が高い、だから普通のサラリーマンは駅から遠い所に住むことになる。＜車站附近房租很貴，所以普通的上班族自然而然就住在離車站較遠的地方。＞

〜ようになったら

字面意思是＜如果變成〜狀態的話＞。例：もし結婚して子供を育てるようになったら、いまの仕事は続けられないかもしれない。＜如果結婚生子的話，現在的工作或許無法繼續下去。＞

●**会話文Ⅰ**
かいわぶん

〜ですって

等於「〜そうです」，表傳聞。女性常用。

〜てみますか

問對方要不要試試看的說法。「動詞＋てみる」表嚐試。例：A：おいしいですか、それ。B：食べてみてください。＜A：好吃嗎？那東西。B：你吃吃看。＞

●**会話文Ⅱ**
かいわぶん

〜もとめるのは〜だ

這裏的「の」等於「もの」或「こと」。例：必要なのは熱意だ。＜需要的是熱誠。＞

〜(し)たいという気持ち
きも

這裏的「という」有強調的作用，使意思更爲明確。例：働こうという気持ち。＜想要工作的心情。＞

文型練習
ぶん けい れん しゅう

CD ② No.10

1．…にも、いろいろなものがある。…もある。…もある。

本文例——社会人のための学校に
ほんぶんれい しゃかいじん がっこう
も、いろいろなものがある。会社
が社員の再教育のために学校を作
いん さいきょういく つく
る場合もある。……多くの情報を
ばあい おお じょうほう
処理するため、社員にパソコンの
しょり
操作を教えることもある。
そうさ おし

(注)同じ名前をもつものにも、いろいろな種類
ちゅう おな なまえ しゅるい
があることを述べる練習。この「文型練習」では、
の
本文の形を簡略化した。
かたち かんりゃくか

練習A 例にならって文を作りなさい。

例：学校→学校にも、いろいろなもの
がある。

1．お茶→
ちゃ

2．小説→
しょうせつ

3．学生のアルバイト→
がくせい

4．旅行の目的→
りょこう もくてき

練習B 練習Aで作った文のあとに、例にならって文をつけなさい。

例：子供のための学校、社会人のため
こども
の学校→学校にも、いろいろなもの
がある。子供のための学校もある。
社会人のための学校もある。

1．緑茶、紅茶→
りょく こう

2．推理小説、歴史小説→
すい り れきし

3．家庭教師、宅配便の仕事→
か ていきょうし たくはいびん しごと

4．見物の場合、ビジネスの場合→
けんぶつ

応用 自分でもいろいろな例を作って
おうよう じぶん
言ってみなさい。会話体なら「ある」
い たい
を「あります」にする。たとえば、「小
説にもいろいろなものがあります。
推理小説もあります。歴史小説もあ
ります」のように。このあとに「わた
しは歴史小説が好きです」などとつけ
す
加えてもよい。
くわ

1.～，其種類也是五花八門。有～，也有～。

正文範例———專為社會人士所創辦的學校，
其種類也是五花八門。有時是公司為了再次教
育員工而創設學校。……有的則是為了處理大
量的資訊，而教育員工操作個人電腦。

【註】敘述某些事物，其名稱相同，但性質不盡

然一樣的學習。本「句型練習」已將正文簡化。

練習A 請依例造句。

例：學校→學校，其種類也是五花八門。

1.茶→

2.小說→

3.學生打工→

4.旅行的目的→

練習B 請在練習A所造各句之後，依例添加句子。

例：專為孩童設立的學校、專為社會人士創辦的學校→學校，其種類也是五花八門。有專為孩童設立的學校，也有專為社會人士創辦的學校。

1.綠茶、紅茶→

2.推理小說、歷史小說→

3.家庭教師、送貨工作→

4.觀光、商務→

應用 自己不妨也造造各種句子，練習說說看。如果是會話體，請將「ある」改成「あります」。例如：「小說にもいろいろなものがあります。推理小說もあります。歷史小說もあります。」＜小說其種類也是五花八門。有推理小說，也有歷史小說。＞。其後也可以加上。「わたしは歷史小說が好きです。」＜我喜歡歷史小說＞之類的句子。

 No.11

2.これまでは……たが……なくなった。そこで…

> **本文例**——これまでは現場で上司が指導していたが、上司もいそがしくなってあまり指導ができなくなった。そこで社員教育のための学校を作ったのだそうである。

(注)事情の変化と、それに応じるための対策について話す。本文例と練習は伝聞だが、自分の場合にしてもよい。

練習A 例にならって文を作りなさい。

例：上司が指導する、いそがしくなる
　→これまでは上司が指導していたが、上司もいそがしくなってあまり指導ができなくなった。

1．主婦が料理する、いそがしくなる→

2．夫が仕事をする、年をとる→

3．若い人をやとう、少なくなる→

練習B 練習Aで作った文のあとに、例にならって文をつけなさい。

例：社員教育のための学校を作った。→
　これまでは上司が指導していたが、上司もいそがしくなってあまり指導ができなくなった。そこで社員教育のための学校を作ったのだそうです。

1．夫も料理をするようになった→

2．妻が働きに出ることにした→

3．店をしめることにした→
　自分のことを説明する場合には「…のだそうです」を「…のです／…んです」にする。なお、話のまとまりは「です」体にしても、途中の「…できなくなった」は 常體 でよい。複雑な事情の説明などには「……常體……常體んです」のような形がよく用いられる。

2.以往～，但是～漸漸地無法～。於是～。

> 正文範例------據說，以往一直是上司在現場指導，但是因爲上司愈來愈忙，漸漸地無法顧及。於是便創辦學校來教育員工。

【註】敘述事情的變化及其因應對策。正文範例和練習是表傳聞，也可以改用自己的立場來表達。

練習A 請依例造句。

例：上司指導、愈來愈忙→以往一直是上司指導，但是因爲上司愈來愈忙，漸漸地無法顧及。

1.主婦做菜、愈來愈忙→
2.先生上班、上了年紀→
3.雇用年輕人、愈來愈少→

練習B 請在練習A所造各句之後，依例添加句子。

例：創辦學校來教育員工→據說以往一直是上司指導，但是因爲上司愈來愈忙，漸漸地無法顧及，於是便創辦學校來教育員工。

1.變成先生也做起菜來了→
2.變成妻子出外工作→
3.關門大吉→

＊如果說明自己的情況時，則將「～のだそうです」改成「～のです／～んです」。再者，儘管句子是以「です」體收尾，句中的「～できなくなった」最好以常體表達。在說明複雜的種種情況時，也常用「～（常體）～、（常體）んです」的句型表達。

ディスコース練習
れん　しゅう

（会話文Ⅰより）
かい　わ　ぶん

 No.12

> Ａ：……ているんです。
>
> Ｂ：……ですか。
>
> Ａ：ええ。
>
> Ｂ：たいへんですね。

練習の目的　Ａは現在定期的に行って
もくてき　　　　　　　　　げんざいていきてき　　おこな
いる活動のことを話します。Ｂは少
かつどう　　　　　　はな　　　　　　すこ
し意外に思って、その条件をたしか
いがい　おも　　　　　　じょうけん
め、「たいへんですね」と同情と感嘆
どうじょう　かんたん
を表します。
あらわ

練習の方法　基本型の下線の部分に入
ほうほう　　きほんけい　かせん　ぶぶん　い
れかえ語句を入れて会話をします。
ご く

〈**基本型**〉

Ａ：週２回、(1)パソコン教室に行って
しゅう　かい　　　　　　　きょうしつ　い
いるんです。

B：⑵<u>会社</u>がおわってからですか。

A：ええ。

B：たいへんですね。

▶入れかえ語句

1．⑴<u>英会話学校</u>に行って　⑵<u>会社</u>が
おわってから

2．⑴<u>からてを習って</u>　⑵<u>仕事</u>がおわ
ってから

3．⑴<u>ジョギングをして</u>　⑵<u>朝</u>ごはん
の<u>前</u>に

4．⑴<u>夕食の料理をして</u>　⑵<u>奥</u>さんの
かわりに

応用　上の練習がすんだらＡの「週２
回」の部分も「週３回」とか「毎日」とか
変えて会話をします。また、入れか
え語句も自分の生活に合わせて変え
て会話をします。

（取材自會話１）

> A：……。
> B：……嗎？
> A：嗯！
> B：眞辛苦啊！

練習目的　A說明在定期從事某種活動。B有點感到意外，加以確認該事之後，對A說：「眞辛苦啊！」表示同情與感慨。

練習方法　請在基本句型的劃線部分填入代換語句，練習對話。

＜基本句型＞

A：一個禮拜兩次⑴<u>去學電腦</u>。

B：⑵<u>下班之後</u>嗎？

A：嗯！

B：眞辛苦啊！

▲代換語句

1.⑴去學英語會話　⑵下班之後

2.⑴去學空手道　⑵下班之後

3.⑴慢跑　⑵早餐之前

4.⑴做晚飯　⑵代替太太

應用　做完上面的練習之後，也可以將「一個禮拜兩次」的部分改成「一個禮拜三次」或者「每天」，練習對話。此外，代換的語句也可以配合自己的生活稍做更改，練習會話。

漢字熟語練習

1.教＜教育＞

教育（する）[きょういく（する）]………教育

教授[きょうじゅ]………教授

教室[きょうしつ]………教室

教養[きょうよう]………教養；教

教科書[きょうかしょ]………教科書

教師[きょうし]………教師

教会[きょうかい]………教會

宗教[しゅうきょう]………宗教

教える[おし（える）]………教導；教

2.育＜教育＞

育児[いくじ]………育兒

教育（する）[きょういく（する）]………教育

体育[たいいく]………體育

育つ[そだ（つ）]………長大

育てる[そだ（てる）]………養育

3.海＜海外＞
海外[かいがい]……………………………海外
海上[かいじょう]…………………………海上
海岸[かいがん]……………………………海岸
海軍[かいぐん]……………………………海軍
海水[かいすい]……………………………海水
航海[こうかい]……………………………航海
海[うみ]……………………………………海

4.語＜語学教育＞
語句[ごく]…………………………語句；詞句
語学[ごがく]………………語學；語言的學習
日本語[にほんご]…………………………日語
英語[えいご]………………………………英語
敬語[けいご]………………………………敬語
～語(フランス語)[～ご(フランスご)]
………………………………～語（法語）
～語(十語)[～ご(じゅうご)]…～字(十個字)

5.建＜建設会社＞
建設[けんせつ]……………………………建設
建築[けんちく]……………………………建築
建国[けんこく]……………………………建國
再建[さいけん]……………………………重建
建物[たてもの]……………………………建築物

6.設＜建設会社＞
設備[せつび]………………………………設備
設計[せっけい]……………………………設計
建設[けんせつ]……………………………建設
施設[しせつ]………………………………設施
新設(の)[しんせつ(の)]
………………………新建(的)；新設(的)

7.無＜無料＞
無料[むりょう]……………………………免費
無理[むり]…………………………………勉強
無線[むせん]………………………………無線電
無休[むきゅう]……………不休息；照常營業
無職[むしょく]……………………………沒工作

無視(する)[むし(する)]…………………忽視
無事(な)[ぶじ(な)]………………………平安(的)

8.住＜住む＞
住所[じゅうしょ]…………………………住址
住宅[じゅうたく]…………………………住宅
住民[じゅうみん]…………………………居民
移住(する)[いじゅう(する)]……………移民
住む[す(む)]………………………………居住

9.約＜約千八百時間＞
約束[やくそく]……………………………約定
契約[けいやく]……………………………契約
予約[よやく]………………………………預約
条約[じょうやく]…………………………條約
婚約[こんやく]…………………………訂婚；婚約
節約[せつやく]……………………………節約
約～(約百人)[やく～(やくひゃくにん)]
………………………大約～(約一百人)

10.千＜千八百時間＞
千[せん]……………………………………一千
千人[せんにん]……………………………一千人
三千[さんぜん]……………………………三千
何千[なんぜん]……………………………幾千人

11.百＜千八百＞
百[ひゃく]…………………………………一百
百人[ひゃくにん]…………………………一百人
百科事典[ひゃっかじてん]………百科辭典
何百[なんびゃく]…………………………幾百

12.強＜勉強＞
強調(する)[きょうちょう(する)]………強調
強制(する)[きょうせい(する)]…………強制
強力(な)[きょうりょく(な)]………有力(的)
強盗[ごうとう]…………………………強盗；搶劫
勉強(する)[べんきょう(する)]…學習；用功
強い[つよ(い)]……………………………強；強壯

漢字詞彙複習

1．前は**教師**でしたがいまは**無職**です。

2．**海岸**のそばに**教会**がある。

3．**契約**を**無視**してはいけない。

4．**予約**は**無料**です。

5．**建国**は**約三百年**前だ。

6．もっとたくさん**住宅**を**建設**しなければならない。

7．**育児**は**無休**です。

8．**婚約**してから**住所**がかわりました。

9．**海外**ではたらくためには**語学**が必要だ。

10．**百科事典**を買うためにお金を**節約**しています。

11．**大学**で**体育**を教えています。

12．**教養**のある人は**敬語**をつかう。

13、**教授**の家に**強盗**がはいった。

14．**宗教**は**強**い力をもつ。

15．**何千人**もの人がその国へ**移住**した。

16．**新設**の施設は**設備**がよい。

17．**教室**で会う**約束**です。

18．**海軍**にいたとき、フランス**語**を勉強した。

19．**航海**の**無事**をいのっています。

20．あの建物を**設計**したのはだれですか。

1.以前是**老師**，現在**沒工作**。

2.**海岸**旁有**教會**。

3.不可**忽視契約**。

4.**預約免費**。

5.**建國約在三百年**前。

6.務必要**興建**更多的**住宅**。

7.**托嬰**全年**不休息**。

8.**訂婚**之後，**住址**更改了。

9.要在**海外**工作，**學外語**是不可或缺的。

10.為了要買**百科辭典**，而**節約**用錢。

11.在大學**教體育**。

12.有**教養**的人會使用**敬語**。

13.**教授**家遭**搶**。

14.**宗教**具有**莫大**的力量。

15.**數以千計**的人**移民**到那一個國家。

16.**新設施**設**備**良好。

17.**約**在**教室**見面。

18.當**海軍**那一段時間，**學**了法**文**。

19.祈求**航行**平安。

20.**設計**那一棟**建築**的人是誰？

応用読解練習
おう よう どっ かい れん しゅう

1 朝日新聞
通信講座広告特集
企画・朝日新聞社広告局

2 資格・特技を修得してからの私は毎日が充実しています。明日もやります！

字彙表

中譯

1

朝日新聞
函授課程廣告特輯
企劃・朝日新聞社廣告部

2

取得資格掌握特殊技能後的我，每天都很充實。明天也要努力幹！

レッスン7

商 品
しょう　ひん

CD ② No.13

本文
ほん　ぶん

　最近いろいろな新しい野菜が出ている。戦後、日本人の食生活が洋風になり、肉食が多くなったので、野菜も肉に合うものが必要になり、新しい野菜が次々に開発されている*そうである。

　たとえば、サニー・レタスという野菜は、十数年前に、肉料理に合うものとして開発された。カブとかけあわせた新しいハクサイは、やわらかくて、なまで食べることができる。また、ナバナという、菜の花の葉の部分だけを使う新しい野菜も最近話題になっている。

　新しい野菜の開発には、野菜を作る農家の人たちと、それを買って市場に出す人たちとの協力が必要となるが、その協力は容易ではない。市場に出す人は、「味がよいだけでなく、外観もき

れいでなければいけない*」と言う。同じ大きさの袋に入れるために、たとえばナバナは長さ二十センチ、それより長いものや短いものは商品にならない。

　農家の人たちは、市場に出すことができなければ収入にならないので、あきらめて長さの合わないものを捨てる。しかし、「味に変わりはないのに、なぜ捨てなければいけないのか」という疑問を感じるようである。

　農家の人たちは、先祖代々の土地で作った野菜に対して*、生きものに対するような愛情を持っているに違いない。しかし現代の農作物は工業品であり商品なのである。こうした変化は、時代の流れではあっても、農家の人にとってはさびしいことかもしれない。

商品

最近，新蔬菜紛紛出籠。據說，戰後日本人的飲食習慣已趨於洋化，肉食增多，因此，調合肉類的蔬菜誠屬必要，於是乎新蔬菜便陸續被培植出來。

比如，開陽萵苣這種蔬菜，十幾年前是作爲調合肉食料理而培植的。和蕪菁配種的新種白菜，相當柔嫩可以生食。此外，嫩油這種只食用葉子部分的新蔬菜，最近也成了熱門話題。

新蔬菜的栽培，需要菜農和承銷商通力合作。然而這種合作並非易事。承銷商表示：「不僅味道要好，外觀也要漂亮才行。」爲了要裝入同樣大的袋子，例如嫩油菜的長度是二十公分，超過或不足這個長度就成不了商品。

蔬菜如果上不了市場，就無法賣錢，所以農家只好把規格不合的蔬菜扔掉。但他們似乎覺得很納悶：「味道明明一樣，爲什麼非扔掉不可？」

農家對於在祖先世代相傳的土地上所栽種的蔬菜，一定懷有如同對於生物一般的情感。然而，現代的農作物已成了工業商品。這種變化雖然是時代潮流，但是對於農家而言，也許是孤寂落寞的。

会話
かいわ

●会話文Ⅰ No.14
ぶん

レストランで食事中の二人の知人の
しょくじちゅう ふたり ちじん
会話。Ａは男性、Ｂは女性。
だんせい じょせい

Ａ：この野菜、何て言うんですか。
　　やさい なん い

Ｂ：サニー・レタス。

Ａ：へえ？　ぼく、知りませんでした。
　　　　　　　　し

Ｂ：これ、まだ新しいんですよ。十五、
　　　　　　あたら　　　　　　じゅうご
　　六年前にできたんですって*。
　　ろくねんまえ

Ａ：そうですか。

Ｂ：野菜も変わりましたね。うちのお
　　　　　か
　　ばあさんなんか、かたかなの名前の
　　　　　　　　　　　　　　　なまえ
　　野菜が多くて、こまるって言ってい
　　おお
　　ますよ。

Ａ：そうでしょうね。お年寄りにとっ
　　　　　　　　　　としよ
　　ては、新しい野菜の名前をおぼえる
　　　　あたら
　　のはたいへんでしょう。

Ｂ：作る農家の人もたいへんらしいで
　　つく のうか ひと

すよ。

Ａ：ええ、新しい作りかたをおぼえな
　　　　　　　　　　　　　　　　　
　　ければならないから、たいへんでし
　　ょうね。

Ｂ：ええ。それを商品として売るには、
　　　　　　　　　しょうひん　　う
　　味だけでなくて、大きさや形にも気
　　あじ　　　　　　　　おお　　かたち　き
　　をつけるんですって。

Ａ：へえ？　野菜もおしゃれするんで
　　すか。

Ｂ：そうですね。野菜も商品だから、
　　　　　　　　　　　　しょうひん
　　イメージが大事なんですね。
　　　　　　　だいじ

Ａ：ふうん。人間も同じでしょうか。
　　　　　　にんげん おな

Ｂ：え？

Ａ：ぼく、自分が女性にもてない理由
　　　　じぶん　じょせい　　　　　りゆう
　　がわかりました。あしたから、おし
　　ゃれをします。

●會話Ⅰ

兩位熟人在餐廳吃飯的對話。A是男性，B是女性。

A：這種蔬菜叫什麼？

B：開陽萵苣。

A：噢?我沒聽說過。

B：這種蔬菜還算蠻新的。據說是十五、六年前栽培出來的。

A：這樣子啊！

B：蔬菜也變了不少！我奶奶說，使用片假名的菜名很多，真是傷透腦筋！

A：的確是啊！對老一輩來說，熟記新菜名恐怕相當吃力吧？

B：菜農好像也很辛苦！

A：是啊，得熟記新的栽種方法，好像蠻累的！

B：啊，聽說商品出售時，除了講究味美之外，還得留意大小及外形。

A：噢?蔬菜也趕時髦？

B：是啊！蔬菜也是商品，因此，外觀相當重要。

A：嗯，人大概也一樣吧？

B：什麼？

A：我終於瞭解自己為什麼不討女孩子喜歡了。從明天開始要好好打扮一下。

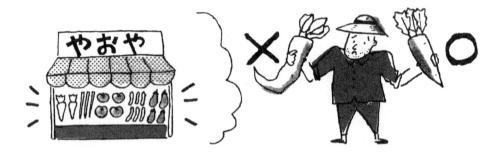

●会話文Ⅱ CD2 No.15

農家の家族。Aは主人の父、Bは主人の妻。
（か ぞく）（しゅじん）（ちち）（つま）

A：ただいま。

B：あ、おじいさん、お帰りなさい。
（かえ）

A：ああ、つかれた。

B：あら、そのナバナ、どうしたの。

A：会社の人がね、これじゃだめだっ
（かいしゃ）
　て。

B：どうして？

A：味がいいだけじゃいけないそうだ。長すぎて、袋に入れた時、かっこう
（なが）（ふくろ）（い）（とき）
　がわるいと言うんだよ。

B：そう？

A：「野菜なんだから、新しくておいしければいいだろう」と言ったんだけど。

B：長さも大事なの？

A：うん、全部同じ大きさの袋にかっ
（ぜん ぶ）
　こうよく入れなければいけないって。

B：それじゃ野菜じゃなくて、おかしか何かのようね。
（なに）

A：うん。これからは、長くなりすぎたナバナは、捨てなければいけない
（す）
　らしい。

B：まあ。味に変わりはないのに、捨てるなんて*……。

A：しかたがない。野菜も商品なんだ

よ、今の時代は。

B：そう。

A：だからイメージが大事なんだ。

B：おじいさん、新しいこと言うわね。

A：そう、おれも現代人だからね。

●會話Ⅱ

農家的家人。A是公公。B是媳婦。

A：我回來了！

B：啊，爸，您回來了！

A：唉，好累！

B：咦，那嫩油菜怎麼了？

A：公司的人說，這個不合規格！

B：為什麼？

A：說是光味道好不行。他們說太長，裝在袋子裏不好看。

B：哦！

A：我告訴他們：「蔬菜只要新鮮味美就可以。」

B：長度也那麼重要嗎？

A：嗯，聽說全部都要整整齊齊地裝入大小劃一的袋子才行。

B：那根本不像蔬菜，倒像糕點什麼的！

A：是啊，以後太長的嫩油菜大概都得丟掉……。

B：噢，味道明明一樣，卻要丟掉……。

A：沒辦法，現在這個時代，蔬菜也是商品啊！

B：這樣子啊！

A：所以形象相當重要。

B：爸，您的說法挺新潮嘛！

A：是啊，因為我也是現代人。

単語のまとめ

●本文

商品[しょうひん]……………………商品

最近[さいきん]………………………最近

野菜[やさい]…………………………蔬菜

戦後[せんご]…………………………戰後

食生活[しょくせいかつ]……………飲食習慣

洋風[ようふう]………………………洋化

肉食[にくしょく]……………………肉食

肉[にく]………………………………肉類

合う[あ(う)]…………………………配合；調合

必要[ひつよう]………………………必要；需要

次々に[つぎつぎ(に)]………………陸續地

開発される[かいはつ(される)]＜開発する
………………………………………被開發（研製）

たとえば………………………………比如說

サニー・レタス………………………開陽萵苣

十数年前[じゅうすうねんまえ]……十幾年前

肉料理[にくりょうり]………………肉類料理

カブ……………………………………蕪菁

かけあわせる…………………………配種

ハクサイ………………………………白菜

やわらかい……………………………柔軟；柔嫩

なまで…………………………………生的

菜の花[な(の)はな]…………………油菜(花)

葉[は]…………………………………菜子

部分[ぶぶん]…………………………部分

話題になっている[わだい(になっている)]
………………………………………成爲話題

農家の人たち[のうか(の)ひと(たち)]
………………………………………農戶

市場[しじょう]………………………市場

サニー・レタス カブ ハクサイ

協力[きょうりょく]……………協力；合作
容易[ようい]……………………容易
味[あじ]…………………………味道
外観[がいかん]…………………外觀；外表
〜でなければいけない……………必須
同じ[おな(じ)]…………………相同
袋[ふくろ]………………………袋子
収入[しゅうにゅう]……………收入
あきらめる……………………放棄；死心
捨てる[す(てる)]………………丟掉
味に変わりはない[あじ(に)か(わりはない)]
　　………………………………味道一樣
疑問[ぎもん]……………………疑問
〜を感じる[(〜を)かん(じる)]………感覺〜
先祖代々の[せんぞだいだい(の)]
　　………………………………祖先世代相傳的
土地[とち]………………………土地
生きもの[い(きもの)]…………生物
愛情[あいじょう]………………愛情；情感
〜に違いない[(〜に)ちが(いない)]
　　………………………………一定〜沒錯
現代[げんだい]…………………現代
農作物[のうさくぶつ]…………農作物
工業品[こうぎょうひん]………工業產品
変化[へんか]……………………變化
時代の流れ[じだい(の)なが(れ)]
　　………………………………時尚；時代潮流
さびしい………………………寂寞；落寞

●**会話文Ⅰ**
かいわぶん

食事中[しょくじちゅう]…………用餐中
お年寄り[(お)としよ(り)]…………老年人
おぼえる………………………熟記
気をつける[き(をつける)]
　　………………………………小心；留意
おしゃれ………………………打扮
自分[じぶん]……………………自己
もてない（＜もてる）
　　………………………………不受歡迎；不得人緣
理由[りゆう]……………………理由；原因

●**会話文Ⅱ**
かいわぶん

主人[しゅじん]…………………主人；一家之主
父[ちち]…………………………父親
妻[つま]…………………………妻子；太太
つかれた………………………累了；疲倦
会社の人[かいしゃ(の)ひと]
　　………………………………公司的人
これじゃだめだ……………………這樣不行
かっこうがわるい…………………不好看
大事[だいじ]……………………重要的
かっこうよく…………………好看；體面
おかし……………………………點心；糕點
長くなりすぎた[なが(くなりすぎた)]
　　………………………………太長了
おれ………………………………我；俺（男性用語）
現代人[げんだいじん]…………現代人

文法ノート

●本文

開発されている

「される」是「する」的被動形，常和漢語動作名詞一起出現。例：出版される＜被出版＞、発表される＜被發表；被宣佈＞。

～だけでなく

「ばかり」等於「だけ」。但在會話中，「だけ」比較常用。

～でなければいけない

「ならない」相當於「いけない」。在會話中，「いけない」比較常用。二者均可以「だめだ」替代。句中的「～なければ」可以改為「～なくては」或「～なくちゃ」。

～に対して、～に対する

「～に対して」＜對～＞和動詞發生修飾關係。例：彼は学生に対して深い愛情を持っている。＜他對學生極富愛心。＞
「～に対する」＜對～的＞用來修飾名詞。例：学生に対する彼の愛情は深い。＜他對學生極富愛心。＞

農家の人にとっては

「～にとって」＜對～來說＞。後面的述語可以表示正面或負面的描述、情緒、經驗或任何跟某人有關的情況。例1：遊ぶことは、子供にとって非常に大切なことです。＜遊玩對小孩子來說是非常重要的事。＞例2：これは私にとって始めての経験です。＜這對我來說是頭一次的經驗。＞
＊注意「～にとって」和「～に対して」用法不同。

●会話文Ⅰ

できたんですって

「ですって」＜聽說＞通常是女性用。親密朋友之間所使用的「だって」(常體)則男女都可用。在鄭重的會話中，最常出現的形式是「そうです」＜聽說＞。

●会話文Ⅱ

おじいさん

日本的婦女稱呼先生的父親，一般用「おとうさん」。如果家裏有小孩，就跟著小孩叫「おじいさん」＜爺爺＞。這段對話代表日本典型的農家生活。祖父母在家照料田地，父親出外賺錢。

捨てるなんて

「～なんて」等於「～などということは」＜～之類的事；～什麼的＞。句尾省掉「残念だ」＜真遺憾＞之類的字眼。

文型練習

 No.16

1．……だけでなく、……でなければいけない

> 本文例——市場に出す人は、「味がよいだけでなく、外観もきれいでなければいけない」と言う。

練習Ａ　例にならって文を作りなさい。

例：味、外観→味がよいだけでなく、外観もきれいでなければいけない。

1．味、形→

2．内容、表紙→

103

３．声、かお→

４．性能、形→

練習Ｂ 練習Ａで作った文の前に、例のように語句をつけなさい。

例：新しい野菜を開発する→<u>新しい野菜を開発する</u>のはたいへんなことで

1.**不僅〜，才行〜**。

正文範例──────承銷商表示：「<u>不僅味道要好，外觀也要漂亮才行</u>」。

練習A 請依例造句。

例：味道、外觀→不僅<u>味道</u>要好，<u>外觀</u>也要漂亮才行。

1.味道、外形→

2.內容、封面→

す。味がよいだけでなく、外観もきれいでなければいけないのですから。

１．ケーキを作って売る→

２．雑誌を作って売る→

３．流行歌手になる→

４．新しい車を開発する→

3.聲音、臉蛋→

4.性能、外形→

練習B 請在練習A所造各句之前，依例示加上語句。

例：培植新蔬菜→培植新蔬菜是相當辛苦的。不僅味道要好，外觀也要漂亮才行。

1.作蛋糕出售→

2.編雜誌出售→

3.成為流行歌星→

4.開發新車→

 No.17

２．……にとって……

本文例──こうした変化は、時代の流れではあっても、農家の人に<u>とってはさびしいことかもしれない</u>。

練習A 例にならって文を作りなさ

い。

例：農家の人、さびしい→<u>農家の人にとっては</u>さびしいことかもしれない。

１．老人、むずかしい→

２．若い人、なんでもない→

３．子供、たいくつな→

４．かさを売る人、うれしい→

| 練習B 練習Aで作った文の前に、例のように語句をつけなさい。 | 3．じっとすわっているの→ |

練習B　練習Aで作った文の前に、例のように語句をつけなさい。

例：こうした変化→<u>こうした変化</u>は、農家の人にとってはさびしいことかもしれない。

1．新しい仕事を始めるの→

2．新しい仕事を始めるの→

3．じっとすわっているの→

4．雨の日が続くの→

応用　練習Bで作った文のあとに、自分で考えた文をつけなさい。

例：雨の日が続くのは、かさを売る人にとってはうれしいことかもしれませんが、出かける人にとってはうれしくないことです。

2. 對於～而言

正文範例------這種變化雖然是時代潮流，但是<u>對於農人而言</u>，也許是孤寂落寞的。

練習A　請依例造句。

例：農人、孤寂落寞的→<u>對於農人</u>而言，也許是<u>孤寂落寞的</u>。

1.老人、困難的→

2.年輕人、輕而易舉的→

3.小孩、無聊的→

4.賣傘的人、可喜的→

練習B　請在練習A所造各句之前，依例示加上語句。

例：這種變化→<u>這種變化</u>，對於農人而言，也許是孤寂落寞的。

1.開始一項新工作→

2.開始一項新工作→

3.坐著不動→

4.連續幾天下雨→

應用　請在練習B所造各句之後，加上自己所想的句子。

例：連續幾天下雨，對於賣傘的人而言也許是可喜的，對於外出的人而言，卻不是件好事。

ディスコース練習

（会話文1より） **No.18**

A：……、何て言うんですか。

B：……。

A：へえ、ぼく、知りませんでした。

B：これ、……んですよ。……ん

ですって。

練習の目的　新製品や、知らないものを見て、Aが質問し、Bが答えます。親しい話しかたなら、Bの「と言うんです」を省き、Aの「へえ、ぼく」を入れて、会話文1のようにしても

105

いいのですが、ていねいな話なら基本型のようにします。会話文Ⅰの最後の「ですって」は女性的で、「そうです」は男女の別なく使います。

練習の方法　基本型の下線の部分に入れかえ語句を入れて会話をします。

〈基本型〉

A：この(1)野菜、何て言うんですか。

B：(2)サニー・レタスと言うんです。

A：そうですか。知りませんでした。

B：これ、まだ(3)新しいんですよ。(4)十五、六年前にできたんだそうです。

▶入れかえ語句

1．(1)野菜　(2)ナバナ　(3)新しい　(4)去年売りだした

2．(1)くだもの　(2)ライチー　(3)日本ではめずらしい　(4)最近輸入するようになった

3．(1)料理　(2)タコス　(3)日本では少ない　(4)メキシコ料理な

4．(1)ゲーム　(2)巨大迷路　(3)日本にきたばかりな　(4)二、三年前にはやりだした

応用

A：この野菜、何て言うんですか。

B：サニー・レタスと言うんです。

　上の下線の部分を、

A：このローラー、何に使うんですか。

B：カーペットの掃除に使うんです。

のように変えて、新しく出た道具などについて、会話してみてください。

（取材自會話Ⅰ）

A：……，叫什麼？

B：……。

A：噢？我沒聽說過。

B：這……，……，據說……。

練習目的　看見新產品或不知名的東西時，A發問，B回答。若是雙方很熟，則B的「と言うんです」＜叫做～＞可以省略，而A則可加入「へえ、ぼく」＜噢？我＞，形容如會話Ⅰ的形態。但如果是語氣爲客套的對話，則可改成如同基本型的型態。會話Ⅰ最後的「ですって」＜據說是～＞是女性用語，而「そうです」＜據說是～＞則不分男女皆可使用。

練習方法　請在基本句型的劃線部分，填入代換語句，練習對話。

＜基本句型＞

A：這種(1)蔬菜，叫什麼？

B：叫做(2)開陽萵苣。

A：這樣子啊，我沒聽說過。

B：這種蔬菜(3)還算蠻新的，(4)據說是十五、六年前栽培出來的。

▲代換語句

1.(1)蔬菜　(2)嫩油菜　(3)新的
　(4)去年剛上市

2.(1)水果　(2)荔枝　(3)在日本相當珍奇
　(4)好像是最近才進口的

3.(1)料理　(2)墨西哥式餃　(3)在日本很少
　(4)墨西哥料理

4.(1)遊戲　(2)大迷宮　(3)剛傳到日本的
　(4)兩、三年前開始玩的

應用

A：這種蔬菜，<u>叫什麼</u>？

B：<u>叫做「開陽萵苣」</u>。

將上面的部分改成如下形式，就有關新出品的

工具，練習對話。

A：這種滾筒，<u>做什麼用</u>？

B：<u>是用來清潔地毯的</u>。

漢字熟語練習
（かん　じ　じゅく　ご　れん　しゅう）

1.野＜野菜＞

野球[やきゅう]……………………棒球

野菜[やさい]………………………蔬菜

野党[やとう]……………………在野黨

平野[へいや]………………………平原

野原[のはら]………………………原野

2.開＜開発＞

開発(する)[かいはつ(する)]……開發；研製

開始(する)[かいし(する)]………開始

開催(する)[かいさい(する)]……舉辦

開会する[かいかい(する)]………開會

開店する[かいてん(する)]……開店；開張

展開(する)[てんかい(する)]……展開

店を開く[みせ(を)ひら(く)]……開店

戸が開く[と(が)あ(く)]…………門打開

戸を開ける[と(を)あ(ける)]……開門

3.十＜十数年前＞

十分[じゅうぶん]…………………足夠的

十分[じっぷん]…………………十分鐘

三十人[さんじゅうにん]…………三十人

何十本[なんじっぽん]………幾十枝(根)

赤十字[せきじゅうじ]……………紅十字

(八つ、九つ)、十[やっ(つ)、ここの(つ)、と
お]…………………八個、九個、十個

二十日[はつか]…………二十日、二十天

4.部＜部分＞

部分[ぶぶん]………………………部分

部長[ぶちょう]…………………部長；主任

部下[ぶか]…………………………部下

一部[いちぶ]………………一部分；一份

全部[ぜんぶ]………………………全部

本部[ほんぶ]…………………本部；總部

幹部[かんぶ]………………………幹部

支部[しぶ]…………………………支部；分部

学部[がくぶ]………………………學院

内部[ないぶ]………………………內部

〜部(文学部)[〜ぶ(ぶんがくぶ)]
…………………………〜學院(〜文學院)

部屋[へや]…………………………房間

5.作＜部屋、農作物＞

作品[さくひん]……………………作品

作文[さくぶん]……………………作文

作戦[さくせん]……………………作戰

作曲(する)[さっきょく(する)]……作曲

作家[さっか]………………………作家

作業[さぎょう]……………………作業；操作

作用[さよう]………………………作用；功用

製作(する)[せいさく(する)]………製作

原作[げんさく]……………………原著

農作物[のうさくぶつ]……………農作物

作る[つく(る)]……………………製作；生産

6.市＜市場＞
市内[しない]……………………………市内
市場[しじょう]…………………………市場
市民[しみん]……………………………市民
市長[しちょう]…………………………市長
都市[とし]………………………………都市
～市(武蔵野市)[～し(むさしのし)]
　　　　　　　　　　　　～市(武蔵野市)
市場[いちば]…………………市場；菜市場

7.力＜協力＞
力士[りきし]…………………角力選手
協力(する)[きょうりょく(する)]
　　　　　　　　　　　　合作；協力
努力(する)[どりょく(する)]…………努力
勢力[せいりょく]………………………勢力
暴力[ぼうりょく]………………………暴力
有力(な)[ゆうりょく(な)]………有力(的)
魅力[みりょく]…………………………魅力
能力[のうりょく]………………………能力
体力[たいりょく]………………………體力
力[ちから]…………………力氣；力量

8.入＜入れる、収入＞
入院する[にゅういん(する)]…………住院
入学する[にゅうがく(する)]…………入學
入港する[にゅうこう(する)]…………進港
入場(する)[にゅうじょう(する)]………入場
入場料[にゅうじょうりょう]
　　　　　　　　　　　入場費；票價
入選する[にゅうせん(する)]…………入選
入門する[にゅうもん(する)]……入門；投師
収入[しゅうにゅう]……………………収入
輸入(する)[ゆにゅう(する)]…………進口
入れる[い(れる)]………………………放進
入る[はい(る)]…………………………進入

9.地＜土地＞
地方[ちほう]……………………………地方
地域[ちいき]……………地域；區域；地區
地区[ちく]………………………………地區
地帯[ちたい]……………………………地帶
地理[ちり]………………………………地理
地下鉄[ちかてつ]………………………地下鐵
地図[ちず]………………………………地圖
地球[ちきゅう]…………………………地球
地位[ちい]……………………地位；位置
地震[じしん]……………………………地震
土地[とち]………………………………土地
団地[だんち]……………………………社區
各地[かくち]……………………………各地
～地(住宅地)[～ち(じゅうたくち)]
　　　　　　　　　　　～地(住宅地)

10.持＜持つ＞
支持(する)[しじ(する)]………………支持
維持(する)[いじ(する)]………………維持
持つ[も(つ)]…………………擁有；拿

11.工＜工業品＞
工場[こうじょう]………………………工廠
工業[こうぎょう]………………………工業
工事[こうじ]……………………………工程
工学[こうがく]…………………………工學
工芸[こうげい]…………………………工藝
工員[こういん]…………………………工人
商工業[しょうこうぎょう]…………工商業
加工(する)[かこう(する)]……………加工
人工(の)[じんこう(の)]………………人工(的)
工夫[くふう]…………………辦法；方法
大工[だいく]……………………………木匠

12.業＜工業品＞
業者[ぎょうしゃ]………………………業者

営業(する)[えいぎょう(する)]………………營業
企業[きぎょう]……………………………………企業
卒業(する)[そつぎょう(する)]………………畢業
職業[しょくぎょう]……………………………職業
農業[のうぎょう]………………………………農業

工業[こうぎょう]………………………………工業
商業[しょうぎょう]……………………………商業
作業[さぎょう]…………………………作業；操作
失業(する)[しつぎょう(する)]………………失業

漢字詞彙複習

1．部長は野球が大好きです。

2．近所の市場で肉と野菜を買った。

3．きのうは各地で地震があったらしい。

4．本部と支部はかなりはなれている。

5．原作のほうが魅力がある。

6．部下が三十人ぐらいいます。

7．あの工場では何を作っているんですか。

8．市長が開会のあいさつをした。

9．作業は全部おわりました。

10．二十日ほど入院していました。

11．友だちの協力で開店することができた。

12．この部屋は戸が開きません。

13．作品が入選して、うれしい。

14．工事の開始は十日になった。

15．地下鉄で十分ぐらいかかります。

16．あの作家はもと工員だったそうです。

17．もっと努力しないと卒業できませんよ。

18．彼は地位は高いが収入はあまり多くない。

19．作戦を一部変えよう。

20．いま失業しているので高い入場料をはらうことはできません。

1.部長很喜歡棒球。

2.在附近的市場買了肉和蔬菜。

3.昨天好像各地都有地震。

4.總部和分部離得很遠。

5.原著比較吸引人。

6.部下約有三十人。

7.那家工廠生產什麼？

8.市長在開會時致詞。

9.工作全部結束。

10.住院大約二十天。

11.由於朋友的協助，得以順利開業。

12.這個房間門打不開。

13.作品入選，很高興。

14.工程訂於十日開工。

15.搭乘地下鐵約需十分鐘。

16.聽說那位作家原本是工人。

17.如不加緊努力，可畢不了業的。

18.他雖然地位頗高，但收入卻不多。

19.稍微改變戰略吧！

20.目前失業，因此付不起昂貴的門票費。

応用読解練習
おうよう どっかい れんしゅう

1 トルコのキュウリ

十日ほどトルコを旅して、久しく忘れていた野菜本来の味に出合った。キュウリはウリの香りがあり、真っ赤なトマトは酸味も甘みもほどほどで、忘れられない味だった。

フレッシュでおいしい野菜がどんな物でも手に入る日本ではなく、経済的には決して豊かとはいえないトルコであったことが印象に残った。日本の野菜はおかしい、と日ごろから感じていたから、本当の味が何よりうれしかった。

テレビでキュウリの接ぎ木作業を見たことがある。キュウリの苗をカボチャに接いでいた。初めて知った事実に私はびっくりしたが、きっと効率良く大量生産されるのだろうと思い、またキュウリ本来の味がしなくなったのだろうか。

本当の野菜とは見た目がいいだけではなく、食べておいしくなければ、おかしいんじゃないだろうか。私たちはそんな野菜が欲しいのに、と異国の店先でつくづく思った。

2

トルコの店のトマトもキュウリも大きさはさまざまで、不ぞろいの品がどっさり木箱に盛られているのは、日本では見られなくなった光景である。太陽の恵みをいっぱい受けた色のいい昔懐かしい野菜の姿だった。

なった理由は、このへんにあるのではないかと想像した。

「自家用には昔からのキュウリを植えている」と話す農家の主婦の言葉には割り切れない思いがした。

井 志げ子 59歳 主婦
（東京都 浅…）

同じかまの飯の仲

小学教員の長女が転勤になって、三年間下宿していた家から引っ越しました。子供たちも大喜びで勢い駆け付けて、荷物は二階の部屋からリレー式に運び出され、トラックに積み込まれました。

移転先に着き、荷を下ろして驚きました。梅干しやらラッキョウやらが小さいつぼに入れてあります。そのほか、こまごました物がいっぱい。下宿先の奥さんが入れて下さった心尽くしの品々でした。

娘が下宿していたのは建設業を営んでいる方の家の二階でした。魚が豊富に取れる天草なので、魚料理を覚えるいい機会になると、食事はそこのご家族と一緒にいただいていました。

ちょうど、その家のたった一人の娘さんが嫁いだ直後で、さびしく思われていたのでしょうか。「若い娘さんが家の中を歩き回っているのは楽しい」と言われて、みなさんにとてもかわいがられ…

---

1 トルコのキュウリ

十日ほどトルコを旅して、久しく忘れていた野菜本来の味に出合った。

2

トルコの店のトマトもキュウリも大きさはさまざまで、不ぞろいの品がどっさり木箱に盛られているのは、日本では見られなくなった光景である。太陽の恵みをいっぱい受けた色のいい昔懐かしい野菜の姿だった。

本当の野菜とは見た目がいいだけではなく、食べておいしくなければ、おかしいんじゃないだろうか。私たちはそんな野菜が欲しいのに、と異国の店先でつくづく思った。

字彙表

1

トルコ……………………………土耳其
キュウリ…………………………小黄瓜
10日ほど[とおか(ほど)]……………十天左右
〜を旅して[(〜を)たび(して)]
　　　　　　　　　　……………旅遊〜
久しく[ひさ(しく)]……………好久；許久
忘れる[わす(れる)]……………忘記；遺忘
野菜[やさい]………………………青菜；蔬菜
本来の[ほんらい(の)]………本來的；原來的
味[あじ]……………………………味道
出合う[であ(う)]………………遇到；邂逅

2

店[みせ]………………………………店
さまざま………………………各種；各式各樣
不ぞろい[ふ(ぞろい)]……不一致；不整齊
品[しな]……………………………物品
どっさり……………………………很多
木箱[きばこ]………………木箱；木盒
盛られている[も(られている)]
　　　　　　　　　　………………被裝著

光景[こうけい]………………景象；情景
太陽[たいよう]………………………太陽
恵み[めぐ(み)]………………………恩惠
いっぱい………………………滿；充滿
受けた[う(けた)]……………………接受
色[いろ]……………………………顏色
昔懐かしい[むかしなつ(かしい)]
　　　　　　　　　　………懷舊；懷念
姿[すがた]…………………………樣子
本当の[ほんとう(の)]……………眞正的
見た目[み(た)め]……………外表；看起來
私たち[わたし(たち)]………………我們
欲しい[ほ(しい)]………………希望；想要
異国[いこく]………………異國；外國
店先[みせさき]…………………商店門前
つくづく思った[(つくづく)おも(った)]
　　　　　　………深切覺得；感觸良深

【註】

「〜とは」「〜というものは」の意味で
「本当の野菜とは」のように説明や強調に
用いる。

中譯

1

　土耳其的小黄瓜
　十天左右的土耳其之旅，嚐到遺忘許久的蔬菜原味。

2

　　土耳其商店裏的蕃茄和小黄瓜大小不一，參差不齊塞滿整個木箱，這是在日本無法看到的景象。到處受陽光之惠，色澤漂亮的蔬菜，樣子令人懷念。
　　眞正的蔬菜並非只是外表好看，如果不好吃的話，那不是很奇怪嗎？我們想要的是這種蔬菜，然而……。在異國的店前，我不禁感觸良深。

レッスン8

登校拒否
とう こう きょ ひ

CD② No.19 **本文**
ほん ぶん

　子どもの登校拒否がよく問題になる。ふつうの子どもでも学校に行きたくない日はある。しかし登校拒否の場合は、ただ感情的に行きたくないのではなくて、病気に近い状態なのである。カウンセリングが必要であるし、時には入院することもある*。

　このような子どものカウンセリングをしてきた*ある心理学者が、新聞に次のようなことを書いていた。登校拒否は低血糖症と関係が深い。低血糖症の人は、つかれやすく、気力がなく、集中することができない。頭痛がする。夜よくねむれない*。朝おきられない*。感情をおさえる力がないので、すぐこわがったりおこったりする。人に対して暴力を用いる。このような症状は、登校拒否の子どもの様子と同じである。

　実際に検査してみても、登校拒否の子どもはほとんどが低血糖症だった。登校拒否の問題は、このような医学的な立場から考えることも必要であろう*、という意見であった。

　つかれた時あまい物を食べると元気になる。お茶の時間に、親しい人といっしょにあまい物を食べるのはたのしい。ところがそのあまい物を、食事を十分にとらないで食べすぎると、低血糖症になりやすいそうである。

　しかし、スーパーに行けばきれいなおかしが並んでいる。テレビでは、人気スターがおいしそうにおかしを食べてみせる。現代の子どもたちは、あまい物の洪水の中で生活している。この洪水に対する強力な対策が必要である。

拒絕上學

兒童拒絕上學造成問題。一般的孩童偶爾也有不想上學的時候。然而，拒絕上學的情況，已不是單純鬧情緒不想去，而是近乎一種病態。有必要找人協談，有時甚至還須住院。

從事這類兒童諮商的某位心理學家，曾經在報紙上發表過如下的見解：拒絕上學和低血糖關係密切。低血糖症的人容易疲勞、無力、注意力無法集中。頭痛、夜晚睡不著、早上起不來。由於無法抑制情感，因此容易懼怕、動怒，對人使用暴力。這種症狀和拒絕上學的小孩情形相同。經過實際的檢查證明，拒絕上學的孩童幾乎都患有低血糖症。有人認為：拒絕上學的問題，應該也要從這樣的醫學觀點來探討才行！

疲倦時，只要吃了甜食就會精神百倍。飲茶時間和好友共聚一堂，品嚐甜點也是其樂無比。不過，據說正餐攝取不足，而猛吃甜點的話，則容易罹患低血糖症。

然而，一到超級市場，漂亮的糕餅點心琳瑯滿目。電視上，影歌紅星一副津津有味的樣子，吃甜點給我們看。現代的兒童，生活在甜點的「洪流」之中。要抗拒這股洪流，必須採取強有力的對策。

会話
かいわ

● **会話文｜**
ぶん
 No.20

会社の昼休み、同僚の会話。Ａは女
かいしゃ ひるやす どうりょう じょ
性。Ｂは男性。
せい だんせい

Ａ：山田さんのお子さん、ずっと学校
やまだ こ がっこう
を休んでいるそうですね。
やす

Ｂ：ええ、登校拒否だそうです。
とうこうきょひ

Ａ：山田さん、心配でしょうね。
しんぱい

Ｂ：ええ、気の毒ですね。
きどく

Ａ：友達がいじめるのでしょうか。
ともだち

Ｂ：さあ、原因はわかりませんが、今
げんいん いま
はもう、病気のような状態らしいで
びょうき じょうたい
すよ。

Ａ：かわいそうに。

Ｂ：夜はねむれない、朝はおきられな
よる あさ
い、頭がいたい。すぐつかれるし、
あたま
すぐおこるんだそうです。

Ａ：あら、それ、低血糖症と同じです
ていけっとうしょう おな
よ。

Ｂ：低血糖症？　さとうがたりないん
ですか。

Ａ：その反対ですよ。ちゃんと食事を
はんたい しょくじ
しないで、あまい物を食べすぎると、
もの た
そうなるんですって。

Ｂ：子どもはあまい物が好きですから
す
ね。

Ａ：それにこのごろは、おかしをたく
さん売っているし。
う

Ｂ：テレビをつければおかしのコマー
シャル。

Ａ：そうそう。スターがおいしそうに
食べてみせるんですからね。
た

Ｂ：こまったもんですね。

A：子どもの食事に気をつけることで
　すね。*

B：そうですね。

A：きょうは残業しないで早く帰りま

B：それがいいですよ。お子さんの夕
　食、ちゃんと作ってください。

● **會話Ⅰ**

公司午休時間，同事間的對話。A是女性，B是男性。

A：聽說山田先生的兒子一直沒去上學耶！

B：嗯，據說是拒絕上學。

A：山田先生一定很擔心吧？

B：是啊，真令人同情！

A：是朋友欺負他嗎？

B：嗯……，原因不詳，不過，目前好像已經陷入一種病態了！

A：真可憐！

B：晚上睡不著、早上起不來、頭痛，聽說容易疲勞、容易動怒。

A：啊，那和低血糖症一樣。

B：低血糖症？是糖分攝取不足嗎？

A：剛好相反！聽說正餐不吃，而甜點食用過量就會變成那樣！

B：因為小孩子喜歡吃甜點的緣故……。

A：而且最近上市的糖果琳瑯滿目……。

B：電視一打開，就是甜點的廣告。

A：是啊，而且那些明星，津津有味地吃給我們看……。

B：真是傷腦筋！

A：必須留意小孩子的飲食才行！

B：是啊！

A：今天不加班了，要早點回家！

B：那樣才對，好好地為小孩準備一頓晚餐吧！

● **会話文Ⅱ** CD ② **No.21**

　夫と妻の会話。

妻：どうしたの。もう8時よ。

夫：まさおは？

妻：もう30分も前に学校へ行ったわ。

夫：ふーん。

妻：あなた、会社は？

夫：きょうは休むよ。

妻：どこか悪いの。

夫：夜ねむれない。朝おきられない。
　頭がいたい。

妻：ゆうべ飲みすぎたからでしょ。

夫：このごろつかれやすい。気力がな

い。これは病気だよ。低血糖症だ、
きっと。

妻：子どもの登校拒否のようね。

夫：うん、出社拒否だな。

妻：そう。じゃ……

夫：何をするんだ。

妻：お医者さんに電話するの。血糖が
低くなるとおこりやすくなって、す
ぐ人をなぐるんですって。こわいか
ら、お医者さん呼ぶの。

夫：どこの医者？

妻：竹田医院。

夫：だめだよ、あの医者は。すぐ注射

するけど、注射がへたで、すごくい

たいんだ。

妻：（ダイアルをまわす音）

夫：おーい、なおったよ。行くよ、行

くよ、会社へ。

●會話II
夫妻間的對話。

妻： 怎麼了？已經八點了耶！

夫： 正雄呢？

妻： 已經在半個鐘頭前上學去了！

夫： 哦……。

妻： 你呢？不上班嗎？

夫： 今天要請假！

妻： 是不是哪兒不舒服？

夫： 晚上睡不著，早上起不來，頭好痛。

妻： 大概是昨晚喝太多了吧？

夫： 最近很容易疲勞，沒有精神。有毛病，準是得了低血糖症！

妻： 好像小孩子拒絕上學的情形一樣嘛！

夫： 嗯，是拒絕上班吧！

妻： 哦，那麼……。

夫： 妳要幹什麼？

妻： 打電話給醫生啊！聽說血糖一降低就會變得容易動怒，容易出手打人。太可怕了，所以要叫醫生……。

夫： 哪裏的醫生？

妻： 竹田診所。

夫： 不行啊。那個醫生動不動就要打針，而且打針技術很差，痛死人了！

妻： （撥電話的聲音）

夫： 喂！沒事了。我去上班！

単語のまとめ

●本文

登校拒否[とうこうきょひ]…………拒絕上學
（「登校」是＜上學＞，「拒否」是＜拒絕＞的意思。）
問題[もんだい]…………(談論的)問題；話題
感情的に[かんじょうてき(に)]………情緒上
〜に近い[〜(に)ちか(い)]
　　　…………………………接近〜；近乎〜
病気[びょうき]…………………生病；病
状態[じょうたい]………………………狀態
カウンセリング…………………諮詢；商量
必要[ひつよう]………………………必要；需要

時には[とき(には)]………………………有時
入院する[にゅういん(する)]…………住院
心理学者[しんりがくしゃ]…………心理學家
新聞[しんぶん]………………………報刊；新聞
低血糖症[ていけっとうしょう]

　　…………………………………低血糖症
関係が深い[かんけい(が)ふか(い)]

　　…………………關係密切；關係很深
つかれやすい…………………………容易疲倦
気力[きりょく]…………………元氣；精力
集中する[しゅうちゅう(する)]…………集中
頭痛がする[ずつう(がする)]…………頭痛
ねむれない……………………………睡不著

おきられない………………………起不來
感情[かんじょう]………………………感情；情緒
おさえる…………………………………克制；壓抑
力[ちから]………………………………力量；力氣
こわがる…………………………………害怕
おこる……………………………生氣；發脾氣
人に対して[ひと(に)たい(して)]………對人
暴力を用いる[ぼうりょく(を)もち(いる)]

………………………………動粗；動武
症状[しょうじょう]……………………症狀
様子[ようす]……………………情況；様子
実際に[じっさいに]………………實際；實地
検査する[けんさ(する)]………………檢查
医学的な[いがくてき(な)]………………醫學上的
立場[たちば]……………………………立場
〜であろう＝だろう………………大概〜吧！
意見[いけん]………………………意見；看法
あまい物[あまいもの]…………………甜食
親しい[した(しい)]………………親近；親密
食事[しょくじ]……………………飯；吃飯
とらないで………………………………不攝取
食べすぎる[た(べすぎる)]…吃太多；吃過頭
なりやすい……………………………容易變成
スーパー………………………………超市
人気スター[にんき(スター)]

………………………………影歌紅星
食べてみせる[た(べてみせる)]

………………………………吃給人看
現代[げんだい]…………………………現代
洪水[こうずい]…………………洪水；洪流
生活する[せいかつ(する)]………………生活
〜に対する[〜(に)たい(する)]………對〜的
強力な[きょうりょく(な)]………………強有力的
対策[たいさく]……………………對策；因應措施

● **会話文Ⅰ**
　かいわぶん

昼休み[ひるやす(み)]

………………………………中午休息時間
同僚[どうりょう]………………………同事
ずっと……………………………………一直
心配でしょう[しんぱい(でしょう)]

………………………………會擔心吧！
気の毒[き(の)どく]………可憐；值得同情
友達[ともだち]…………………………朋友
いじめる…………………………………欺侮
さあ………………………………………嗯〜
原因[げんいん]…………………………原因
かわいそうに…………………………眞可憐！
あら………………………咦！（女性用語）
さとう……………………………糖；砂糖
その反対[(その)はんたい]………………相反
ちゃんと………………好好地；規規矩矩
それに……………………………………而且
そうそう………………………………對！對！
スター……………………………紅星；明星
こまったもんですね……………眞傷腦筋
残業[ざんぎょう]………………………加班

● **会話文Ⅱ**
　かいわぶん

出社[しゅっしゃ]………………(去公司)上班
お医者さん[(お)いしゃ(さん)]…………醫生
血糖[けっとう]…………………………血糖
低くなる[ひく(くなる)]…………………降低
なぐる……………………………………揍
竹田医院[たけだいいん]…………竹田診所
注射[ちゅうしゃ]…………………打針；注射
すごく……………………………………很；非常
ダイアルをまわす……………………撥電話
なおった…………………………好了；痊癒了

文法ノート
ぶん ぽう

●本文
ほんぶん

時には〜こともある
とき

「時には」是＜有時＞的意思。這個句型，即使將「時には」省略，意思仍然為＜有時也會〜＞，並不會改變。但加上「時には」，意思比較明顯。

カウンセリングをしてきた

「してきた」的「きた」表＜從過去持續到現在＞。例：十年間この大学で教えてきた。＜在這所大學教了十年（直到現在）。＞。

ねむれない

「眠る」的可能動詞──「眠れる」的否定形。將「眠る(nemuru)」或「行く(iku)」之類的動詞（五段動詞），改為可能動詞的方法是：把詞尾(-u)改為「-eru」。例如：
iku(行く)→ikeru(行ける)
tobu(飛ぶ)→toberu(飛べる)

おきられない

「起きる」的可能動詞---「起きられる」的否定形。將「見る(miru)」或「起きる(okiru)」之類的動詞（一段動詞），改為可能動詞的方法是，把語尾(-ru)去掉，然後加上「rareru」。例如：
miru(見る)→mirareru(見られる)
okiru(起きる)→okirareru(起きられる)

必要であろう
ひつよう

「であろう」和「だろう」一樣，表說話者推測的口氣。但前者通常用於文章，後者通常用於常體的會話。鄭重的說法是「でしょう」。

●会話文Ⅰ
かい わ ぶん

気をつけることですね
き

「動詞+ことです」常用來表「するべきだ」＜應該〜＞的意思。例句：人の悪口は言わないことです。＜不應該說人家的壞話。＞

No.22

文型練習
ぶん けい れん しゅう

1．……ではなくて、……のである

> 本文例──しかし登校拒否の場合
> ほんぶんれい　　　　とうこうきょひ　ば あい
> は、ただ感情的に行きたくないの
> かんじょうてき　い
> ではなくて、病気に近い状態なの
> びょうき　ちか　じょうたい
> である。

(注)AでなくてBであるの形であるが、Aのほうに否定形が入っているので注意。「行きたくない」をAとして、それを「ではない」で否定する形であるが、練習によってそれがはっきりわかる。
ちょう　　　　　　　　　かたち
ひ ていけい　　はい　　　　　　　　　　　　　　　　ちゅう い
れんしゅう

練習A　例にならって文を作りなさい。
つく

例：感情的に行きたくない、病気な→
　　感情的に行きたくないのではなくて、
　　病気なのである。

1．時間がない、気力がない→
　　じかん　　　きりょく

2．能力がない、努力がたりない→
　　のうりょく　　どりょく

3．愛情がたりない、表現がへたな→
　　あいじょう　　　ひょうげん

4．語学力がない、はずかしがりな→
　　ごがくりょく

117

練習B 練習Aで作った文を少しなおして、次のような練習をしてみなさい。

例：登校拒否というのはどんなものですか。→感情的に行きたくないのではなくて、病気なんです。

1. 彼、論文ができないのは時間がな いからでしょうね。→

2. 試験に失敗しました。わたしは能力がないんです。→

3. 日本の夫は妻に対する愛情がたりませんね。

4. ぼくは語学がだめなんです。→

1.不是～，而是～

正文範例————然而，拒絶上學的情況，已不是單純鬧情緒不想去，而是近乎一種病態。

【註】是「AでなくてBである」＜不是A而是B＞的句型，但要注意的是A為否定形。以「行きたくない」＜不想去＞為A，然後再以「ではない」＜不是＞將其否定。這種句型多做練習即可明白。

練習A 請依例造句。

例：鬧情緒不想去、生病→不是鬧情緒不想去，而是生病。

1.沒時間、沒精神→

2.沒能力、努力不夠→

3.愛情不夠深、拙於表達→

4.沒有語學能力、怕羞→

練習B 請將練習A所造各句稍做更改，試著做如下的練習。

例：所謂的「拒絶上學」是怎麼一回事？→不是因為鬧情緒不想去，而是生病。

1.他論文寫不出來，大概是因為沒時間吧？→

2.考試失敗，是因為我沒能力。→

3.日本的丈夫對妻子的愛情不夠深。→

4.我外國語不行→

2. ……そうに……てみせる

本文例──テレビでは、人気スターがおいしそうにおかしを食べてみせる。

（注）「〜そうに」と「〜てみせる」を組み合わせた練習。

練習Ａ　例にならって文を作りなさい。

例：おいしそう、おかしを食べる→おいしそうにおかしを食べてみせる。

1．おいしそう、たばこを吸う→

2．おいしそう、ビールを飲む→

3．たのしそう、車を運転する→

4．たのしそう、料理を作る→

練習Ｂ　練習Ａで作った文の前に、「テレビでは、人気スターが」をつけて言いなさい。

例：おいしそう、おかしを食べる→テレビでは、人気スターがおいしそうにおかしを食べてみせる。

練習Ｃ　練習Ｂで作った文のあとに、例にならって文をつけなさい。

例：食べる→テレビでは、人気スターがおいしそうにおかしを食べてみせるから、見る人も食べたくなる。

1．吸う→

2．飲む→

3．運転する→

4．作る→

2．一副〜的樣子，給〜看。

正文範例------電視上，影歌紅星一副津津有味的樣子吃甜點給我們看。

【註】「〜そうに」＜一副〜的樣子＞和「〜てみせる」＜給〜看＞的組合練習。

練習A　請依例造句。

例：一副津津有味的樣子、吃甜點→一副津津有味的樣子、吃甜點給我們看。

1.一副津津有味的樣子、抽煙→

2.一副津津有味的樣子、喝啤酒→

3.一副愉快的樣子、開車→

4.一副愉快的樣子、做菜→

練習B　請在練習A所造各句之前加上「電視上、影歌紅星」。

例：一副津津有味的樣子、吃甜點→電視上，影歌紅星一副津津有味的樣子，吃甜點給我們看。

練習C　請在練習B所造各句之後，仿照例句加上句子。

例：品嚐→由於電視上影歌紅星一副津津有味的樣子，吃甜點給我們看，讓看的人也很想吃。

1.抽(煙)→

2.喝→

3.開車→

4.作→

ディスコース練習
れんしゅう

（会話文｜より） **No.24**
かいわぶん

> A：……そうですね。
>
> B：ええ、……だそうです。
>
> A：……でしょうね。
>
> B：ええ、……ですね。

練習の目的　Aは第三者について情報
もくてき　　　　　　　　だいさんしゃ　　じょうほう
の確認を求めます。Bはそれを確認
かくにん　もと
し、他の情報を加えます。Aは第三者
た　　くわ
に同情・同感を示し、Bも同感しま
どうじょう　どうかん　しめ　　　　どうかん
す。

練習の方法　基本型の下線の部分に入
ほうほう　　きほんけい　かせん　ぶぶん　い
れかえ語句を入れて会話をします。
ご　く

〈基本型〉

A：山田さんのむすこさん、(1)休んで
やまだ　　　　　　　　　　　やす
いるそうですね。

B：ええ、(2)登校拒否だそうです。
とうこうきょひ

A：山田さん、(3)心配でしょうね。
しんぱい

B：ええ、そうでしょうね。

▶入れかえ語句

1．(1)病気だ　(2)入院中　(3)心配
びょうき　　にゅういんちゅう

2．(1)けがをした　(2)交通事故　(3)心配
こうつうじこ

3．(1)就職する(2)同じ会社(3)うれしい
しゅうしょく　おな　かいしゃ

4．(1)結婚する　(2)来月　(3)うれしい
けっこん　　らいげつ

会話が長すぎると思う場合は、はじめ
なが　　　おも　ばあい
の2行だけ練習して、そのあと4行全
ぎょう　　　　　　　　　　　　　ぜん
部を練習してください。また、「山田さ
ぶ
んのむすこさん」をいろいろに変えて、
か
会話するとよいでしょう。

(取材自會話 I)

A：聽說……耶！
B：嗯，據說是……。
A：……吧！
B：是啊，真……！

練習目的 A想要確認一下有關第三者的訊息。B給予肯定的答覆並加上其他訊息。A對第三者表示同情與共鳴，B也一樣。

練習方法 請在基本句型的劃線部分，填入代換語句練習會話。

＜基本句型＞

A：聽說山田先生的兒子(1)沒去上學耶！

B：嗯，據說是(2)拒絕上學。
A：山田先生一定(3)很擔心吧！
B：嗯，應該是吧！

▲代換語句

1.(1)生病了　(2)正在住院　(3)擔心
2.(1)受傷了　(2)車禍　(3)擔心
3.(1)要就業　(2)同一個公司　(3)高興
4.(1)要結婚　(2)下個月　(3)高興

＊如果覺得對話太長，不妨先練習前二行，然後再練習整段四行。此外，「山田先生的兒子」這個部分，也可以做各種更改，練習對話。

漢字熟語練習
かん　じ　じゅく　ご・れん　しゅう

1.行＜行く＞

行動(する)[こうどう(する)]…………行動
行進(する)[こうしん(する)]……行進；前進
行為[こうい]………………………行為
行事[ぎょうじ]………例行活動；例行節目
行政[ぎょうせい]…………………行政
行列(する)[ぎょうれつ(する)]…行列；隊伍
銀行[ぎんこう]……………………銀行
急行[きゅうこう]…………………快車
飛行機[ひこうき]…………………飛機
暴行(する)[ぼうこう(する)]……暴行；強暴
行く[い(く)]………………………去；前往
行う[おこな(う)]…………………舉行；進行

2.的＜感情的＞

目的[もくてき]……………………目的
国際的(な)[こくさいてき(な)]…國際性(的)
具体的(な)[ぐたいてき(な)]………具體(的)
積極的(な)[せっきょくてき(な)]…積極(的)
消極的(な)[しょうきょくてき(な)]
　　　　　　　……………………消極(的)
的[まと]……………………………目標；靶

3.者＜心理学者＞

医者[いしゃ]………………………醫生
学者[がくしゃ]……………………學者
作者[さくしゃ]……………………作者
著者[ちょしゃ]……………………著者；作者
読者[どくしゃ]……………………讀者
死者[ししゃ]………………………死者
記者[きしゃ]………………………記者
者[もの]……………………………者；人
若者[わかもの]……………………年輕人

4.新＜新聞＞

新聞[しんぶん]……………………報紙
新館[しんかん]……………………新館
新入生[しんにゅうせい]…………新生
新入社員[しんにゅうしゃいん]……新進職員
新制[しんせい]……………………新制度
新鮮(な)[しんせん(な)]…………新鮮(的)
新しい[あたら(しい)]……………新的

5.関＜関係＞

関係(する)[かんけい(する)]‥‥‥‥‥‥關係
関連(する)[かんれん(する)]‥‥‥關聯；關係
関心[かんしん]‥‥‥‥‥‥‥‥‥‥‥‥關心
関税[かんぜい]‥‥‥‥‥‥‥‥‥‥‥‥關稅
〜に関する[〜(に)かん(する)]‥‥‥‥關於〜

6.対＜対して、対策＞

対策[たいさく]‥‥‥‥‥‥‥對策；因應措施
対象[たいしょう]‥‥‥‥‥‥‥‥‥‥‥對象
対立(する)[たいりつ(する)]‥‥‥‥‥‥對立
対抗(する)[たいこう(する)]‥‥‥‥‥‥對抗
対照(する)[たいしょう(する)]‥對照；對比
対話[たいわ]‥‥‥‥‥‥‥‥‥‥‥‥‥對話
対談(する)[たいだん(する)]‥‥‥‥‥‥對談
反対(する)[はんたい(する)]‥‥‥‥‥‥反對
絶対[ぜったい]‥‥‥‥‥‥‥‥‥‥‥‥絕對
〜に対して[〜(に)たい(して)]
‥‥‥‥‥‥‥‥‥‥‥對於〜；和〜相對

7.実＜実際＞

実に[じつ(に)]‥‥‥‥‥‥‥‥‥‥‥實際上
実情[じつじょう]‥‥‥‥‥‥‥‥‥‥‥實情
実用[じつよう]‥‥‥‥‥‥‥‥‥‥‥‥實用
実力[じつりょく]‥‥‥‥‥‥‥‥‥‥‥實力
実際[じっさい]‥‥‥‥‥‥‥‥‥‥‥‥實際
実行(する)[じっこう(する)]‥‥‥‥‥‥實行
実態[じったい]‥‥‥‥‥‥‥‥‥‥實際狀態
実験(する)[じっけん(する)]‥‥‥‥‥‥實驗
事実[じじつ]‥‥‥‥‥‥‥‥‥‥‥‥‥事實
現実[げんじつ]‥‥‥‥‥‥‥‥‥‥‥‥現實
確実(な)[かくじつ(な)]‥‥‥‥‥‥‥確實(的)
実がなる[み(がなる)]‥‥‥‥‥‥‥‥結果實

8.立＜立場＞

国立(の)[こくりつ(の)]‥‥‥‥‥‥‥國立(的)
公立(の)[こうりつ(の)]‥‥‥‥‥‥‥公立(的)
都立(の)[とりつ(の)]‥‥‥‥‥‥‥‥都立(的)
私立(の)[しりつ(の)]‥‥‥‥‥‥‥‥私立(的)
成立(する)[せいりつ(する)]‥‥‥‥‥‥成立
樹立(する)[じゅりつ(する)]‥‥‥‥‥‥樹立
設立(する)[せつりつ(する)]‥‥‥‥‥‥設立
独立(する)[どくりつ(する)]‥‥‥‥‥‥獨立
立つ[た(つ)]‥‥‥‥‥‥‥‥‥‥‥‥‥站立

9.見＜意見＞

見物(する)[けんぶつ(する)]‥‥‥‥‥‥參觀
見学(する)[けんがく(する)]‥‥‥‥‥‥見習
意見[いけん]‥‥‥‥‥‥‥‥‥‥‥‥‥意見
発見(する)[はっけん(する)]‥‥‥‥‥‥發現
会見(する)[かいけん(する)]‥‥‥會見；會面
拝見(する)[はいけん(する)]‥‥‥‥看；拜讀
見る[み(る)]‥‥‥‥‥‥‥‥‥‥‥‥‥‥看
見せる[み(せる)]‥‥‥‥‥‥‥‥‥給〜看
見方[みかた]‥‥‥‥‥‥‥‥‥‥‥‥‥看法
見出し[みだ(し)]‥‥‥‥‥‥‥‥‥‥‥標題

10.物＜あまい物＞

物理(学)[ぶつり(がく)]‥‥‥‥‥‥‥物理(學)
物価[ぶっか]‥‥‥‥‥‥‥‥‥‥‥‥‥物價
動物[どうぶつ]‥‥‥‥‥‥‥‥‥‥‥‥動物
植物[しょくぶつ]‥‥‥‥‥‥‥‥‥‥‥植物
博物館[はくぶつかん]‥‥‥‥‥‥‥‥博物館
荷物[にもつ]‥‥‥‥‥‥‥‥‥‥‥‥‥行李
物[もの]‥‥‥‥‥‥‥‥‥‥‥‥‥物；東西
物語[ものがたり]‥‥‥‥‥‥‥‥‥‥‥故事
品物[しなもの]‥‥‥‥‥‥‥‥‥‥‥‥物品
買い物[か(い)もの]‥‥‥‥‥‥‥‥‥‥購物
建物[たてもの]‥‥‥‥‥‥‥‥‥‥‥建築物

11.食＜食べる、食事＞

食事[しょくじ]‥‥‥‥‥‥‥‥‥飯；餐；伙食
食品[しょくひん]‥‥‥‥‥‥‥‥‥‥‥食品
食料[しょくりょう]‥‥‥‥‥‥‥‥食品原料
食卓[しょくたく]‥‥‥‥‥‥‥‥‥‥‥餐桌
食堂[しょくどう]‥‥‥‥‥‥‥‥‥‥‥餐廳

食器[しょっき]……………………餐具
食器棚[しょっきだな]………………餐具櫥
飲食店[いんしょくてん]……飲食店；餐飲店
昼食[ちゅうしょく]…………………午餐
朝食[ちょうしょく]…………………早餐
夕食[ゆうしょく]……………………晩餐
定食[ていしょく]………………快餐；客飯
食べる[た(べる)]……………………吃
食う[く(う)]…………………………吃

12.現＜現代＞

現在[げんざい]………………………現在
現代[げんだい]………………………現代
現金[げんきん]………………………現金
現状[げんじょう]………………現況；現狀
現場[げんば]…………………………現場
現象[げんしょう]……………………現象
実現(する)[じつげん(する)]…………實現
表現(する)[ひょうげん(する)]…表現；表達
現れる[あらわ(れる)]………………出現

漢字詞彙複習

1．あの**建物**は**博物館**です。

2．**現金**でおねがいします。

3．**見物**のあと、**買い物**をした。

4．**著者**はお**医者**さんだそうです。

5．**食堂**の前に**行列**ができている。

6．あそこに**立って**いるのは**新入社員**で
　すか。

7．この**新聞**は**見出し**がおもしろい。

8．**記者**はすぐ**現場**へ行った。

9．**読者**から**物価**に関するいろいろな意
　見があつまった。

10．**絶対**に**反対**だ。

11．**品物**を見てからきめます。

12．**動物**より**植物**のほうがすきです。

13．**具体的**な**対策**はまだできていない。

14．**私立**の大学で**物理学**を教えています。

15．**現在**の**実力**では**独立**はむずかしい。

16．**現代**の**若者**はどうも**消極的**だ。

17．**実現**するかどうか、**確実**なことはわ
　からない。

18．彼は**国際的**に有名な**学者**だそうだ。

19．二人は**立場**がちがうのだから、**対立**
　するのは**当然**だ。

20．**実験**の**結果**、新しい**事実**を**発見**した。

1.那棟**建築物**是博物館。
2.請付**現金**。
3.**遊覽**之後**買**了**東西**。
4.聽說**作者**是**醫生**。
5.**餐廳**前大**排長龍**。
6.站在那邊的是**新進職員**嗎？
7.這**報紙**的**標題**很有趣。
8.**記者**馬上趕至**現場**。
9.匯集了**讀者**對**有關物價**方面的種種**意見**。
10.**絕對反對**。

11.看過**東西**之後再決定。
12.喜歡**植物**更甚於**動物**。
13.尚無**具體的對策**。
14.在**私立**大學教**物理**。
15.以**目前**的**實力**很難**獨立**。
16.**現代**的**年輕人**感覺上很**消極**。
17.能否**實現**還不**確定**。
18.聽說他是**國際**間有名的**學者**。
19.兩人的**立場**不同，因此**對立**乃理所當然。
20.**實驗**結果**發現**了新**事實**。

応用読解練習
おう　よう　どっ　かい　れん　しゅう

暮らしのコラム

子供の**本音**

学校に来られない子、どう励ましたらいいんだろう

1

「ゆうこちゃんてね、6年生になってからずっと学校に来られないの。それであたし、ずいぶん電話したり、朝誘いに行ったりしてるの。でも『先に行ってね』っていうだけで…」
——どうしてそんなに気になるの?

2

「教室の中で机が1個空いてるのってイヤなの。なんかハンパだな、って感じがして。
あとサ、あたし、ゆうこちゃんが担任の先生と性格が合わないっての、分かるような気がするの」

1　子供の本音

2

「ゆうこちゃんてね、6年生になってからずっと学校に来られないの。それであたし、ずいぶん電話したり、朝誘いに行ったりしてるの。でも『先に行ってね』っていうだけで…」

——どうしてそんなに気になるの?

「教室の中で机が1個空いてるのってイヤなの。なんかハンパだな、って感じがして。

あとサ、あたし、ゆうこちゃんが担任の先生と性格が合わないっての、分かるような気がするの」

字彙表

①

子供[こども]……………………孩子；小孩
本音[ほんね]……………………眞話；心聲

②

ゆうこちゃん……………………優子(女孩名)
6年生[ろくねんせい]……………六年級
学校[がっこう]…………………學校
来られない[こ(られない)]………不能來
あたし……………………我(=わたし。女性用語)
朝[あさ]…………………………早晨
誘いに行く[さそ(いに)い(く)]
　　　　　　　　　　　　　……去邀約
先に行ってね[さき(に)い(ってね)]
　　　　　　　　　　　　……你先走吧！
気になる[き(になる)]……………擔心；在意
教室[きょうしつ]………………教室
中[なか]…………………………裏面
机[つくえ]………………………桌子
1個[いっこ]……………………一個
空いてる[あ(いてる)]……………空的
なんか……………………………總覺得
ハンパ……………………………不完全
感じ[かん(じ)]…………………感覺

担任の先生[たんにん(の)せんせい]
　　　　　　　　　……………級任老師；導師
性格[せいかく]…………………性格；個性
合わない[あ(わない)]……………不相配；不合
気がする[き(がする)]……………覺得

【註】

(1)**「ゆうこちゃんてね」**　「て」は「というのは」の意味。「は」のかわりに会話ではよく用いられる。「って」も同じ。
例：あの人っていい人よ。
(2)**「の」について**　「来られないの」「行ったりしてるの」「わかるような気がするの」などの「の」は「のです」の略。説明的。「気になるの？」の「の」は「のですか」の略。
(3)**空いてるのって**　「空いてるというのは」の意味。
(4)**ハンパだなって感じ**　「ハンパだなという感じ」の意味。
(5)**合わないっての**　「合わないということは」の意味。

中譯

①

　　孩子的心聲

②

　　「優子自從升上六年級後，就一直不能來上學。因此，我打了很多次電話，也在早上去約她上學。但她只是說：『你先去吧！』……」
－－爲什麼會這樣在意呢？
　　「我不喜歡教室裏有一張桌子空著。總覺得不完整。還有，我覺得我好像能夠了解優子跟級任老師個性不合這一點。

レッスン9

宅配便
たく　はい　びん

CD ③ No.1

本文
ほん　ぶん

電話をすればうちまで荷物をとりに来て、一日か二日のうちに全国どこへでもとどける。こういう*宅配便がこのごろふえている。利用する立場からはじつに便利だが、とどける人はたいへんであろう。

ある大きな宅配便の会社の例を、数日まえテレビで紹介していた。この会社では最近、コンピューターで社員のトラックの動きを記録することにした。事務所のコンピューターに、何時何分にどこを通ったか、全部記録される*。運転手にとってはたいへんなプレッシャーであろう。

しかも運転席のそばの機械が、事務所からの指令*を次々に打ち出す。車をとめて荷物をとどけに行っている間にも指令が来る。以前は運転手が車にい

ないときは指令を送ることができないので、注文をことわっていたが、今度の方法で注文を受ける数が大いにふえたそうである。

しかし、働く人の仕事もふえ、つかれもひどくなる。途中でやめる社員も多いそうだ。人間と機械の組みあわせはむずかしい。人間が機械を使うのでなく、機械が人間を使うことになってしまう*場合も多い。

これだけ*コンピューターが進歩したのだから、トラックも無人にしてコンピューターで動かし、荷物はロボットが運ぶようにしたらどうだろう。ピンポーンと鳴ったので玄関へ出てみると、クロネコ*のロボットが立っていて、おかしの箱をさし出すなんて*、想像するとたのしいではないか。

126

送貨到家

只要一通電話，就會親自到府提取包裹，不消一兩天，保證送到全國任何角落。這類的送貨到家服務，最近不斷增加。站在利用者的立場來說，實在是極爲方便，不過可就要累壞送貨的人了。

前幾天的電視節目中，曾經介紹某個規模頗大的送貨到家公司。該公司最近採用電腦設備，將送貨車的動態記錄下來。在幾點幾分通過哪裏，都鉅細靡遺地記憶儲存在辦事處的電腦裏。這對司機來說，該是極大的壓力吧。

而且駕駛座旁的機器，不斷傳來辦事處下達的指令。即使是停車送貨的當兒，指令依舊源源而至。以前要是司機不在車上時，

由於指令無法送達，只好拒絕此時來的訂單。聽說用了這個方法後，受理的預約數量大幅增加。

但是，如此一來，跑腿的人工作份量增加，疲憊也益形嚴重。中途受不了而辭職的職員據說也挺多的。人與機器的搭配組合畢竟不容易。許多場合變得不是人在指揮機器，反倒是機器在使喚人了。

由於電腦已進步到這種程度，假使讓電腦來操縱一輛無人貨車，物品則由機器人代勞搬運的話，那又會是什麼樣的情景呢？聽到門鈴響，走到門口一看，只見黑貓小叮噹赫然站在眼前，把一盒點心遞過來。一想到這些，不是也挺愉快的嗎？

会話
かいわ

●会話文 | No.2
よん

知人２人の会話。Ａは男性、Ｂは女性。
ちじん ふたり　　　　だんせい　　　じょせい

Ａ：宅配便で、早いですね。
たくはいびん　はや

Ｂ：ええ、日本全国どこへでも、一日か二日のうちにとどけるそうですからね。
にほんぜんこく　　　　いちにち　ふつか

Ａ：便利なもんですね。
べんり

Ｂ：でも、とどける人はたいへんでしょうね。
ひと

Ａ：そうですね。会社の間の競争もあるでしょうし。
かいしゃ あいだ きょうそう

Ｂ：ええ。注文をたくさん受けるためにいろいろなことをしているそうです。
ちゅうもん　　　　う

Ａ：そうですか。

Ｂ：たとえば、運転手が車をおりて荷物をとどけに行っている間は、事務所から指令を送ることができませんね。
うんてんしゅ　くるま　　　に もつ　　　　　い　　　　　　　　　じ む しょ　　しれい　おく

Ａ：ええ。

Ｂ：そうすると、その注文はほかの会社へ行ってしまう。

Ａ：ええ。

Ｂ：それで、運転手がいない間にも、事務所からの指令が行くようにしたんだそうです。

Ａ：そういう機械をつけたんですね。
きかい

Ｂ：ええ、それで大いに注文がふえたそうです。
おお

Ａ：でも、働く人はたいへんでしょう。仕事がふえることになるから。
はたら　　　　　　　　　　　　　　し ごと

B：ええ、そうですね。会社によって
　は、半分以上の人が途中でやめるそ
　　　はんぶんいじょう　　とちゅう
　うです。

●會話Ｉ

兩位熟人間的對話。A是男性，B是女性。

A：送貨到家，可真是快呀！

B：是啊！因為聽說不管是日本的任何地方，不
　消一兩天就能送到呢！

A：真是方便哪！

B：不過，送貨的人可就要累壞了。

A：說的也是。尤其公司之間也得競爭呀！

B：嗯，聽說為了多接訂單，還弄些五花八門的
　點子。

A：這樣子啊！

B：比方說吧，司機下車，去送貨的當兒，辦事
　處就沒法傳送指令了，對不對？

A：きびしいですね。

B：便利な生活って、きびしい競争の
　　　　せいかつ　　　　　　　　きょうそう
　産物なんですね。
　さんぶつ

A：對呀！

B：這麼一來，訂單就會跑到別家公司去。

A：嗯。

B：所以，據說他們設法讓司機不在的這段時間
　內，指令也能通行無阻。

A：於是就裝上這種機器囉！

B：嗯，結果呢！聽說訂單大幅增加。

A：不過，送貨的人一定很累吧！工作一下子增
　加那麼多。

B：嗯，說的也是。看公司而定。聽說有一半以
　上的人中途就辭職不幹了。

A：真不好幹哪！

B：便利的生活，就是激烈戰爭下的產物哪！

●会話文ＩＩ No.3

　夫と妻の会話。
　おっと　つま

妻：宅配便の人、かわいそうね。

夫：どうして。

妻：トラックを運転して、荷物を運ぶ
　　　　　　うんてん　　にもつ　はこ
　でしょう？

夫：うん。

妻：その途中にいくつもチェックポイ
　　　　とちゅう
　ントがあって、そこを何時何分に通
　　　　　　　　　　　なんじなんぷん　とお
　ったか、事務所のほうにわかるんで
　　　　じむしょ
　すって*。そういう機械があって。
　　　　　　　　　　きかい

夫：ふうん。

妻：人間が機械に監督されているみた
　　にんげん　きかい　かんとく
　い*。

夫：そうだね。

妻：ひどいと思わない？

夫：思うよ。だけど、ぼくだって*同じ
　　　　　　　　　　　　　　おな
　ようなものだよ。

妻：どういう意味？
　　　　　　いみ

夫：いつも監督されているもの*。

妻：上の人に？
　　うえ

夫：それだけじゃない。

妻：だれに？

夫：（妻の声をまねて）「おこづかい、
　　　　こえ
　このあいだ１万円あげたでしょ。も
　　　　　　　まんえん
　うなくなったなんて、へんだわ。何
　　　　　　　　　　　　　　　なに
　に使ったの」
　　つか

妻：それは月給が少ないからよ。月給
　　　　　げっきゅう　すく　　　　　　　げっきゅう

が多ければ、そんなこと言わないわ。

夫：(また妻の声をまねて)「きょうは残業（ざんぎょう）がないはずよ。どうしてこんなにおそいの」

妻：それは晩（ばん）ごはんがむだになるからよ。

夫：わかった。

妻：もう、そんなこと言うの、やめるわ。

夫：それはありがたい。

妻：おこづかいは千円（せんえん）ずつわたす…

夫：おいおい。

妻：晩ごはんは帰（かえ）るまで作（つく）らないことにするわ。

●會話Ⅱ

夫妻間的對話。

妻：送貨到家的人，好可憐噢！

夫：怎麼說呢？

妻：他們要開卡車，還得搬貨吧！

夫：嗯。

妻：聽說途中有好幾個檢視站，幾點幾分通過那兒，辦事處可是瞭若指掌哩。有這種機器耶！

夫：噢。

妻：簡真就像人被機器監視一樣。

夫：說的也是。

妻：你不覺得太過份嗎？

夫：當然覺得啊！不過，我還不是跟他沒啥兩樣。

妻：什麼意思？

夫：老是被人家監視啊！

妻：上司嗎？

夫：不只哪！

妻：還有誰？

夫：(模仿妻子的聲調)「零用錢上回不是才給你一萬元，怎麼又清潔溜溜。真奇怪，花到哪兒去了？」

妻：那是因為薪水太少啦！薪水再多些，人家就不會嘮叨了嘛！

夫：(又模仿妻子的聲調)「今天應該沒加班才對呀！怎麼會這麼晚回來呢？」

妻：那是因為晚飯會浪費掉啊！

夫：知道啦！

妻：人家以後不說這些就是了。

夫：那真是謝天謝地。

妻：零用錢每次只發一千元……。

夫：哎喲！

妻：我決定晚飯等你回來後才做。

単語のまとめ（たん・ご）

●本文（ほんぶん）

宅配便[たくはいびん]	送貨到家服務
荷物[にもつ]	包裹；行李
とりに来る[(とりに)く(る)]	來拿
全国[ぜんこく]	全國
どこへでも	不管到任何地方
とどける	送到；遞送
利用する[りよう(する)]	利用
立場[たちば]	立場；處境
じつに	實在；眞的
便利[べんり]	方便；便利
たいへん	不得了；嚴重
例[れい]	例子

数日まえ[すうじつ(まえ)]…………………幾天前
紹介する[しょうかい(する)]………………介紹
最近[さいきん]………………………………最近
コンピューター………………………………電脳
社員[しゃいん]…………………………公司職員；員工
トラック……………………………………卡車；運貨車
動き[うご(き)]……………………………動向；動態
記録する[きろく(する)]…………………記録；登記
事務所[じむしょ]……………………………辦事處
何時何分に[なんじなんぷん(に)]

　　　　　　　　…………………………在幾點幾分
通る[とお(る)]……………………………通過；經過
全部[ぜんぶ]…………………………………全部
記録される[きろく(される)]………………被記録
運転手にとって[うんてんしゅ(にとって)]

　　　　　　　　……………………………對司機而言
たいへんな……………………………屬害的；嚴重的
プレッシャー…………………………（精神）壓力
しかも…………………………………而且；卻
運転席[うんてんせき]………………………駕駛座
機械[かかい]…………………………機械；機器
指令[しれい]…………………………指令；指示
次々に[つぎつぎ(に)]………………一個接一個
打ち出す[う(ち)だ(す)]………………敲出；放出
車[くるま]……………………………車子；汽車
とどけに行っている間にも[(とどけに)い(っ
ている)あいだ(にも)]

　　　　　　　　…………………即使在送貨的當兒
以前は[いぜん(は)]…………………………以前
送る[おく(る)]……………………………送；寄
注文[ちゅうもん]……………………預約；訂購
ことわる………………………………………拒絕
今度の[こんど(の)]…………………這次；這回
方法[ほうほう]………………………………方法
受ける[う(ける)]……………………接受；蒙受
数[かず]……………………………………數；數目
大いに[おお(いに)]…………………非常；很
つかれ………………………………………疲倦；疲乏

ひどくなる…………………………變得嚴重；惡化
途中[とちゅう]………………………途中；中途
多い[おお(い)]……………………………多的
人間[にんげん]……………………………人類；人
組みあわせ[く(みあわせ)]………………組合；配合
進歩する[しんぽ(する)]…………………進歩
無人[むじん]………………………無人；沒有人的
動かす[うご(かす)]………………移動；搖動；開動
ロボット……………………………………機器人
運ぶ[はこ(ぶ)]……………………………搬運；運送
ピンポーン………………………………（門鈴聲）
鳴る[な(る)]………………………鳴響；發聲
玄関[げんかん]………………………前門；正門
クロネコ……………………黒猫（送貨公司）
箱[はこ]………………………………………箱；盒
さし出す[(さし)だ(す)]…………………伸出；提出
想像する[そうぞう(する)]…………………想像
たのしい……………………………………快樂；高興

● **会話文 I**
　かいわぶん

～の間の[(～の)あいだ(の)]…在～之間的～
競争[きょうそう]……………………………競争
会社によっては[かいしゃ(によっては)]

　　　　　　　　…………………………依公司而定
きびしい………………………………嚴格的；嚴肅的
産物[さんぶつ]………………………………産物

● **会話文 II**
　かいわぶん

チェックポイント…………………………檢査站
監督される[かんとく(される)]………被監視
上の人[うえ(の)ひと]…………………上司；長輩
(お)こづかい………………………………零用錢
月給[げっきゅう]……………………薪水；月薪
残業[ざんぎょう]……………………………加班
～はず…………………………………應該；理應
むだになる…………………………………白費；徒勞
ありがたい…………………………值得感謝；難得

文法ノート

●本文
ほんぶん

こういう

＜這種＞。意思和「こんな」類似，但不像「こんな」含有批評和瞧不起的口氣。同類的詞語是「そういう」＜那種＞、「ああいう」＜那種＞。

記録される
きろく

「される」是「する」的被動式。例：配達される＜被配送＞、研究される＜被研究＞。

事務所からの指令
じむしょ　　しれい

注意「から」的後面有「の」字。帶有助詞的名詞在修飾名詞的時候，助詞後面必須加「の」才行。例：友達からの手紙＜朋友寄來的信＞、大学での勉強＜大學的課業＞。

～ことになってしまう

＜會成為～（的結果）＞。用來表示和說話者本意相反的不良結果。例：朝起きるのが遅くて、朝食を食べないことになってしまう。＜我經常早上晚起，結果沒吃早飯。＞

これだけ

這裏的「だけ」相當於「この程度に」＜這個程度＞。「だけ」除了表＜只；僅＞之外，還常用來表示＜程度很甚＞或＜數量很多＞。

クロネコ

文中的機器人不一定非「黑貓」不可。之所以用「黑貓」，是因為日本有一家「黑貓送貨到家公司」，相當有名。這裏借用一下，以製造詼諧的效果。

～なんて

等於「～などということは」＜～之類的事物＞。

●会話文Ⅰ
かいわぶん

宅配便て
たくはいびん

「(っ)て」是「というものは」的簡縮。表句中的主題，口頭語色彩比「は」濃。「便利な生活って」的「って」亦同。

便利なもんですね
べんり

「(な)もん／もの」表羨慕、讚嘆的口氣。

●会話文Ⅱ
かいわぶん

～わかるんですって

這裏的「って」等於「と聞いた＜聽說～＞」，口頭語色彩比「～そうです」濃。婦女用「ですって」的形式。好友之間則說成「だって」。

～みたい

等於「よう」。口頭語。

ぼくだって

等於「ぼくも」。口頭語。

監督されているもの
かんとく

這裏的「もの」等於「から」，有替自己辯護的味道。口頭語。

文型練習
ぶん けい れん しゅう

1．…（の）立場からは…が、…は…
たち ば

> 本文例──利用する立場からはじ
> ほんぶんれい　　りよう　　たちば
> つに便利だが、とどける人はたい
> べんり　　　　　　　　　ひと
> へんであろう。

（注）立場が異なると、人の利害が異なることを
ちゅう こと　　　　　　りがい
述べる。
の

練習A　例にならって文を作りなさい。

例：利用する、便利だ、とどける→利
用する立場からは便利だが、とどけ
る人はたいへんであろう。

1．読む、便利だ、とどける→
よ

2．買い物をする、便利だ、店の→
か　もの　　　　　　　みせ

3．食べる、たのしい、作る→
た　　　　　　　つく

4．見る、たのしい、番組を作る→
み　　　　　　　ばんぐみ

練習B　練習Aで作った文の前に、例
まえ
のように文をつけなさい。

例：宅配便がこのごろふえている→宅
たくはいびん　　　　　　　　　　たく
配便がこのごろふえている。利用す
る立場からは便利だが、とどける人
はたいへんであろう。

1．毎日、新聞が配達される→
まいにち　しんぶん　はいたつ

2．夜おそくまであいている店がある
よる
→

3．このレストランは、きれいな料理
りょうり
を出す→
だ

4．毎晩おもしろいテレビドラマがあ
ばん
る→

以上は書きことば的な文。会話体も練習しなさい。たとえば、

利用する立場からは便利ですが、と

どける人はたいへんでしょう。

応用　自分でA、Bの文を作りなさい。

1.～的立場來說～，不過～

> 正文範例------站在利用者的立場來說實在是極爲方便，不過就要累壞送貨的人了。

【註】說明立場相異的話，彼此的利害關係也就不同。

練習A　請依例造句。

例：利用、方便、送貨→站在利用者的立場來說實在是極爲方便，不過可就要累壞送貨的人了。

1.讀、方便、送貨→

2.購物、方便、店裏的→

3.吃、愉快、做→

4.看、愉快、製作節目→

練習B　請在練習A所造各句之前加上下列句子。

例：送貨到家服務最近不斷增加→送貨到家服務最近不斷增加。站在利用者的立場來說實在是極爲方便，不過可就要累壞送貨的人了。

1.每天送報到家→

2.有的店營業到深夜→

3.這間餐廳推出賞心悅目的料理→

4.每晚都有好看的電視劇→

＊以上是書面語的句子。不妨也練習一下會話體。例如：

從利用者的立場來說極爲方便，但送貨的人就相當吃力了。

應用　請以自己的話題來練習A、B這兩種句型。

 No.5

2．これだけ……のだから、……たらどうだろう。

> 本文例——これだけコンピューターが進歩したのだから、トラックも無人にしてコンピューターで動かし、荷物はロボットが運ぶようにしたらどうだろう。

(注)状況を説明し、その状況にもとづいて提案する形。会話体で練習する。

練習　例にならって文を作りなさい。

例：コンピューターが進歩した、荷物はロボットが運ぶ→これだけコンピューターが進歩したのですから、荷

物はロボットが運ぶようにしたらどうでしょう。

1. もうかった、安く売る→

2. 会員がふえた、会費をさげる→

3. じょうずになった、リサイタルを開く→

4. 家族がふえた、広い家にうつる→

2.由於〜到這種程度，〜如果〜的話，又會如何呢？

正文範例------由於電腦已進步到這種程度，如果讓電腦來操縱一輛無人貨車，物品則由機器人來代勞搬運的話，那又會是什麼樣的情景呢？

【註】說明狀況，根據這個狀況來提議的形式。用會話體練習。

練習A　請依例造句。

例：電腦已進步、物品由機器人代勞搬運→由於電腦已進步到這種程度，如果物品由機器人代勞搬運的話，那又會是什麼樣的情景呢？

1.賺錢、便宜賣→

2.會員增加、會費降低→

3.變得高明、開演奏會→

4.家庭人口增多、搬到大房子→

ディスコース練習

（会話文Iより）CD③ No.6

A：……て……ですね。

B：ええ。………ですからね。

A：……もんですね。

B：でも、………。

練習の目的　Aがある物をほめます。

Bは賛成して、その良い点をくわしく述べます。Aがいっそう感心すると、Bは急にその悪い点を思い出してつけ加えます。

練習の方法　基本型の下線の部分に入れかえ語句を入れて会話をします。

〈基本型〉

A：(1)宅配便て早いですね。

B：ええ、(2)日本全国どこへでも、一日か二日のうちにとどけるそうですからね。

A：いいもんですね。

B：でも、(3)とどける人はたいへんでしょうね。

▶入れかえ語句

1．(1)電子レンジって便利　(2)いろいろな料理がすぐできます　(3)電気代がずいぶんかかる

2．(1)旅行っていい　(2)気持ちが明るくなります　(3)だれといっしょに行くかがたいせつ

3．(1)人のために料理をするっていい　(2)心が平和になります　(3)食べなければならない人はたいへん

その他、自分の話題で会話をしてみなさい。

(取材自會話1)

> A：……呀！
> B：是啊。因為……呢！
> A：……哪！
> B：不過……。

練習目的　A讚揚某件事物，B附和並詳細說明其優點。A更加感嘆，B卻突然想到它的缺點，加以補充。

練習方法　在基本句型的劃線部分填入代換語句，練習對話。

〈基本句型〉

A：(1)送貨到家服務眞快呀！

B：是啊！因為(2)聽說不管是日本任何地方，不消一兩天就能送到呢！

A：眞好啊！

B：不過(3)送貨的人可就要累壞了吧！

▲代換語句

1．(1)微波爐眞方便　(2)馬上能做好各式各樣的菜　(3)電費可要花不少

2．(1)旅行眞好　(2)心情變得開朗　(3)要看跟誰去才是重要

3．(1)為別人做飯菜感覺眞好　(2)心情變得安詳　(3)非吃不可的人就累了

＊此外，可以就自己的話題來練習會話。

漢字熟語練習

1.数＜数日、数＞

数日[すうじつ]…………………幾天

数年[すうねん]…………………幾年

数字[すうじ]……………………數字

数学[すうがく]…………………數學

多数(の)[たすう(の)]…………多數(的)

少数[しょうすう]………………少數

数[かず、すう]…………………數；數目

2.近＜最近＞

近所[きんじょ]…………………附近；近處

近代[きんだい]…………………近代；現代

近海[きんかい]…………………近海

最近[さいきん]…………………最近

付近[ふきん]…………………………附近
接近する[せっきん(する)]……………接近
近い[ちか(い)]…………………………近；靠近

3.記＜記録＞

記録(する)[きろく(する)]………記録；記載
記者[きしゃ]……………………………記者
記事[きじ]…………………………報導；消息
記念(する)[きねん(する)]……………紀念
記憶(する)[きおく(する)]……………記憶
日記[にっき]……………………………日記
伝記[でんき]……………………………傳記

4.運＜運転、運ぶ＞

運転(する)[うんてん(する)]…………駕駛
運動(する)[うんどう(する)]…………運動
運賃[うんちん]…………………………運費
運輸省[うんゆしょう]…………………交通部
運がいい[うん(がいい)]………幸運；運氣好
運ぶ[はこ(ぶ)]…………………搬運；進行

5.機＜機械＞

機械[きかい]……………………機械；機器
機関[きかん]……………………………機關
機会[きかい]……………………………機會
洗濯機[せんたくき]……………………洗衣機
掃除機[そうじき]………………………吸塵器

6.送＜送る＞

放送(する)[ほうそう(する)]……………廣播
放送局[ほうそうきょく]………………廣播電台
輸送(する)[ゆそう(する)]………輸送；運輸
送る[おく(る)]………………送；寄；度過

7.今＜今度＞

今度[こんど]…………………………這次；這回
今日[こんにち]…………………………今天；目前
今月[こんげつ]…………………………本月

今週[こんしゅう]………………………本週；本星期
今晩[こんばん]…………………………今晚
今夜[こんや]……………………………今夜
今[いま]…………………………………現在
今年[ことし]……………………………今年

8.度＜今度＞

今度[こんど]……………………………這回；這次
程度[ていど]……………………………程度
温度[おんど]……………………………溫度
制度[せいど]……………………………制度
年度[ねんど]……………………………年度
震度[しんど]……………………(地震)震幅
～度(一度)[～ど(いちど)]………～次(一次)
～度(30度)[～ど(さんじゅうど)]
　………………………(氣溫)～度(三十度)

9.方＜方法＞

方向[ほうこう]…………………………方向
方面[ほうめん]…………………………方面；部分
方法[ほうほう]…………………………方法；辦法
方針[ほうしん]…………………………方針
一方[いっぽう]…………………………一方面
地方[ちほう]……………………………地區；地方
平方[へいほう]…………………………平方
(書き)方[(かき)かた]…………………寫法

10.法＜方法＞

法律[ほうりつ]…………………………法律
法案[ほうあん]…………………………法案
法人[ほうじん]…………………………法人
法廷[ほうてい]…………………………法庭
憲法[けんぽう]…………………………憲法
法務省[ほうむしょう]…………………法務部

11.受＜受ける＞

受験(する)[じゅけん(する)]
　………………………参加考試；報考

受賞(する)[じゅしょう(する)]
　　　…………………………得獎；獲獎
受ける[う(ける)]……………接受；蒙受
受かる[う(かる)]……………考上；考中
受取[うけとり]………領；收；收據

12.進＜進歩＞

進歩(する)[しんぽ(する)]…………進歩
進出(する)[しんしゅつ(する)]
　　　………………………進入；進軍
推進(する)[すいしん(する)]…………推進
先進国[せんしんこく]…………先進國家
進む[すす(む)]………………前進；進歩
進める[すす(める)]…………使前進；提昇

漢字詞彙複習

1.**近所**の店で見つけたから、**送**ります。
2.この**方法**を**数日**ためしてみましょう。
3.**今月**は**運動**をするひまがなかった。
4.**今年**は**運転**をならうつもりです。
5.二、三**度**会ったことがあります。
6.この**地方**では**近海**のさかなを食べる
　ことができます。
7.**受験**のために**数学**を勉強しています。
8.その**記事**のことは**記憶**していません。
9.**運**よく**受賞**できてうれしいです。
10.**温度**が30度になった。
11.どちらの**方向**に**進**みましょうか。

12.きのう**数年**まえの**日記**を読んでみた。
13.この**程度**なら**震度**3ぐらいでしょう。
14.この**法律**は**近**いうちにかわるそうだ。
15.今の**方針**はしばらくかえないつもり
　です。
16.**多数**の人が**受**けたが、**受**かったのは
　少数だった。
17.**最近**の洗濯機はだいぶ**進歩**している。
18.**多数**の記者が**法務省**にあつまった。
19.**機会**があれば**放送**に出たい。
20.あの会社はいろいろな**方面**に**進出**し
　ている。

1.在**附近**的店找到的，所以我給你**送**去。
2.這**方法**試**幾天**看看。
3.這**個月**沒有時間**運動**。
4.**今年**打算去學**開車**。
5.曾經見過**兩三次**面。
6.在這個**地方**可以吃到**近海**的魚。
7.為了參加**考試**在唸**數學**。
8.那項**報導**已記不得了。
9.很**幸運**地能**得獎**，非常高興。
10.**溫度**昇到三十度。

11.要往哪個**方向前進**呢？
12.昨天翻閱了**數年**前的**日記**。
13.這個**程度**的話，差不多是**震幅**三吧！
14.聽說這條**法律**在**近**期內將做修改。
15.**目前**的**方針**暫時不打算改變。
16.有**很多人參加**，但只有**少數人**及格。
17.**最近**的**洗衣機**相當**進步**。
18.**許多記者**聚集在**法務部**。
19.有**機會**的話很想上**電台**。
20.那家公司向多**方面開拓**市場。

語句練習
ご　く　れん しゅう

I～IIIでは動詞の使いかたを中心に、表現
どうし　つか　ちゅうしん ひょう げん
の練習をする。またIVでは親しい話しかた
れん しゅう　した　はな
の復習をする。
ふく しゅう

I．1～9のあとに使う動詞をa～l
の中からえらびなさい。
なか

1．宅配便を
たくはいびん

2．いそがしいので注文を
ちゅう もん

3．社員を
しゃ いん

4．小さい子どもを
ちい　こ

5．はだしになって竹を
たけ

6．会社から給料を
かい しゃ　きゅうりょう

7．高い地代を
たか　じ だい

8．土曜日に店を
ど よう び　みせ

9．会社を

 a．払う g．もらう
  はら
 b．指導する h．つける
  し どう
 c．そだてる i．あける
 d．やめる j．利用する
       り よう
 e．ふむ k．ことわる
 f．開発する l．ほる
  かいはつ

II．1～7のあとに使う動詞をa～i
の中からえらびなさい。

1．商品を袋に
しょう ひん　ふくろ

2．いすに

3．最近話題に
さいきん わ だい

4．電話に
でん わ

5．野菜を市場に
や さい　し じょう

6．自然に
し ぜん

7．荷物をとどけに
に もつ

 a．親しむ f．出す
  した   だ
 b．入れる g．ぬぐ
 c．やわらげる h．出る
       で
 d．なっている i．こしかける
 e．行く

III．1～6のあとに使う動詞をa～h
の中からえらびなさい。

1．雪で交通が
ゆき　こうつう

2．頭痛が
ず つう

3．体に影響が
からだ　えいきょう

4．コンピューターが

5．仕事の能率が
し ごと　のうりつ

6．おもしろいことが

 a．進歩した
  しん ぽ
 b．とまった
 c．おりる
 d．わかった
 e．する
 f．あがる
 g．ある
 h．おわる

IV. 親しい話しかたの復習
    つぎの語句をていねいな言いかたに
なおしなさい。
例：行くよ→行きますよ
1. どうしたの？
2. 長さも大事なの。
3. おじいさん、新しいこと言うわね。
4. 何をするんだ。
5. 低血糖症だ、きっと。
6. 子どものようね。
7. 会社の人がね、これじゃだめだって。
8. 何か言った？
9. おれも現代人だからね。
10. さあ、クツをぬいで。

9課　解答
I. 1—j、2—k、3—b（c）、
   4—c（b）、5—e、6—g、
   7—a、8—i、9—d
II. 1—b、2—i、3—d、4—h、
   5—f、6—a、7—e
III. 1—b、2—e、3—g、4—a、
   5—f、6—d
IV. 1. どうしたん（の）ですか。
   2. 長さも大事なん（の）です。
   3. おじいさんは、新しいことを言いますね。
   4. 何をするんですか。
   5. きっと低血糖症です。
   6. 子どものようですね。
   7. 会社の人が、これじゃだめだと言いました。
   8. 何か言いましたか。
   9. わたしも現代人ですからね。
   10. さあ、クツをぬいでください。

レッスン10
カード時代

CD 3 No.7 **本文**

カードを使うことが多くなった。買い物をして、現金で払うかわりにカードで払う。銀行に預金があれば、手もとに現金が全然なくても、たくさんの買い物ができる。こまかい金が必要なときは、銀行の機械にカードをさしこめば、現金が出てくる。ある会社では、身分証明書が支払いカードをかねていて、社員食堂で食事をしてカードで払うと、支払いの額が自動的に給料からひかれるそうである。

実に便利な時代になった。現金を持っていると落とすこともあるし、どろぼうもいるのだから、カードのほうが安全である。それに、札を何枚も持つより、カードのほうが小さくて軽い。

そんなに便利なカードであるが、問題がないわけではない。数日前の新聞に、カードで買い物をするのはむだづかいの原因になるから、自分は絶対にカードは使わないという投書が出ていた。目の前で札や貨幣がさいふから出ていくと、金を使ったという実感が強いので、金を節約しようという気持ちになるが、カードで払うとその実感がないので、気らくに金を使いすぎる結果になる、というのである。

現金でもカードでも、必要なものは買い、必要でないものは買わないのが、理性のある人間の行動である。しかし、いつも理性にしたがって行動することは、むずかしいことである。カード時代は、人間に強さを要求する時代だといってもよいであろう。

卡片時代

使用卡片的情形越來越多了。購物時不用現金付款，而以卡片代之。如果銀行有存款，即使手邊全然沒有現金，也可以買很多東西。需要零錢時，只要將卡片插入銀行的提款機即可兌現。據說在某家公司，員工證可以兼做付款卡，在員工餐廳用餐，如果是以卡片付款，則所支付的款額將自動從薪資中扣除。

確實已經是個便捷的時代了。攜帶現金恐有遺失之虞，而且宵小無所不在，所以還是卡片比較安全。不僅如此，比帶著大把鈔票，卡片可是輕巧多了。

卡片雖然如此方便，可是並非毫無問題產生。前幾天報紙上有一位讀者來函提到：用卡片購物，常常會導致不必要的浪費，所以自己絕對不使用卡片。如果鈔票和銅板是從眼前自錢包裏掏出來的話，「花錢」的感覺就很強烈，如此可以提醒自己節約金錢。然而若以卡片付款，根本不會有那種感覺，所以往往變成揮金如土，用錢過度。

不論是用現金抑或卡片，該買則買，不該買則省下來，這樣才是具備理性的人類應有的舉動。然而，凡事依循理性來做並非易事。卡片時代，或許也可以稱之為「考驗人類毅力的時代」吧？

会話
かいわ

●会話文 1　 No.8
ぶん

知人 2 人が話しながら道を歩いている。 A は女性、 B は男性。
ちじん ふたり はな みち ある じょせい だんせい

A：すみません、ちょっと電話したいのですが。
でんわ

B：いいですよ。でも、いま電話があいていないから、少し待ちましょう。
すこ ま

A：ええ。（ハンドバッグの中をさがす）
なか

B：こまかい金ですか。
かね

A：いえ、テレフォン・カードです。あ、ありました。

B：ああ、このごろは電話もたいていカードですね。

A：ええ、買い物もレストランも、わたしみんなカードです。
か もの

B：そうですか。ぼくは何でも現金です。
なん げんきん

A：でも、カードのほうが安全ですよ。
あんぜん

現金は落とすこともあるし、どろぼうもいるし。
お

B：それはそうですが*、カードはどうも実感がなくてね*。
じっかん

A：そうですか。

B：目の前で金が出ていくわけじゃないから、気らくに買い物をして、買いすぎるんです。
め まえ かね で き

A：そうですか。カードでも現金でも、必要なものは買うし、必要でないものは買いませんけど、わたしは。
ひつよう

B：ぼくはだめですね。意志が弱いから。あ、電話あきましたよ。
いし よわ

A：あら、このカード、もうおわりですわ。

B：それはざんねん。じゃ、この十円玉どうぞ。
じゅうえん だま

●會話 I

兩位熟人邊走邊聊。A是女性，B是男性。

A：對不起，我想打個電話。

B：好啊。不過，現在有人打，稍等一會兒吧！

A：好。（在皮包裏找東西）

B：找銅板嗎？

A：不是，是電話卡。啊，找到了。

B：啊，最近電話多半是用卡片了。

A：嗯，買東西、上餐館，我都用卡片！

B：這樣子啊！我無論什麼都付現金。

A：不過，卡片比較安全喲！現金有時會遺失，而且又有小偷。

B：那倒是沒錯，可是總覺得卡片缺乏實際花錢的感覺。

A：是嗎？

B：因為錢不是從眼前消失，所以買東西時毫無心理負擔，往往會購買過度。

A：這樣子啊，不過，無論是現金或卡片，我總是該買的才買，不該買的就絕對不買。

B：我是辦不到的，因為意志不夠堅定……。啊，沒人打電話了！

A：哎呀這張卡片已經用完了！

B：真遺憾！那麼就請用這十元銅板吧！

●会話文 II  No.9

夫婦の会話。デパートで。

妻：あら、これ、かわいいわ。買いましょうよ。

夫：これと同じようなのが、うちにいくつもあるじゃないか。

妻：でも、同じじゃないわ。少し違うわ。

夫：ぼく、もうお金持ってないよ。さっき君のクツを買ったもの。*

妻：いいのよ。わたし、カード持っているから。

夫：カードはよくないよ。買いすぎるから。

妻：カードのほうが便利よ。それに消費税がつくと、一円玉が多くてめんどうですもの。

夫：しかたがない。でも、きょうだけだよ、カードは。

妻：コーヒーカップ2つじゃ少ないから、あそこのおさらも買いましょうよ。

夫：あのさら、高そうだよ。

妻：だいじょうぶよ、お金まだのこっているわ。

夫：預金のことかい*？

妻：ええ。けさ銀行に行ってたしかめたの。

夫：それはえらい。

妻：あと3千円ぐらいのこるから、食堂で何か食べましょう。じゃ、ここ、払うわね。（カードを出す）

夫：ちょっとちょっと、それ、ぼくのカードじゃないか。

妻：そうよ。わたしのカードはもうのこりがないもの。

●會話Ⅱ

夫妻間的對話。在百貨公司。

妻：哇，這個好可愛喲，我們買吧！

夫：跟這個差不多的，家裏不是有好幾個嗎？

妻：可是，不一樣啊，稍為有點不同。

夫：妳老公可不是富翁啊，剛剛才買了妳的鞋子。

妻：沒關係啦，我有帶卡片……。

夫：卡片很要不得，常會購買過度！

妻：卡片比較方便啊，而且加上消費稅的話，會多很多一元的硬幣，麻煩得很！

夫：真拿妳沒辦法。不過，使用卡片只限今天哦！

妻：咖啡杯兩個太少，那邊的盤子也買吧！

夫：那盤子好像不便宜喔！

妻：沒問題，錢夠花的！

夫：妳是說存款？

妻：是啊，今天早上才到銀行確認過的！

夫：妳可真行！

妻：還剩下三千元，咱們到餐廳去吃點什麼吧！那麼，這裏我要付錢啦（拿出卡片）。

夫：喂！喂！那不是我的卡片嗎？

妻：是啊，因為我的卡片已經用完了。

単語のまとめ
たんご

●本文
ほんぶん

カード時代[(カード)じだい]………卡片時代

(使う)ことが多くなった[(つかう)(ことが)おお(くなった)]
……………………(使用的)情形越來越多了

買い物[か(い)もの]………………購物

現金[げんきん]……………………現金

〜かわりに………………代替〜；取而代之

銀行[ぎんこう]……………………銀行

預金[よきん]………………………存款

手もと[て(もと)]…………………手邊

全然[ぜんぜん]…………全然(不)；完全(不)

こまかい金[(こまかい)かね]………零錢

必要[ひつよう]………………必要；必需

機械[きかい]………………機械；機器

さしこむ……………………………插入

会社[かいしゃ]……………………公司

身分証明書[みぶんしょうめいしょ]
………………………身份證（員工證）

支払い[しはら(い)]……………付款；支付

〜をかねる…………………………兼作〜

社員食堂[しゃいんしょくどう]
……………………………員工餐廳

食事をする[しょくじ(をする)]………用餐

額[がく]……………………………金額

自動的に[じどうてき(に)]…………自動地

給料[きゅうりょう]………………薪資

ひかれる……………………………被扣除

実に[じつ(に)]………………實在；真

便利[べんり]………………………方便

持っている[も(っている)]………持有；帶著

落とす[お(とす)]…………………遺失

(落とす)こともある…………有時也會遺失

〜し………………………不僅〜而且〜

どろぼう……………………………小偷

安全[あんぜん]……………………安全

それに………………………而且；再者

札[さつ]……………………………鈔票

何枚も[なんまい(も)]……………好幾張

軽い[かる(い)]……………………輕巧

問題[もんだい]……………………問題

数日前[すうじつまえ]……………幾天以前

新聞[しんぶん]……………………報紙

むだづかい	無謂的浪費
原因[げんいん]	原因
自分[じぶん]	自己
絶対に[ぜったい(に)]	絕對地
投書[とうしょ]	投書
目の前で[め(の)まえ(で)]	眼前；面前
貨幣[かへい]	硬幣；貨幣
さいふ	錢包
実感[じっかん]	眞實感
節約する[せつやく(する)]	節約
気持ち[きも(ち)]	心情
気らくに[き(らくに)]	輕鬆地
結果[けっか]	結果
買い[か(い)]	購買
理性[りせい]	理性
人間[にんげん]	人類；人
行動[こうどう]	行動
～にしたがって	依照～
強さ[つよ(さ)]	毅力；強度
要求する[ようきゅう(する)]	要求

● **会話文Ⅰ**
かいわぶん

知人[ちじん]	熟人
あいていない＜あく	佔用；有人使用
意志[いし]	意志
弱い[よわ(い)]	脆弱；薄弱
十円玉[じゅうえんだま]	十元硬幣

● **会話文Ⅱ**
かいわぶん

夫婦[ふうふ]	夫婦
いくつも	好幾個
消費税[しょうひぜい]	消費稅
一円玉[いちえんだま]	一元硬幣
めんどう	麻煩
しかたがない	沒辦法
のこっている	剩餘；留存著
たしかめる	確認
えらい	偉大的；眞行
食堂[しょくどう]	餐廳

文法ノート
ぶんぽう

● **本文**
ほんぶん

問題がないわけではない
もんだい

這裏的「～わけではない」＜並非～；並不是說～＞出現在否定句的後面，形成所謂「雙重否定」，實際上表達的內容則爲肯定，相當於「問題がある」＜有問題＞，但語氣比較柔和。例：あの人を信用しないわけじゃないが、気を付けたほうがいい。＜我並非不相信他，但你最好小心一點。＞

金を使いすぎる結果になる
かね つか けっか

「～すぎる」的其他例句有：食べすぎる＜吃太多＞、文句を言いすぎる＜發牢騷發得太多＞。句尾的「～結果になる」＜結果～＞含有＜並非故意如此＞的口氣。也可以在「使いすぎ」的後面加上「しまう」，變成「使いすぎてしまう」＜結果花太多＞。

～というのである

「という」的前面是投書的內容。傳達別人的想法時，也可以用「～と書いていた」＜上面寫著～＞的形式。爲了避免引用的部分太長，有時不妨像正文那樣將句子一分爲二，並在每個句子後面分別加上「という」。這樣在表達上就會比較明確。

理性のある人間

這裏的「の」等於「が」。「理性のある」也可以改成「理性を持っている」。

～といってもよいであろう

意思是＜或許可以說～＞，口氣上比較含蓄。這裏可以改爲「～と言えるであろう」，意思不變。

●会話文 I

それはそうですが

這個句子表示：原則上同意對方的說法，但自己持有不同的看法。

どうも実感がなくてね

後面可以補上「好きになれない」＜無法喜歡＞之類的句子。

目の前で金が出ていくわけじゃない

意思是「花了錢，但實際上看不到錢花出去＞」。

●会話文 II

君のクツを買ったもの

「もの」表理由。反駁的口氣比「から」強。

預金のことかい

「～のこと」等於＜指～而言＞。句尾助詞「い」表親密的口氣。「かい」是男性好友之間常用的說法，大部分的女性則說成「預金のこと？」。

文型練習

 CD ③ No.10

1．…れば、…ても、…ができる

> 本文例——銀行に預金があれば、手もとに現金が全然なくても、たくさんの買い物ができる。

（注）「…れば、…できる」と「…ても、…できる」の２つの文型を合わせた文を作る練習。練習A、Bそれぞれ十分に言えるようになってから２つを組み合わせること。

練習A 例にならって文を作りなさい。

例：預金、現金、買い物→預金があれば、現金がなくても、買い物ができる。

1．カード、現金、買い物→
2．語学力、学歴、仕事→
3．外国人の友達、金、海外旅行→
4．愛情、金、結婚→

練習B 例にならって練習Aで作った文を長くしなさい。

例：手もとに全然、たくさんの→預金があれば、手もとに全然現金がなくても、たくさんの買い物ができる。

1．手もとに、いろいろな→
2．高い、いい→
3．あまり、たのしい→
4．家を買う、幸福な→

1.如果～，即使～，可以～。

> 正文範例———如果銀行有　款，即使手邊全然沒有現金，也可以買很多東西。

【註】「～れば、～できる」和「～ても、～できる」兩種句型合併成一句的造句練習。先將練習A、B分別練習，熟練之後，再將兩句合併起來。

練習A　請依例造句。

例：存款、現金、買東西→如果有存款，即使沒有現金也可以買東西。

1.卡片、現金、買東西→
2.外語能力、學歷、工作→
3.外國朋友、錢、海外旅行→
4.愛情、錢、結婚→

練習B　請依例將練習A所造的句子加長。

例：手邊全然沒有、很多→如果有存款，即使手邊全然沒有現金也可以買很多東西。

1.手邊、各式各樣的→
2.高竿的、好的→
3.沒什麼、愉快的→
4.買房子、幸福的→

カードで おねがい します。

CD③ No.11

2.……であるが、問題がないわけではない。

> 本文例——そんなに便利なカードであるが、問題がないわけではない。数日前の新聞に、カードで買い物をするのはむだづかいの原因になるから、自分は絶対にカードは使わないという投書が出ていた。

（注）道具・手段・制度などのよい点を認めて、欠点もあることを示す練習。本文では、前の文に続くため、「そんなに」を使っているが、練習では「たいへん」にした。前の文に続けるときは「そんなに」を使うこと。

練習A　例にならって文を作りなさい。

例：カード→たいへん便利なカードであるが、問題がないわけではない。

1．パソコン→

2．ウォークマン→

3．電話→

4．自動販売機(じどうはんばいき)

練習B 例にならって、練習Aで作った文のあとに続けなさい。

例：むだづかいの原因になる→たいへん便利なカードであるが、問題がないわけではない。<u>むだづかいの原因</u>になると言う人もいる。

1．目(め)がわるくなる→
2．交通事故(こうつうじこ)の原因になる→
3．いたずら電話(でんわ)が多(おお)い→
4．故障(こしょう)が多い

そのほか、べつの話題(わだい)を自分で考(かんが)えて、文を作りなさい。

2.雖然～，可是並非毫無問題產生。

> 正文範例------卡片雖然如此方便，<u>可是並非毫無問題產生</u>。前幾天報紙上有一位讀者來函提到：用卡片購物，常常會導致不必要的浪費，所以自己絕對不使用卡片。

【註】對於工具、手段、制度等等的優點加以認同，同時也提出其缺點的練習。範文中，為了要承接前文所以使用「そんなに」＜如此地；那麼地＞，而練習的部分將其改為「たいへん」＜非常＞。要承接上文時，則用「そんなに」。

練習A 請依例造句。
例：卡片→雖然<u>卡片</u>相當方便，但並非毫無問題產生。

1.個人電腦→
2.隨身聽→
3.電話→
4.自動販賣機→

練習B 請依例將下列各句接於練習A所造各句之後。
例：導致不必要的浪費→雖然卡片相當方便，可是並非毫無問題產生。也有人認為會<u>導致不必要的浪費</u>。

1.導致視力不佳→
2.導致車禍→
3.有很多惡作劇的電話→
4.常常故障→
＊此外，自己也可以想想其他話題造句子。

ディスコース練習

（会話文 I より）　 **No.12**
かいわぶん

A：……いつも……です。

B：……のほうが……ですよ。

　……は……し、……し。

A：それはそうですが、……はど
　うも……。

B：そうですか。

練習の目的　AとBは好きなものが違
れんしゅう　もくてき　　　　　　　　　　す　　　ちが
います。Bは自分の好きなものをほめ
じぶん　す
て、Aの好きなものの欠点をあげま
けってん
す。Aは特に理由は言わず、Bの好き
とく　りゆう　い
なものはあまり好きでないと言いま
す。この形を練習したあと、Aも相手
かたち　　　　　　　　　　あいて
の好きなものの欠点をあげてもよいで
しょう。

練習の方法　基本型の下線の部分に入
ほうほう　　きほんけい　かせん　ぶぶん　い
れかえ語句を入れて会話をします。
ご　く　　　　　　　かいわ

〈基本型〉

A：わたしはいつも(1)現金です。
げんきん

B：(2)カードのほうがいいですよ。(1)
　現金は(3)落とすこともあるし、どろぼ
　　　　お
　うもいるし。

A：それはそうですが、(2)カードはど
　うも(4)実感がなくて。
　　　じっかん

B：そうですか。

▶入れかえ語句

1．(1)新幹線　(2)飛行機　(3)ゆれるし、
　しんかんせん　ひこうき
　時間がかかるし　(4)こわくて
　じかん

2．(1)テレビ　(2)ラジオ　(3)目がつか
　　　　　　　　　　　め
　れるし、ほかのことができないし　(4)
　たいくつで

3．(1)ごはん　(2)パン　(3)たくのがめ
　んどうだし、塩をとりすぎるし　(4)好
　　　　　しお
　きじゃないんで

「わたし」を「ぼく」にかえてもけっ
こうです。そのほかの話題で会話して
　　　　　　　　わだい
みてください。

> A：都……。
> B：……比較……喲。……而且……
> A：那倒是沒錯，可是總覺得……。
> B：是嗎？

練習目的　A和B的喜好不同。B對自己所喜歡的東西加上讚賞，而指出A所喜歡之事物的缺點。A沒有特別提示理由，只是對於B的說法不表贊同。練習過這個句型之後，A不妨也提出對方喜歡的東西之缺點。

練習方法　請在基本句型的劃線部分，填入代換語句，練習對話。

<基本句型>

A：我都用(1)現金。

B：(2)卡片比較好喔！(1)現金(3)有時會遺失，而且又有小偷。

A：那倒是沒錯，可是總覺得(1)卡片(4)缺乏實際花錢的感覺。

B：是嗎？

▲代換語句

1.(1)(坐)新幹線　(2)(搭)飛機　(3)會搖晃，而且費時　(4)很恐怖
2.(1)(看)電視　(2)(聽)收音機　(3)眼睛容易疲勞，而且又不能做其他事　(4)無聊
3.(1)(吃)飯　(2)(吃)麵包　(3)要烤很麻煩，而且鹽分會攝取過多　(4)不是挺喜歡

「わたし」也可以改為「ぼく」。請應用其他話題練習對話。

漢字熟語練習
かんじじゅくごれんしゅう

1.多<多い>
多少[たしょう]…………………………多少
多数[たすう]……………………………多數
多額[たがく]……………………………巨額
多量[たりょう]…………………………大量
多い[おお(い)]………………………………多

2.金<現金、預金、金>
金属[きんぞく]…………………………金屬
金額[きんがく]…………………………金額
金利[きんり]……………………………利息
金庫[きんこ]…………………………保險箱
資金[しきん]……………………………資金
現金[げんきん]…………………………現金
税金[ぜいきん]…………………………稅金
年金[ねんきん]
　　　………年金（每年支給一定數額的金錢）
預金(する)[よきん(する)]………儲金；存款
貯金(する)[ちょきん(する)]…………存款
借金(する)[しゃっきん(する)]………借款
代金[だいきん]…………………貸款；價款
黄金[おうごん]…………………………黃金
金[きん]…………………………………金子

(お)金[(お)かね]………………………金錢
金持ち[かねも(ち)]……………富翁；有錢人

3.手<手もと>
手段[しゅだん]…………………………手段
手術[しゅじゅつ]………………………手術
選手[せんしゅ]…………………………選手
拍手(する)[はくしゅ(する)]…………拍手
助手[じょしゅ]………………………助理；助教
歌手[かしゅ]……………………………歌星
手[て]……………………………………手
手足[てあし]…………………………手腳；手足
手当て[てあ(て)]………津貼；報酬；醫療
大手[おおて]………………規模龐大的；大型
両手[りょうて]…………………………雙手

4.書<身分証明書、投書>
書類[しょるい]…………………………文件
書店[しょてん]…………………………書店
書記[しょき]…………………………書記；秘書
辞書[じしょ]……………………………辭書
読書[どくしょ]…………………………讀書
証明書[しょうめいしょ]…………證明；證書
遺書[いしょ]……………………………遺書

投書[とうしょ]……………………投書；讀者來函
洋書[ようしょ]……………………西書；洋文書
図書館[としょかん]………………圖書館
履歴書[りれきしょ]………………履歴表
書く[か(く)]………………………書寫
書留[かきとめ]……………………掛號信

5.員＜社員食堂＞

社員[しゃいん]……………………公司職員
会員[かいいん]……………………會員
会社員[かいしゃいん]……………公司職員
定員[ていいん]……………規定的人數；名額
満員[まんいん]……………………客滿
委員[いいん]………………………委員
職員[しょくいん]…………………職員
従業員[じゅうぎょういん]……従業員；員工

6.動＜自動的、行動＞

動力[どうりょく]…………………動力
動物[どうぶつ]……………………動物
動作[どうさ]………………………動作
動機[どうき]………………………動機
不動産[ふどうさん]………不動産；房地産
自動的(な)[じどうてき(な)]………自動的
行動(する)[こうどう(する)]……行動
移動(する)[いどう(する)]………移動
自動車[じどうしゃ]………………汽車
動かす[うご(かす)]…………移動；使～動
動く[うご(く)]……………………動；移動

7.小＜小さい＞

小学校[しょうがっこう]…………小學
小説[しょうせつ]…………………小說
大小[だいしょう]…………………大小
中小[ちゅうしょう]………………中小
小～(小委員会)[しょう～(しょういいんか
い)]……………………………小～(小委員會)
小型(の)[こがた(の)]……………小型(的)
小売り(する)[こう(り)(する)]…………小賣
小屋[こや]…………………………小屋
小さな[ちい(さな)]………………小的

小さい[ちい(さい)]………………小的

8.問＜問題＞

問題[もんだい]……………………問題
質問(する)[しつもん(する)]…問題；(發問)
疑問[ぎもん]………………………疑問
学問[がくもん]……………………學問
訪問(する)[ほうもん(する)]……………訪問
顧問[こもん]………………………顧問
問う[と(う)]………………詢問；發問

9.題＜問題＞

題名[だいめい]……………………標題
話題[わだい]………………………話題
議題[ぎだい]………………………議題
主題[しゅだい]……………………主題
課題[かだい]………………………課題
宿題[しゅくだい]…………………習題
～題(三題)[～だい(さんだい)]…～題(三題)

10.前＜数日前＞

前日[ぜんじつ]……………………前天
前年[ぜんねん]……………………前年
前後[ぜんご]………………………前後
前進(する)[ぜんしん(する)]……………前進
前半[ぜんはん]……………………前半
前期[ぜんき]………………………前期
午前[ごぜん]………………………上午
以前[いぜん]………………………以前
戦前[せんぜん]……………………戰前
前～(前首相)[ぜん～(ぜんしゅしょう)]
………………………………前～(前首相)
～前(紀元前)[～ぜん(きげんぜん)]
………………………………前(紀元前)
前(家の前)[まえ(いえ(の)まえ)]…前(家門前)
前売り[まえう(り)]………………預售
名前[なまえ]………………………名字
～前(駅前)[～まえ(えきまえ)]
……………………………～前(車站前)
～前(三人前)[～まえ(さんにんまえ)]
……………………………～份(三人份)

11.目＜目の前で＞

目的[もくてき]……………………目的；目標
目標[もくひょう]…………………目標
注目(する)[ちゅうもく(する)]…注目；注視
項目[こうもく]……………………項目
科目[かもく]………………………科目
目[め]………………………………眼睛
～目(三回目)[～め(さんかいめ)]
　……………………………第～回（第三回）

12.性＜理性＞

性[せい]……………………………性；本性
性格[せいかく]……………………性格
性質[せいしつ]……………………性質；性格
個性[こせい]………………………個性
男性[だんせい]……………………男性
女性[じょせい]……………………女性
理性[りせい]………………………理性

漢字詞彙複習

1．金庫の中に大切な書類が入っている。
2．預金はあるが、借金のほうが多い。
3．このへんで話題をかえましょう。
4．あの歌手は多額の税金をおさめているそうだ。
5．小学校の前に小さな書店がある。
6．辞書をひきながら洋書を読んでいる。
7．問題は三題あったが、みなやさしかった。
8．男性の従業員より女性の従業員のほうが多い。
9．どんな動機で会員になったのですか。
10．委員の名前をおしえてください。

11．以前はよく図書館で読書しました。
12．疑問だと思ったことはなんでも質問しなさい。
13．前首相の行動に人びとが注目している。
14．訪問の前日にもう一度電話をかけた。
15．小さい子どもの動作はかわいい。
16．履歴書は書留で送った。
17．社員食堂はいつも満員だ。
18．その選手が出ると、大きな拍手がおこった。
19．目がいたいので手当てをうけた。
20．駅前の不動産の店へ行きます。

1.保險箱裏頭存放著重要文件。
2.存款倒是有，但是借款較多。
3.在此換個話題吧！
4.那個歌星繳了巨額的稅金。
5.國小門前有一家小書店。
6.邊查辭典邊看洋文書。
7.問題有三題，但是都很簡單。
8.女性員工比男性員工多。
9.是在什麼動機之下成為會員的？
10.請告訴我委員的姓名。

11.以前常在圖書館看書。
12.覺得有疑問的，請儘管發問。
13.大家都注意著前任首相的一舉一動。
14.訪問的前一天又打了一次電話。
15.小孩子的動作很可愛。
16.履歷表已用掛號寄出。
17.員工餐廳經常座無虛席。
18.那位選手一出場，便響起了如雷的掌聲。
19.因為眼睛痛而接受治療。
20.到車站前面的不動產公司去。

応用読解練習
おうようどっかいれんしゅう

明日も、いっしょ。
Close to you.

拝啓
時下ますますご清祥のこととお慶び申しあげます。
また平素は格別のお引き立てを賜り、厚く御礼申しあげます。

さて、あなた様の〈富士カード〉の有効期限がまいりました
ので、**新しい〈富士カード〉をお送りいたします。**
お手持ちの旧カードは、今すぐハサミを入れて廃棄のうえ、
本日よりは新カードをご利用いただきますようお願い申し
あげます。

なお、ご住所・ご勤務先等にご変更がある場合には同封の
「変更届」に必要事項をご記入のうえ、返信用封筒にて
ご返送ください。

またご家族の方にも便利にお使いいただける、**家族会員カード**
を募集いたしております。同封の「富士カード家族会員
追加届」にご記入・ご捺印のうえ、この機会にぜひお申し込み
ください。

〈富士〉は、みなさまともっと身近で、心の通いあう "Close to you."
な関係をめざして、より一層お役に立てるようカードの機能
向上ならびにサービスの充実に努めてまいる所存でござ
います。今後とも富士カードUCマスターをご愛顧賜りますよう
心よりお願い申し上げます。

敬具

1990年5月吉日

株式会社 **富士銀クレジット**
〒104 東京都中央区銀座4-2-11 ☎(03)5565-5111

さて、あなた様の〈富士カード〉の有効期限がまいりましたので、新しい〈富士カード〉をお送りいたします。お手持ちの旧カードは、今すぐハサミを入れて廃棄のうえ、本日よりは新カードをご利用いただきますようお願い申しあげます。

字彙表

さて……………………卻說；言歸正傳
あなた様[(あなた)さま]…………您(尊稱)
富士カード[ふじ(カード)]…………富士卡
有効期限[ゆうこうきげん]…………有效期限
まいりました……………………到了(鄭重語)
新しい[あたら(しい)]…………………新
お送りいたします[(お)おく(りいたします)]
……………………寄(謙讓語)
お手持ちの[(お)ても(ちの)]
……………………您手頭的；您手邊的
旧カード[きゅう(カード)]……………舊卡
今すぐ[いま(すぐ)]……現在立刻；現在馬上
廃棄のうえ[はいき(のうえ)]

……………………丟棄之後；作廢之後
本日より[ほんじつ(より)]………………自本日起
ご利用いただきますよう[(ご)りよう(いただ
きますよ)]……………………請利用(尊敬語)
お願い申しあげます[(お)ねが(い)もう(しあ
げます)]……………………拜託(謙讓語)

【註】
「さて」 あいさつなどのあとで、用件に入
ることを示すことば。手紙でよく用いられ
る。

中譯

　　您的富士卡有效期限已到，茲寄上新的<富士卡>。請將您現有的舊卡用剪刀剪
破作廢，即日起使用新卡。

レッスン11

ゴミ

CD③ No.13 **本文**

ゴミの処理は多くの国で問題になっている。ほかの国にゴミを運んで、処理をたのむ場合もあるそうだ。日本でも最近、関東地方のある県が、遠く東北地方にまでゴミを運んで処理をたのんだが、話し合いがうまくいかなくて、まだ問題は解決していないそうである。とくにビニールやプラスチックのゴミは処理がむずかしく、地中に埋めることが多いが、埋める場所も限界に近づいている。

最近の『広報東京都』に、「各家庭から出るゴミは、一人ひとりのちょっとした努力と気づかいでへらすことができます」という記事が出ていた。また、けさの新聞には、北海道のある町の場合についての投書が出ていた。ゴミを出す時は乾電池、生ゴミ、固形燃料など六種類に分けて出す。乾電池は市中

の数か所にあるポストに捨てる。生ゴミは処理して、老人のための施設で燃料として使うそうである。「ゴミをこまかく分けて出すのは、最初はめんどうでも、そのうちになれてしまいます」と投書者は言う。

このような捨てかたの工夫も大切であるが、ゴミをあまり出さないようにすることも必要であろう。買い物をするたびに包み紙を捨てなければならない。おくりものをもらうと、きれいな包み紙の中にまた箱やカンがあって、結局、中のものと同じくらいのゴミが出る。しかし、きれいな包み紙がなければ、商品は売れないのが現実だ。「一人ひとりの努力」だけでは不十分である。商品の流通機構そのものをかえなければ、ゴミ問題の解決にはならないであろう。

垃圾

　　垃圾的處理在許多國家已成棘手問題。聽說甚至還有把垃圾運到外國，委託處理掉的例子。就連日本，最近關東地區有某個縣，曾經把垃圾載運到老遠的東北地方請求處理，不過由於沒談攏，據聞問題仍未解決。特別是合成樹脂或塑膠之類的垃圾，處理上尤其不易，以往大都是掩埋在地底下，如今卻連掩埋的場所也已瀕臨飽和狀態。

　　在最近「廣報東京都」上，曾刊載如下的消息：各家庭所製造出來的垃圾，只需你我每個人些許的努力和留心，就能夠減少許多。另外，在今早的報紙上，也登出一則有關北海道某市鎮的投書。其中提到垃圾分成乾電池、廚房菜屑、固態燃料等六種類。

丟在市內幾個處所的收集筒內。至於廚房菜屑，則經過處理後，充當老人療養設施的燃料使用。投書者表示：「將垃圾仔細分類後丟棄，剛開始雖然很麻煩，慢慢就會習慣了。」

　　這種丟垃圾的點子固然重要，但也必須設法減少垃圾量。每次購物後，就得把包裝紙丟掉。收受禮品時，在漂亮的包裝紙裏頭，還有盒子、瓶罐之類的，結果，又產生和內容等量齊觀的垃圾來。但是在現實層面上，要是沒有精美包裝紙的話，商品就無法推銷出去，光靠「每一個人的努力」畢竟仍不夠，商品的流通機構本身若不做改變，恐怕就無法解決垃圾問題了。

会話
かいわ

●会話文 I No.14

管理人（男性）と、マンションへこしてきた女性の会話。

女：あのう。

管：はい。

女：ゴミはどこへ出しますか。

管：地下にゴミ捨て場がありますから、そこへ出してください。

女：いつでもいいですか。

管：生ゴミや紙なんか*、もえるゴミはいつでもいいです。

女：はい。

管：でもかならずバケツに入れて、ふたをしてくださいよ。

女：はい。

管：ふたをしないと、ネコが中のもの

を出して食べますから。

女：はい、わかりました。

管：もえないゴミ、プラスチックやなんかは、水曜日に建物のうらにおいてください。水曜日だけですよ。

女：はい。

管：あきカンとかビンとかもね*。

女：ええ。あの、乾電池は？

管：乾電池？

女：前にいた町では、乾電池を捨てるポストがいくつかあったんですが。

管：さあ、このへんにはないと思いますが。

女：ゴミはこまかく分けて出したほうが、処理がらくなんですね。出すほうはめんどうですけど。

管：まあね。

女：ものがゆたかになって、ゴミがふ
えるから、処理がたいへんなんだそ
うですね。

管：そうですか。

女：お中元やお歳暮の時なんか、箱や
ちゅうげん　せいぼ　とき　　　　　はこ

包み紙がいっぱいになってしまって
つつ　がみ
困りますね。
こま

管：困りませんね。*

女：え？

管：うちはもらわないから。

女：あ、そうですか。じゃ、また。

●會話I

管理員(男性)和搬來大廈的女性之間的對話。

女：請問……。

管：什麼事？

女：垃圾要放在哪裏呢？

管：地下室有個丟垃圾的地方，請丟在那兒。

女：任何時間都可以嗎？

管：廚房的菜屑或廢紙之類的可燃垃圾隨時都
行。

女：嗯。

管：不過，請妳務必丟在桶子裏，並且蓋好
噢！

女：好的。

管：因為如果沒蓋上蓋子，貓就會把裏面的東
西扒出來吃。

女：嗯，我知道了。

管：不可燃垃圾、塑膠之類的，星期三放在大
樓的後面。只有星期三才行噢！

女：好的。

管：空罐子和空瓶子也一樣。

女：嗯。那乾電池呢？

管：乾電池？

女：我以前住的城市，有幾個廢棄乾電池的收
集箱呢！

管：哦，我想這一帶沒有。

女：假使能把垃圾仔細分類再丟棄的話，處理
起來就輕鬆多了。雖然丟的人會比較麻煩
些。

管：也許吧！

女：物質享受日益豐富，垃圾也就隨之增加，
據說處理起來挺累人哩！

管：這樣子啊！

女：像是中元節或年終送禮，盒子包裝紙堆得
滿地都是，真是傷腦筋。

管：我可不必傷腦筋。

女：什麼？

管：我家從來不收禮啊！

女：哦，原來如此。再見。

●会話文II No.15

夫と妻がレストランで食事をしなが
おっと　つま　　　　　　　　　　しょくじ
ら話している。
はな

夫：あ、そんなにのこすの。

妻：うん、多いもの。*
おお

夫：そういうふうにのこす人がいるか
ひと
ら、ゴミがふえるんだよ。

妻：じゃ、ゴミにしないために、くる
しくてものこさないで食べなさいと
た
言うの。
い

夫：ぼくはそうしている。

妻：だからふとるのよ。多い時はのこ
さなきゃ*だめよ。

夫：ゴミ処理は現代文明の大問題なん
げんだいぶんめい　だいもんだい

だ。ゴミを出さないように努力するのが、現代人の義務だ。

妻：じゃ、言いますけど、あなたがいつも買ってくるラジオやレコードやカメラはどうなの。

夫：どうって？

妻：買ってもあまり使わないんだから、ゴミと同じよ。うちじゅうゴミだらけよ。

夫：それなら、君の洋服だって同じだよ。安いからって買っても、ほとん

ど着ないものがたくさんあるじゃないか。

妻：そのうちに着るわよ。

夫：いま着ないものはゴミと同じだから、全部捨てれば、うちが広くなるよ。

妻：あなたがおもちゃを捨てれば、わたしも洋服を捨てるわ。

夫：でもあまり捨てると、市役所がゴミ処理に困るだろうな。

妻：そうね。じゃ、捨てないことにしましょう。

●會話 II

夫妻在餐廳内，邊進餐邊談話。

夫：啊！還剩下這麼多呀！

妻：嗯，太多了嘛！

夫：就是有妳們這些暴殄天物的人，垃圾才會愈來愈多。

妻：那你是說，為了不要製造垃圾，就算再撐也得吃個精光囉！

夫：我都是這麼做。

妻：所以才會胖啊！量多的時候不剩是不行的。

夫：垃圾處理是現代文明的一大問題。努力不去製造垃圾，是現代人的義務。

妻：那，我可要問一句，你平常買回來的收音機、唱片跟照相機又該怎麼說？

夫：什麼又該怎麼說？

妻：反正買了也不太使用，還不是和垃圾沒兩樣。家裏頭垃圾一大堆！

夫：這麼說來，妳那些洋裝不也是一樣嗎？說是便宜就買下來，還不是都派不上用場。

妻：以後自然會穿嘛！

夫：現在不穿的就跟垃圾沒有兩樣，把它們丟掉的話，房子就會寬敞很多。

妻：你要能夠把玩具丟掉的話，我也會把洋裝扔掉。

夫：不過，要是丟得太過份，區公所可要為垃圾處理大傷腦筋哩！

妻：說的也是。那就不要丟吧！

単語のまとめ

●本文

ゴミ	············	垃圾
処理[しょり]	············	處理
多くの国[おお(くの)くに]	········	許多國家
問題[もんだい]	············	問題
運ぶ[はこ(ぶ)]	············	搬運
たのむ	············	請求；拜託
場合[ばあい]	············	場合；情形
〜そうだ	············	據說〜
最近[さいきん]	············	最近
関東地方[かんとうちほう]	········	關東地方
県[けん]	············	縣
遠く[とお(く)]	············	遠方；老遠地

東北地方[とうほくちほう]………東北地方
話し合い[はな(し)あ(い)]………對話；討論
うまくいかなくて…………進行不順利
解決する[かいけつ(する)]…………解決
とくに…………………………特別；尤其
ビニール…………聚乙烯合成樹脂
プラスチック…………………塑膠
地中[ちちゅう]………………地底；地下
埋める[う(める)]………………埋葬；掩埋
場所[ばしょ]…………………場所
限界[げんかい]………………界限；限度
近づく[ちか(づく)]………………接近；靠近
『広報東京都』[こうほうとうきょうと]
………………………………(報刊名稱)
各家庭[かくかてい]……………每個家庭
一人ひとり[ひとり(ひとり)]…各人；每個人
ちょっとした…………………一些；稍微的
努力[どりょく]………………努力
気づかい[き(づかい)]…………擔心；憂慮
へらす……………………………減少
記事[きじ]……………………報導；消息
新聞[しんぶん]………………報紙
北海道[ほっかいどう]……………北海道
町[まち]………………………城鎮
〜についての投書[(〜についての)とうしょ]
………………………………有關〜的投書
乾電池[かんでんち]……………乾電池
生ゴミ[なま(ゴミ)]…廚房的菜屑垃圾；廚餘
固形燃料[こけいねんりょう]………固態燃料
六種類[ろくしゅるい]……………六種
分ける[わ(ける)]………………分開；區別
市中[しちゅう]………………市內
数か所[すう(か)しょ]……………幾個地方
ポスト…………………………郵筒；箱
老人[ろうじん]………………老人
施設[しせつ]…………………設施；設備
燃料として[ねんりょう(として)]…當作燃料
使う[つか(う)]………………使用

こまかく…………………詳細地；精密地
めんどう…………………………麻煩
そのうちに……………過幾天；不久
なれる……………………………習慣
投書者[とうしょしゃ]……………投書者
捨てかた[す(てかた)]………丟法；丟棄方式
工夫[くふう]……………動腦筋；想辦法
大切[たいせつ]………………重要
必要[ひつよう]………………必要
買い物をするたびに[か(い)もの(をするたび
に)]……………………………每逢買東西時
包み紙[つつ(み)がみ]…………包裝紙
おくりもの………………贈品；禮物
もらう……………………收受；領取
カン………………………………罐
結局[けっきょく]………………結果；最後
商品[しょうひん]………………商品
売れない[う(れない)]……………賣不出去
現実[げんじつ]………………現實
不十分[ふじゅうぶん]………不充分；不足
流通機構[りゅうつうきこう]……流通機構
そのもの………………………本身
かえなければくかえる………不改變的話
解決[かいけつ]………………解決

●会話文Ⅰ
かいわぶん

管理人[かんりにん]……………管理員
マンション……………………大廈
こしてきた……………………搬進來
あのう…………………………喂；嗯
地下[ちか]……………………地下
ゴミ捨て場[(ゴミ)す(て)ば]………垃圾場
もえる……………………燃燒；著火
バケツ…水桶；鐵皮製水桶(這裡指垃圾桶)
ふたをする……………………蓋上
ネコ…………………………貓
建物[たてもの]………………建築

うら……………………後面；裏面；背部	のこす……………………剩下；留下
あきカン………………空罐子	多いもの[おお(いもの)]………因爲量很多
ビン………………………瓶子	そういうふうに…………這樣；那樣
このへん………………這一帶；這附近	くるしくても……………即使痛苦
らく………………………快活；輕鬆	ふとる……………………長胖；發福
まあね……………………也許吧	現代文明[げんだいぶんめい]………現代文明
ゆたか……………………豐富；充裕	現代人[げんだいじん]………………現代人
ふえる……………………增加	義務[ぎむ]………………………義務
(お)中元[(お)ちゅうげん]………中元節送禮	〜だらけ…………………滿是〜；光是〜
(お)歳暮[(お)せいぼ]………………年終送禮	洋服[ようふく]…………………洋裝；衣服
困る[こま(る)]…………………苦惱；難過	おもちゃ…………………玩具
	市役所[しやくしょ]…………………市公所

●会話文Ⅱ

食事をしながら[しょくじ(をしながら)]
………………………………邊吃飯

北海道
ほっかいどう

中国地方
ちゅうごく

中部地方
ちゅうぶ

東北地方
とうほくちほう

九州
きゅうしゅう

四国
しこく

近畿地方
きんき

関東地方
かんとう

文法ノート
ぶんぽう

●本文
ほんぶん

ある町の場合についての投書
まち　ばあい　　　　　　とうしょ

「ある町の場合について」修飾名詞「投書」，所以中間必須用助詞「の」銜接。例：「これは平和運動についての記事です。」<這是有關和平運動的報導>。

最初はめんどうでも
さいしょ

「面倒でも」可以改爲「面倒であっても」。「でも」的口頭語色彩比「であっても」濃。

なれてしまいます

句尾的「〜てしまう」表動作的完了或狀態的實現。

ゴミをあまり出さないように
だ

注意動詞「出す」有好幾種意思。在「ゴミを分けて出す」<把垃圾分類拿出去擺放>一句中，「出す」的意思是<擺放>，而在「ゴミをあまり出さないように」<不要製造太多的垃圾>一句中，「出す」的意思是<製造>。

●会話文Ⅰ
かいわぶん

生ゴミや紙なんか
なま　　　かみ

這裏的「なんか」，意思和「など」<等等；之

類＞一様。「プラスチックなんか」和「お中元
やお歳暮の時なんか」中的「なんか」亦然。

あきカンとかビンとかもね

等於「あきカンやビンなども」(水曜日に建物
の裏に置いてください)ね。

困りませんね

聽到對方說「困りますね」時，正常的反應是
「そうですね、困りますね」。但管理員卻說
「困りませんね」，所以那位太太發出驚訝的
叫聲——「ええ」，希望管理員說明爲什麼他會
有這種奇怪的反應。

●会話文Ⅱ

多いもの

「もの」表理由，等於「から」。用於非常正
式的會話中。

のこさなきゃ

「のこさなければ」的簡縮。

じゃ、言いますけど

用來表明反對意見的常套句。

文型練習
ぶん けい れん しゅう

CD ③ No.16

1．…だが、…て……て……

> 本文例——日本でも最近、関東地
> 方のある県が、遠く東北地方にま
> でゴミを運んで処理をたのんだが、
> 話し合いがうまくいかなくて、ま
> だ問題は解決していないそうであ
> る。

(注)計画が成功しなかったことを述べる形。練
習では本文の例を簡単にしてある。「うまくいか
ない」は会話でもよく使うので、この形を使っ
て自分の失敗談を話すとよい。

練習A 例にならって文を作りなさい。

例：料理を作る→料理を作りはじめた
　が、やめてしまった。

1．セーターをあむ→

2．本だなを作る→

3．つけものをつける→

4．テレビをなおす→

練習B 練習Aで作った文の途中に、
例にならって語句を入れなさい。

例：うまくいかない→料理を作りはじ
　めたが、うまくいかなくて、やめて
　しまった。

1．うまくいかない→

2．なかなかできない→

3．おいしくできない→

4．むずかしい→

1～4とも、「うまくいかなくて」でも
よろしい。ていねいな会話にする時は
つぎのようになおす。

　料理を作りはじめましたが、うまく
いかなくて、やめてしまいました。

1.～，不過由於～而～了。

> 正文範例------就連日本，最近關東地區有某個縣，曾經把垃圾載運到老遠的東北地方請求處理，<u>不過由於沒法談攏</u>，據聞問題仍未解決。

【註】敘述計劃沒成功的句型。在練習裏已將正文的例句簡化。「うまくいかない」＜不順利＞在會話中經常使用，不妨利用句型來談談自己的失敗經驗。

練習A　請依例造句。

例：做料理→開始做料理，不過做了一半就放棄了。

1.編織毛衣→

2.製作書架→

3.醃製醬菜→

4.修理電視→

練習B　在練習A所造的句子中間，照例示插入指定的語句。

例：進行不順利→開始做料理，不過<u>進行不順利</u>，做了一半就放棄了。

1.進行不順利→

2.老是學不會→

3.沒辦法做得可口→

4.很難→

1～4都用「うまくいかなくて」亦可。想表達更鄭重的語氣時，可改成如下說法：

料理を作りはじめ<u>ました</u>が、うまくいかなくて、やめてしまい<u>ました</u>。

No.17

２．……は、最初は…でも、そのうちに……

> 本文例——ゴミをこまかく分けて出すのは、最初はめんどうでも、そのうちになれてしまいます。

(注)はじめむずかしくて、あとでやさしくなる動作について述べる形。自分の経験を考えて応用の文を作ってみなさい。

練習A　例にならって文を作りなさい。

例：ゴミをこまかく分けて出す→ゴミをこまかく分けて出す<u>のは、最初はめんどうです</u>。

１．毎朝ジョギングをする→

２．毎日日記をつける→

３．使わない電灯をけす→

４．部屋をかたづける→

練習B　練習Aで作った文のあとに、「そのうちになれてしまいます」をつけなさい。

例：そのうちになれてしまいます→ゴミをこまかく分けて出すのは、最初はめんどうでも、<u>そのうちになれてしまいます</u>。

練習C　練習Bで作った文のあとに、例にならって反対の意見を言いなさい。

例：という人もいますが、そんなことはないと思います→ゴミをこまかく分けて出すのは、最初はめんどうでも、そのうちになれてしまう<u>という人もいますが、そんなことはないと思います</u>。

____の部分は次のような表現でもよい。

わたしは反対です。

わたしの場合は違います。

なれるのはむずかしいと思います。

2.剛開始雖然〜，慢慢就會〜。

> 正文範例------將垃圾仔細分類後丟棄，剛
> 開始雖然很麻煩，<u>慢慢就會習慣</u>。

【註】敘述起初很難，以後會變簡單的動作之句型。回想一下自己的經驗，造幾個應用的句字。

練習A　請依例造句。

例：將垃圾仔細分類後丟棄→<u>將垃圾仔細分類後丟棄，起初很麻煩</u>。

1.每天早上晨跑→
2.每天寫日記→
3.關掉不用的電燈→
4.整理房間→

練習B　在練習A所造的句子後面，加上＜慢慢就會習慣＞。

例：慢慢就會習慣→將垃圾仔細分類後丟棄，起初很麻煩，<u>慢慢就會習慣</u>

練習C　在練習B所造的句子後面，照例示加上反對意見。

例：有人認為……我卻不認為如此→將垃圾仔細分類後丟棄，<u>有人認為</u>起初很麻煩，慢慢就會習慣，<u>我卻不認為如此</u>。

____的部分也可以用下列的方式表達。

我反對。
我的情形不太一樣。
我認為要習慣很難。

ディスコース練習

（会話文Ⅰより） No.18

> A：かならず……してくださいよ。
>
> B：はい。
>
> A：…ないと、……から。
>
> B：はい、わかりました。

練習の目的　AはBにやりかたを指示します。Bは「はい」と言いますが、Aはなおもそのやりかたが必要であ

るという理由をつけ加えます。

練習の方法　基本型の下線の部分に入れかえ語句を入れて会話をします。

〈基本型〉

A：かならず(1)<u>ふたをして</u>くださいよ。

B：はい。

A：そうしないと、(2)<u>ネコが中のものを出して食べます</u>から。

B：はい、わかりました。

▶入れかえ語句

1．(1)ガスのもとせんをしめて　(2)事故のもとになります

2．(1)郵便番号を書いて　(2)配達がおくれます

3．(1)安全ベルトをしめて　(2)大きなけがをすることがあります

4．(1)時々まどをあけて　(2)気もちがわるくなります

応用　その他、気をつけたほうがいいと思うことについて、会話をしてください。

（取材自會話I）

A：請務必……噢！
B：好的。
A：如果沒……，就會……。
B：嗯，我知道了。

練習目的　A向B指示作法。B答應照辦，但A還是追加說明爲何需要如此做的理由。
練習方法　在基本句型的劃線部分，填入代換語句。
＜基本句型＞

A：請務必(1)蓋上蓋子噢！
B：好的。
A：因爲若不這樣，(2)貓就會把裏面的東西扒出來吃。
B：嗯，我知道了。

▲代換語句
1.(1)把瓦斯的開關栓緊　(2)釀成重大事故
2.(1)寫上郵遞區號　(2)延遲送到家
3.(1)繫上安全帶　(2)有時會受到重大傷害
4.(1)有時把窗戶打開　(2)覺得不舒服
應用　請就其他認爲小心留意會比較好的事情，練習會話。

漢字熟語練習
（かん　じ　じゅく　ご　れんしゅう）

1.本＜日本＞

本当(の)[ほんとう(の)]
　……………………眞正(的)；實在(的)
本社[ほんしゃ]……………………總公司
本店[ほんてん]………………本店；本舗
本部[ほんぶ]…………………本部；總部
本日[ほんじつ]……………………今天
本人[ほんにん]……………………本人
本館[ほんかん]………本建築物；正館
資本[しほん]………………………資本
基本[きほん]………………………基本
見本[みほん]…………………樣本；樣品
何本[なんぼん]………………幾支；幾條
本[ほん]……………………………書

2.県＜ある県＞

県[けん]……………………………縣
県庁[けんちょう]………………縣政府
県民[けんみん]……………………縣民
〜県(千葉県)[〜けん(ちばけん)]
　……………………〜縣（千葉縣）

3.北＜東北地方、北海道＞

北部[ほくぶ]………………………北部
北極[ほっきょく]…………………北極
北上する[ほくじょう(する)]…………北上
北海道[ほっかいどう]……………北海道
東北[とうほく]……………………東北

東北地方[とうほくちほう]………東北地方
東西南北[とうざいなんぼく]………東西南北
北[きた]…………………………北方

4.解<解決する>
解決(する)[かいけつ(する)]…………解決
解放(する)[かいほう(する)]…………解放
解説(する)[かいせつ(する)]…………説明
解釈(する)[かいしゃく(する)]………解釋
解答[かいとう]…………………………解答
理解(する)[りかい(する)]……………理解
誤解(する)[ごかい(する)]………誤解；誤會

5.決<解決する>
決定(する)[けってい(する)]…………決定
決勝[けっしょう]……………決賽；決勝負
決意(する)[けつい(する)]……決心；決意
可決する[かけつ(する)]……………通過
否決する[ひけつ(する)]……………否決

6.各<各家庭>
各国[かっこく]…………………………各國
各地[かくち]……………………………各地
各種[かくしゅ]…………………………各種
各省[かくしょう]………………………各部會
各党[かくとう]…………………………各黨派
各〜(各駅)[かく〜(かくえき)]
　　………………………各〜(各站；每一站)

7.道<北海道>
道具[どうぐ]……………………………道具
道徳[どうとく]…………………………道德
報道(する)[ほうどう(する)]…………報導
水道[すいどう]…………………………自來水
鉄道[てつどう]…………………………鐵路
歩道[ほどう]……………………………人行道
人道[じんどう]…………………………人道
柔道[じゅうどう]………………………柔道

書道[しょどう]…………………………書法
北海道[ほっかいどう]…………………北海道
道[みち]…………………………道路；馬路

8.料<燃料>
料金[りょうきん]………………………費用
料理(する)[りょうり(する)]………做菜；菜
材料[ざいりょう]………………………材料
燃料[ねんりょう]………………………燃料
原料[げんりょう]………………………原料
給料[きゅうりょう]……………………薪水
入場料[にゅうじょうりょう]
　　…………………………入場費；門票費

9.六<六種類>
六[ろく]…………………………………六
六月[ろくがつ]…………………………六月
六か月[ろっかげつ]……………………六個月
十六日[じゅうろくにち]
六つ[むっつ]……………………………六個
六日[むいか]……………………六日；六天

10.初<最初>
初期[しょき]……………………………初期
初歩[しょほ]……………………初歩；第一歩
初級[しょきゅう]………………………初期
最初(の)[さいしょ(の)]
　　………………………最初(的)；剛開始(的)
初め[はじ(め)]…………………最初；起源
初〜(初雪)[はつ〜(はつゆき)]
　　………………………………初次〜(初雪)

11.結<結局>
結果[けっか]……………………………結果
結局[けっきょく]………………結局；最後
結婚(する)[けっこん(する)]…………結婚
結論[けつろん]…………………………結論
団結[だんけつ]…………………………團結

結ぶ[むす(ぶ)]……………………連結；締結

12.局＜結局＞

局番[きょくばん]……………(電話)區域號碼

郵便局[ゆうびんきょく]………………郵局

放送局[ほうそうきょく]……………廣播電台

薬局[やっきょく]……………………藥房

結局[けっきょく]………………結局；結果

漢字詞彙複習

１．北海道か東北地方へ行ってみたい。

２．初歩からはじめて、六か月勉強しました。

３．六月に結婚します。

４．本人からきいたのですから本当でしょう。

５．まだ初級ですから高い道具は買いません。

６．最初は給料がひくいのがふつうです。

７．本館のまえに六時にあつまってください。

８．十六日に本部へ行きます。

９．あの問題は解決しましたか。

10．この電車は各駅にとまります。

11．県庁は北のほうです。

12．料理の材料を買いに行きます。

13．それは本日のうちに決定します。

14．各種の入場料があがった。

15．放送局へ行きたいんですが道がわからないんです。

16．柔道と書道をならっています。

17．千葉県の北部に住んでいます。

18．かの女は北極に行こうと決意した。

19．料金は郵便局できいてください。

20．かれは理解は早いがときどき誤解する。

1.想去北海道或是東北地方看看。

2.從入門開始，學了六個月。

3.在六月結婚。

4.是從本人那兒聽來的，所以應該是真的吧！

5.還是新手，所以不買太貴的工具。

6.剛開始通常薪水給得低。

7.六點請在正館前面集合。

8.十六日要到總部去。

9.那問題已經解決了嗎？

10.這電車在每一站停車。

11.縣政府在北方。

12.去買做菜的材料。

13.那件事將在今天決定。

14.各種入場費都漲了。

15.我想要去廣播電台，但不知道怎麼走。

16.正在學柔道和書法。

17.住在千葉縣的北部。

18.她決心要到北極去。

19.費用請向郵局詢問。

20.他雖然領悟力好，不過有時也會搞錯。

応用読解練習
おうようどっかいれんしゅう

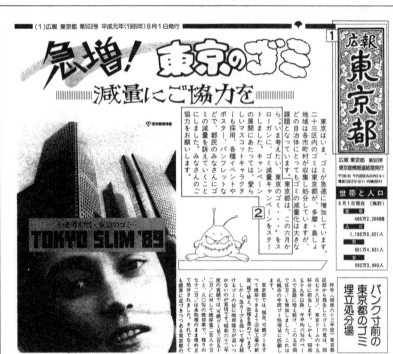

1
広報
東京都

2
東京都は、この六月から、"いま考えたい、東京のゴミ…"をスローガンに、ゴミ減量キャンペーンをスタートしました。キャンペーンの展開にあたっては、愛らしいマスコットキャラクターも採用、各種イベントやポスター、パンフレットなどで、都民のみなさんにゴミの減量を訴えていくことにしました。みなさんのご協力をお願いします。

字彙表

中譯

1

　　報導
　　東京都

2

　　東京都自六月起，以"希望現在想想東京的垃圾"爲口號，開始進行垃圾減量的宣傳活動。展開宣傳之際，決定採用可愛的卡通人物當吉祥物，並利用各種活動及海報小冊子之類，呼籲全體市民減少垃圾量。敬請大家配合。

レッスン12

コピー食品

 No.19

本文

コピー食品が出まわっている。コピー食品というのは、本物ではないが、本物によくにている食品である。たとえば、かにの足のように見える*が、実は安いさかなで作ったものや、サラダオイルで作ったイクラなど、たくさん出ている。本物よりずっと安い材料を使ったり、ふつうなら捨てる部分を集めて上等の肉のように作ったりする*。お客は安いと思ってよろこんで買う。

このようなコピー食品を作るには、高度な技術が必要である。最近は加工技術がすすんだので、味、色、形から、かおり、歯ざわりまで、本物そっくりの物を作ることができる。しかし、安い材料をおいしくするためには、たくさんの食品添加物を使う。また、大きな工場で大量に作るから、合成保存料などもたくさん使う必要がある。

こうしてできたコピー食品は形が同じで、料理しやすいから、学校給食や外食産業で使うのにむいている。これから大きくなる子どもたちが、コピー食品をたくさん食べるのは、心配なことである。しかも、本物のさかなとちがって骨がないから、よろこんで食べる場合も多いそうだ。

にせものの食品は昔からあった。安いさかなを高いさかなの名前で売ったりすることは、めずらしくなかった。しかし現在は、加工技術の進歩のために、人間の体にわるいものが出まわるようになった。科学の進歩が人間を苦しめるのはざんねんなことである。

仿製食品

市面上到處可見仿製食品。所謂仿製食品是指：不是眞貨然而卻酷似眞貨的食品。譬如：看起來好像蟹腿的樣子，實際上卻是用廉價的魚類所製成的食品，或者用沙拉油製作的鹹鮭魚子等等皆已大量出籠。有的是用比眞貨便宜許多的材料，有的是將通常不要的部分收集起來，做成上等肉的模樣。顧客往往會覺得便宜而樂意購買。

製作這類的仿製食品需要高超的技術。最近，因爲加工技術進步神速，所以打從味道、顏色、形狀以至於香味、齒感，都有辦法弄得跟眞貨一模一樣。但是，爲了要讓廉價的材料味道鮮美，所以也使用了許多食品添加物。同時由於在工廠大量生產，必須使用多量的食品保存劑。

這樣做成的仿製食品，由於形狀類似而且容易煮食，因此蠻適合學校的營養午餐及餐飲業使用。今後即將長大成人的孩童們，食用大量的仿製食品，著實令人擔憂。而且因爲和眞的魚類不同，沒有骨頭，所以聽說有許多場合反而樂於食用。

仿製的食品很久以前就有了。假借昂貴的魚名，販賣廉價的魚類，已非罕見之事。然而現在，由於加工技術的進步，危害人體的食品充斥市面。科學進步卻危害人類，著實是一大缺憾！

会話
かいわ

● 会話文 1 No.20
　　 ぶん

会社で残業中の社員の会話。Ａは男
かいしゃ　ざんぎょうちゅう　しゃいん　かいわ　　　　だん
性、Ｂは女性。
せい　　　じょせい

Ａ：このおすしはどうしたんですか。

Ｂ：部長のおごりです。先に帰るから、
　　ぶちょう　　　　　　　　さき　かえ
　　食べてくださいって*。
　　た

Ａ：へえ、めずらしい。じゃ、食べま
　　しょう。

Ｂ：ええ。

Ａ：お、イクラが入っている。ぼく、
　　　　　　　　はい
　　イクラだいすきなんです。

Ｂ：じゃ、わたしのもどうぞ。

Ａ：いいんですか。

Ｂ：ええ、わたしはいりませんから、
　　どうぞ。

Ａ：じゃ、いただきます。でも、どう
　　してですか。

Ｂ：安いイクラはコピー食品だって聞
　　やす　　　　　　　　　しょくひん　　　き

いたので*。

Ａ：コピーって*、にせものですか。

Ｂ：ええ、サラダオイルで作るんです
　　　　　　　　　　　　　　　つく
　　って*。

Ａ：へえ？　でも、色も形もそっくり
　　　　　　　　　いろ　かたち
　　ですよ。（食べて）味もそっくり。
　　　　　　　　　　あじ

Ｂ：歯ざわりも。
　　は

Ａ：ええ。

Ｂ：このかにの足も、きっと安いおさ
　　　　　　　あし
　　かなですよ、本当は。
　　　　　　　ほんとう

Ａ：でも、うまいですよ。すばらしい
　　加工技術ですね。
　　かこうぎじゅつ

Ｂ：食品添加物がたくさん入っていま
　　しょくひんてんかぶつ　　　　　　　はい
　　すよ。

Ａ：そうでしょうね。

Ｂ：合成保存料も。
　　ごうせいほぞんりょう

Ａ：ちょっとこわいですね。

Ｂ：そうですよ。とくに子どもが学校
　　　　　　　　　　　　こ　　　　　がっこう

給食や外食でコピー食品を食べるの
きゅうしょく　がいしょく
は、心配ですよ。
しんぱい

A：でも、どうしてこのイクラやかに

がコピー食品だとわかるんですか。

B：部長のおごりですもの。*

●會話I

正在公司加班的兩位職員間的對話。A是男性，
B是女性。

A：這壽司怎麼來的？

B：經理請的。他說要先回家，所以請我們吃！

A：哦，真難得！那我們吃吧！

B：嗯。

A：噢，裏頭有鹹鮭魚子。我最喜歡鹹鮭魚子。

B：那麼，我的也請你吃。

A：可以嗎？

B：嗯，因為我不要，你請！

A：那麼，我就不客氣了。不過，妳為什麼不吃
呢？

B：因為我聽說廉價的鹹鮭魚子是仿製食品
……。

A：仿製？是假貨嗎？

B：是的。據說是用沙拉油做的！

A：真的？可是顏色、形狀都一模一樣啊！(吃
起來)味道也很像。

B：咬起來的感覺也是差不多吧？

A：的確！

B：這隻蟹腿其實也一定是廉價魚做的！

A：不過，很好吃啊！加工技術實在很高竿！

B：裏頭放了很多食品添加物哦！

A：應該是吧？

B：還有合成防腐劑……。

A：亂恐佈的……。

B：是啊！尤其是孩童們吃學校供應的午餐或在
外面用餐時，都會吃到仿製食品，實在令人
擔心！

A：不過，妳怎麼知道這些鹹鮭魚子和蟹腿是仿
製食品？

B：因為是經理請客的啊！

●会話文 II No.21

夫と妻の会話。デパートの食品売り
おっと　つま　かいわ　　　　　　　　しょくひん　う
場で。
ば

妻：あら、これ、安いわ。
やす

夫：どれ？

妻：このイクラ。

夫：ほんとだ。

妻：どうしてこんなに安いのかしら。

夫：うん…、あ、わかった。このごろ
はやりのコピー食品だよ。

妻：コピー？

夫：にせものだよ。たしか、イクラは
サラダオイルで作るんだよ。
つく

妻：へえ、でも本物そっくりね。
ほんもの

夫：しろうとには区別ができないんだ
く べつ
って。

妻：食べても？
た

夫：うん。

妻：じゃ、いいじゃないの、コピーで
も。安くて。

夫：そんなことないよ。

妻：どうして？

夫：自然の食品じゃないんだ。工場で
しぜん　　　　　　　　　　　　　　こうじょう
作るんだよ。

妻：そうね。

夫：どんな添加物が入っているか、わ
てんかぶつ　はい

からない*よ。

妻：そうね。

夫：合成保存料もたくさん入っている
　　よ、きっと。

妻：そうね。じゃ、やめましょう。

夫：やめて、本物を買う？

●會話II
夫妻間的對話。在百貨公司的食品部。
妻：咦，這個，好便宜耶！
夫：哪個？
妻：這種鹹鮭魚子。
夫：的確是！
妻：為什麼這麼便宜呢？
夫：嗯……，啊，我知道了！是最近流行的仿
　　製食品。
妻：仿製？
夫：是假貨！應該沒錯，鹹鮭魚子是用沙拉油
　　做的！
妻：噢？不過跟真的一模一樣耶！
夫：聽說外行人是分辨不出來的！
妻：吃了也分辨不出嗎？

妻：いいえ。本物のサラダオイルを買
　　って…。

夫：え？

妻：安いおさかなのフライを作りましょ
　　う。

夫：是的。
妻：那不是很好嗎？雖是仿製的，但很便宜！
夫：才不呢？
妻：為什麼？
夫：因為不是自然的食品。是在工廠製造的！
妻：是啊。
夫：裏頭放了哪些添加物，可不曉得喲！
妻：的確！
夫：一定也放了不少合成防腐劑……。
妻：說的也是，那麼不要買吧？
夫：不買，是要買真貨嗎？
妻：不是，要買真的沙拉油……。
夫：幹嘛？
妻：炸一些廉價魚呀！

単語のまとめ

●本文

コピー食品[(コピー)しょくひん]
……………………………仿製食品
出まわる[で(まわる)]…………上市
本物[ほんもの]………………眞貨
にている………………相似；類似
たとえば……………………譬如
かに………………………螃蟹
足[あし]……………………腿
～のように見える[～(のように)み(える)]
…………………………看起來像～
実は[じつは]………………實際上

さかな……………………………魚
サラダオイル………………沙拉油
イクラ……………………鹹鮭魚子
ずっと……………………………一直
材料[ざいりょう]………………材料
使う[つか(う)]…………………使用
ふつうなら…………一般的話；通常
捨てる[す(てる)]………………丟棄
部分[ぶぶん]……………………部分
集める[あつ(める)]……………收集
上等の[じょうとう(の)]………上等的
肉[にく]……………………………肉

171

よろこんで……………………………樂意地
高度な[こうど(な)]…………高度的；高超的
技術[ぎじゅつ]……………………………技術
最近[さいきん]……………………………最近
加工[かこう]………………………………加工
すすんだ(＜すすむ)…………………進步
味[あじ]……………………………………味道
色[いろ]……………………………………顏色
形[かたち]…………………………………形狀
かおり……………………………香味；氣味
歯ざわり[は(ざわり)]
　　　　　　　　……………齒感；咬起來的感覺
～そっくり………………………………酷似～
食品添加物[しょくひんてんかぶつ]
　　　　　　　　　　　　…………………食品添加物
工場[こうじょう]…………………………工廠
大量[たいりょう]…………………………大量
合成保存料[ごうせいほぞんりょう]
　　　　　　　　　　　　…………………合成防腐劑
同じ[おな(じ)]…………………………相同
料理しやすい[りょうり(しやすい)]
　　　　　　　　　　　　…………………容易煮食
学校給食[がっこうきゅうしょく]
　　　　　　　　　…………………學校的營養午餐
外食産業[がいしょくさんぎょう]……餐飲業
～にむいている…………………………適合於～
心配なこと[しんぱい(なこと)]
　　　　　　　　　　　　…………………令人擔心的事
しかも………………………………………而且
～とちがって……………………和～不同
骨[ほね]……………………………………骨頭
場合[ばあい]……………………場合；情形
多い[おお(い)]…………………………很多
にせもの…………………………………假貨
昔[むかし]………………………以前；從前
めずらしくない…………………………不稀奇
しかし………………………………………可是
現在[げんざい]…………………現在；目前

進步[しんぽ]……………………………進步
人間[にんげん]……………………………人類
体[からだ]…………………………………身體
科学[かがく]………………………………科學
苦しめる[くる(しめる)]………折磨；使痛苦
ざんねん…………………………………遺憾

●会話文Ｉ
　　　かいわぶん

残業中[ざんぎょうちゅう]………加班當中
社員[しゃいん]…………………公司職員
部長[ぶちょう]………部長；經理；主任
おごり……………………………………請客
へえ？……………………………………眞的？
めずらしい………………………………難得
だいすき…………………………………很喜歡
いりません………………………………不需要
いただきます…………我不客氣(享用)了
本当は[ほんとう(は)]………………事實上
うまい……………………………………好吃
すばらしい………………………………很棒
こわい……………………………可怕；恐怖
とくに……………………………特別；尤其
外食[がいしょく]…………………………外食

●会話文Ⅱ
　　　かいわぶん

夫と妻[おっと(と)つま]…………丈夫和妻子
デパート…………………………………百貨公司
食品売り場[しょくひんう(り)ば]……食品部
あら…………………………………………咦！
～かしら………………………………～嗎？
はやり……………………………………流行的
たしか……………………………………的確
しろうと…………………………………外行人
区別[くべつ]……………………區別；區分
自然の[しぜん(の)]……………………自然的
やめましょう…………………………不要買吧！
フライ……………………………………炸的

文法ノート
ぶんぽう

●本文
ほんぶん

かにの足のように見える
あし　　　　み

「～のように見える」＜看起來像～＞是描述外觀的說法。例句：「あの子は背が高くて、大人のように見える。」＜那孩子個子很高，看起來像大人。＞「～のように作る」也可說成「～のように見えるように作る」＜做得看來像～＞。

～使ったり～作ったりする
つか　　　　つく

「～たり～たりする」＜或～或～＞的句型用來表示動作的舉例敍述。例句：「日曜日には、掃除をしたり洗濯をしたりします。」＜星期天或是打掃或是洗衣服。＞。而「安い魚を高い魚の名前で売ったりする。」＜假借昂貴的魚名販賣廉價的魚類。＞中的「たり」也是舉例的用法。

●会話文 I
かいわぶん

食べてくださいって
た

這裏的「って」等於「と」，句尾省略了「部長がいいました」＜經理說＞。

コピー食品だって聞いたので
しょくひん　　　き

這裏的「たり」也等於「と」。「ので」的後面省略了「私は食べません」＜我不吃＞。コピーって「コピーというのは」的簡縮。

サラダオイルで作るんですって
つく

「って」等於「と」，句尾省略了「聞きました」＜聽說＞。「ですって」是女性用的說法。在同樣的情況下，男性通常用「だって」。比較正式鄭重的說法是「だそうです」。

部長のおごりですもの
ぶちょう

「もの」相當於「から」，用來說明理由。但要注意「ですもの」是女性用的說法。

●会話文 II
かいわぶん

どんな添加物が入っているかわからない
てんかぶつ　　はい

「～かわからない」＜不知道＞。例句：「そんなことしたら、あの人どんなに怒るかわからない。」＜你那麼做的話，不知道他會有多生氣。＞

文型練習
ぶんけいれんしゅう

CD ③ No.22

1．…ように見えるが、実は…
み　　　　　　　　じつ

> 本文例──たとえば、かにの足のように見えるが、実は安いさかなで作ったものや、サラダオイルで作ったイクラなど、たくさん出ている。
> ほんぶんれい　　　　　　　あし　　　　　　　やす　　　　　　つく　　　　　　　　　　　　　　　つく　　　　　　　　　　で

（注）外見と実際がちがうことを述べる形。練習は本文例を簡単にし、話すときの形に改めた。書く場合は本文例のようにすること。
ちゅう　がいけん　じっさい　　　　　　　の　　　かたち　れんしゅう　　　　　　かんたん　　　　　はな　　　　　　あらた　　　　　か　　ばあい

練習A　例にならって文を作りなさい。

例：かにの足の、安いさかなで作ったもの→かにの足のように見えますが、実は安いさかなで作ったものなんです。

１．ウールの、ポリエステル→

２．本物の、にせもの→

３．むずかしい、かんたん→

４．よくはたらいている、なまけもの→

練習Ｂ 練習Ａで作った文の前に、例にならって語句をつけなさい。

例：この食品、→この食品、かにの足のように見えますが、実は安いさかなで作ったものなんです。

１．このスーツ、→

２．このコピー食品、→

３．このゲーム、→

４．あの人、→

応用 そのほか、身近にあるものについて、外見と実際がちがうものをさがして、説明してみなさい。高いように見えて安いものなど。「高い、安い」などの場合は「なんです」でなく「んです」となる。「…実は安いんです」のように。

1.**看起來好像～，實際上卻～。**

正文範例------譬如，<u>看起來好像蟹腿的樣子，實際上卻是用廉價的魚類所製成的食品</u>，或者用沙拉油製作鹹鮭魚子等等皆已大量出籠。

【註】敘述外觀和實物不同的句型。練習部分已經將正文範例簡化，改成口語體。書寫時，形式應照正文範例所示。

練習A 請依例造句。

例：蟹腿的、用廉價的魚類所製成的食品→<u>看起來好像蟹腿的樣子，實際上卻是用廉價的魚類所製成的食品</u>。

1.羊毛織品的、聚脂→

2.真貨的、假貨→

3.很困難的、很簡單→

4.很賣力工作的、懶惰蟲→

練習B 請在練習A所造各句之前，依列添加下列語句。

例：這種食品→<u>這種食品</u>，看起來好像蟹腿的樣子，實際上卻是用廉價的魚類所製成的食品。

1.這種衣服→

2.這種仿製食品→

3.這種遊戲→

4.那個人→

應用 此外，請就周遭的事物，試著找出其外觀和實物的差異說明看看。比如，看起來好像很貴然而卻很便宜之類的例子。「高い、安い」這類形容詞的句尾不是用「なんです」而是用「んです」。例如「～實は安い<u>んです</u>」＜事實上很便宜。＞

2．…やすいから、…にむいている

> 本文例──こうしてできたコピー食品は形が同じで、料理しやすいから、学校給食や外食産業で使うのにむいている。

(注)「…(し)やすい」と「…(の)にむいている」をあわせた形。それぞれ別に分けて使うこともできる。

練習A 例にならって文を作りなさい。

例：外食産業で使うの→<u>外食産業で使うの</u>にむいている。

1．電車の中で読むの→
2．さんぽの時はくの→
3．初歩の人がひくの→
4．子ども→

練習B 練習Aで作った文の前に、例にならって語句をつけなさい。

例：形が同じで、料理しやすい→<u>形が同じで、料理しやすい</u>から、外食産業で使うのにむいている。

1．小さくて、もちやすい→
2．かるくて、歩きやすい→
3．やさしくて、わかりやすい→
4．あまくて、のみやすい→

練習C 練習Bで作った文の前に、例にならって語句をつけなさい。

例：コピー食品は→<u>コピー食品は</u>形が同じで、料理しやすいから、外食産業で使うのにむいている。

1．この本は→
2．このクツは→
3．この辞書は→
4．このくすりは→

2. **由於容易～，因此蠻適合～。**

> 正文範例──像這樣做成的仿製食品，<u>由於形狀類似而且容易煮食</u>，<u>因此蠻適合</u>學校的營養午餐及餐飲業使用。

【註】將「～(し)やすい」<容易～>和「～(の)にむいている」<蠻適合～>合併練習的句型。分開使用也行。

練習A 請依例造句。

例：在餐飲業使用→適合<u>在餐飲業使用</u>。

1. 在電車上閱讀→
2. 在散步時穿→
3. 初學者查閱→
4. 小孩子→

練習B 請在練習A所造各句之前，依列添加下列語句。

例：形狀類似而且容易煮食→<u>由於形狀類似，而且容易煮食</u>，因此蠻適合在餐飲業使用。

1. 小巧、容易攜帶→
2. 輕巧、易於行走→
3. 簡單、容易瞭解→
4. 甜甜的、容易入口→

練習C 請在練習B所造各句之前，依列添加下列語句。

例：仿製食品→仿製食品，由於形狀類似，而且容易煮食，因此蠻適合在餐飲業使用。

1. 這本書→
2. 這雙鞋→
3. 這本辭典→
4. 這種藥→

ディスコース練習

(会話文１より) CD③ **No.24**

> A：……どうぞ。
> B：いいんですか。
> A：ええ、わたしは……から。
> B：そうですか。じゃ……。すみません。

練習の目的 AはBに対して親切な申し出をします。Bはそれを受け入れるまえに「いいんですか」と確認し、Aの答えを聞いてから申し出を受け入れます。Bは最後に「すみません」や「ありがとう(ございます)」をつけたほうがていねいです。(「いいんですか」はこのように、相手が申し出たことを確認するときに使います。はじめから、「これ、(使っ)<u>てもいいんですか</u>」とは言いません。この場合は「…<u>てもいいですか</u>」と言います。)

練習の方法 基本型の下線の部分に入れかえ語句を入れて会話をします。

〈基本型〉

A：(1)<u>わたしのも</u>どうぞ。
B：いいんですか。

A：ええ、わたしは(2)いりませんから。

B：そうですか。じゃ、(3)いただきます。すみません。

▶入れかえ語句

1．(1)このかさを　(2)もう１本あります　(3)お借りします

2．(1)お先に　(2)いそぎません　(3)お先に

3．(1)持ちますから　(2)荷物がありません　(3)おねがいします

4．(1)ここへ　(2)すぐおります　(3)失礼します

（１はかさを貸す時、２は公衆電話やタクシーの番をゆずる時、３は人の荷物を持つ時、４は乗り物の中で席をゆずる時。）

（取材自會話｜）

A：請！

B：可以嗎？

A：嗯，因爲我……。

B：這樣子啊！那麼……。眞不好意思。

練習目的　A對B提出親切的建議。B在接受之前先用「いいんですか」＜可以嗎？＞加以確認，聽了A的答覆之後便欣然接受了。B最好在最後加上＜眞不好意思＞或者＜謝謝＞比較有禮貌。（「いいんですか」這句話就是在這樣的情況下，當我們要確認對方所提出的建議時使用。所以一開始不說：「これ、(使っ)てもいいんですか＜這個我可以(用)嗎？＞，而會說：「〜てもいいですか」＜我可以〜嗎？＞。」

練習方法　請在基本句型的劃線部分，填入代換語句，練習會話。

＜基本句型＞

A：(1)我的也請你吃！

B：可以嗎？

A：嗯，因爲我(2)不要。

B：這樣子啊，那麼(3)我就不客氣了，眞不好意思。

▲代換語句

1.(1)這把傘　(2)還有一把　(3)我就借了

2.(1)您先　(2)不急　(3)我就暫先了

3.(1)我來拿，所以……　(2)沒有行李　(3)就拜託您了

4.(1)到這邊來　(2)立刻下車　(3)失禮了

（1是把傘借給別人時、2是打公共電話或叫計程車時讓他人優先、3是幫助別人提行李時、4是在車上讓座時）

漢字熟語練習

1.使＜使う＞

使用[しよう]‥‥‥‥‥‥‥‥‥‥使用

使命[しめい]‥‥‥‥‥‥‥‥‥‥使命

使節[しせつ]‥‥‥‥‥‥‥‥‥‥使節

大使[たいし]‥‥‥‥‥‥‥‥‥‥大使

行使(する)[こうし(する)]‥‥‥‥‥行使

労使[ろうし]‥‥‥‥‥‥‥‥勞方和資方

使う[つか(う)]‥‥‥‥‥‥‥‥‥‥使用

2.集＜集める＞

集中(する)[しゅうちゅう(する)]‥‥‥‥集中

集団[しゅうだん]‥‥‥‥‥‥‥‥‥集團

集会[しゅうかい]‥‥‥‥‥‥‥‥‥集合

集計(する)[しゅうけい(する)]‥‥‥‥總計

集金[しゅうきん]‥‥‥‥‥‥‥‥‥收款

募集(する)[ぼしゅう(する)]‥‥‥招考；招收

編集(する)[へんしゅう(する)]‥‥‥‥編輯

〜集(名画集)[〜しゅう(めいがしゅう)]

　　　　　　　　　　　　　　　　〜集(名畫集)

集まる[あつ(まる)]……………集合；聚集

集める[あつ(める)]……………收集；集合

3.思<思う>

思想[しそう]……………………………思想

思う[おも(う)]…………………認爲；覺得

4.術<技術>

術[じゅつ]…………………………方法；手段

技術[ぎじゅつ]…………………………技術

美術[びじゅつ]…………………………美術

芸術[げいじゅつ]………………………藝術

手術[しゅじゅつ]………………………手術

戦術[せんじゅつ]………………………戰術

学術[がくじゅつ]………………………學術

5.加<加工>

加工(する)[かこう(する)]……………加工

増加(する)[ぞうか(する)]……………増加

追加(する)[ついか(する)]……………追加

参加(する)[さんか(する)]……………參加

加える[くわ(える)]……………加入；加上

加わる[くわ(わる)]……………參加；増加

6.味<味>

意味[いみ]………………………………意思

興味[きょうみ]…………………………興趣

趣味[しゅみ]……………………………嗜好

地味(な)[じみ(な)]……………………樸素的

風味[ふうみ]……………………………風味的

味方[みかた]……………………伙伴；朋友

味[あじ]…………………………………味道

7.成<合成保存料>

成功(する)[せいこう(する)]…………成功

成長(する)[せいちょう(する)]………成長

成果[せいか]……………………………成果

成績[せいせき]…………………………成績

成人[せいじん]…………………………成人

成分[せいぶん]…………………………成分

完成(する)[かんせい(する)]…………完成

賛成(する)[さんせい(する)]…………賛成

構成(する)[こうせい(する)]……構成；結構

養成(する)[ようせい(する)]……培養；訓練

合成(する)[ごうせい(する)]…………合成

助成(する)[じょせい(する)]

　　　　　　　　　　　　　　補助；協助完成

8.保<合成保存料>

保険[ほけん]……………………………保險

保護(する)[ほご(する)]………………保護

保証(する)[ほしょう(する)]…………保證

保存(する)[ほぞん(する)]……………保存

保守的(な)[ほしゅてき(な)]………保守(的)

保母[ほぼ]………………………………保姆

確保(する)[かくほ(する)]……………確保

9.校<学校>

校長[こうちょう]………………………校長

校舎[こうしゃ]…………………………校舎

校庭[こうてい]…………………………校園

学校[がっこう]…………………………學校

登校する[とうこう(する)]……………上學

母校[ぼこう]……………………………母校

10.外<食>

外国[がいこく]…………………………外國

外国人[がいこくじん]…………………外國人

外務省[がいむしょう]………外務省；外交部

外交[がいこう]…………………………外交

外部[がいぶ]……………………………外部

外食[がいしょく]………………外食；在外面吃飯

外科[げか]………………………………外科

以外[いがい]……………………………以外

海外[かいがい]…………………………海外

郊外[こうがい]…………………………郊外

例外[れいがい]…………………………例外

外[そと]…………………………………外面

11.産<産業>

お産[(お)さん]…………………生産；生小孩

産業[さんぎょう]………………事業；工業

産地[さんち]……………………………産地

生産(する)[せいさん(する)]…………生産
共産主義[きょうさんしゅぎ]……共産主義
財産[ざいさん]………………………財産
不動産[ふどうさん]………不動産；房地産
12.名<名前>
名作[めいさく]………………名作；名著

名産[めいさん]………………………名産
名士[めいし]………傑出人士；知名人士
署名(する)[しょめい(する)]……署名；簽名
有名(な)[ゆうめい(な)]…………有名(的)
名前[なまえ]…………………………名字

漢字詞彙複習

1．**賛成**の**人**は**署名**してください。

2．いま**保険**の**集金**をしています。

3．**美術**に**興味**があります。

4．わたしの**名前**も**加**えてください。

5．**校長**は**外国人**です。

6．この**病院**の**外科**は**有名**です。

7．ここは**保母**を**養成**する**学校**です。

8．**手術**は**成功**しました。

9．これはわたしの**使命**だと思っています。

10．**編集**のできる**人**を**募集**しています。

11．**風味**はよいが**成分**がわからない。

12．**郊外**なので、**外食**するところはあまりない。

13．**大使**は**保守的**な**思想**をもっている。

14．きのう**労使**の**集会**があった。

15．これは**加工技術**の**成果**だ。

16．**海外**からもおおくの**人**が**参加**した。

17．**校舎**も大きく、**校庭**もひろい。

18．あの**人以外**に**味方**はいない。

19．わたしの**母校**から**名士**がおおぜい出ている。

20．買う**人**は**増加**しているが、**生産**がおくれている。

1.**賛成**的人請**簽名**。

2.目前在**收保險費**。

3.對**美術**有**興趣**。

4.請把我的**名字**也**加**進去。

5.**校長**是**外國人**。

6.這家醫院的**外科**很**有名**。

7.這裏是培養**保姆**的**學校**。

8.**手術成功**了。

9.我**認為**這是我的**使命**。

10.正在**招考編輯**人員。

11.**風味**頗佳，但**成分**不知。

12.由於是**郊外**，因此**在外面用餐**的地方不多。

13.**大使**的**思想**很**保守**。

14.昨天舉行**勞資雙方**的**集會**。

15.這是**加工技術**的**成果**。

16.也有很多來自**海外**的人士**參加**。

17.**校舍**很大，**校園**很寬敞。

18.除了他**以外**，沒有任何伙伴。

19.我的**母校**出了很多**名人**。

20.**購買**的人不斷**增加**，**產量**供不應求。

応用読解練習
おうようどっかいれんしゅう

家族をダメにする外食産業

外食産業の発展ぶりを見ていて、空恐ろしい思いをしているのは、私だけではない。

若い家族に人気のあるファミリーレストランや、サラリーマン、OL、学生相手のファーストフードの店など。いくつものチェーン店をもつ大企業の経営により、外食産業はいまや一大産業にのし上がってきた。

この外食産業こそ、実は食品添加物がなければ存在しえないものである。

外食企業の秘密

外食産業という字句は、まだ現在の辞書には登場していない。それくらい歴史の新しい産業である。

辞書にないくらいであるから、はっきりした定義もない。しかし、アメリカにはあるかもしれない。というのは、外食産業はアメリカから移ってきたもので、それは、安くて、おいしくて、きれいな食物ならばなんでも食べてしまう食習慣が、両国民の間に共通しているからであろう。

数年前、オランダ、ベルギー、西ドイツ、スイス、フランスと車で廻ったことがあった。

坦坦たる国道を走っていて、ちょうどお昼ごろになってお腹がすいてきても、国道筋に日本のようなファミリーレストランを見つけることはむずかしく、たまにあったなと思って下車してみると、そこはパンとコーヒーだけの、ささやかな喫茶店であった。ヨーロッパ人はここで昼食をすませるのである。

町へ入れば、昔ながらの伝統を守りつづけているレストランが散在しているが、高級レストランが多く、毎日のように食事をとりにくる客は殆どいない。

訳いてみると、「せいぜい一カ月か二カ月に一回くらいです」という。

日本では、ファミリーレストランをわが家の食事と同じに考えている人が多いから繁盛をきわめているのであって、たくさん住んでいる在日外国人の姿を見かけることはまずない。その英国人の一人に、私は、

「なぜあなた方はファミリーレストランに入らないのか」

と訊いてみた。彼女は笑いながら答えた。

「だって、どこで、誰れが、どのような材料で作っているのか分からないでしょう。客が見える場所で調理していなければ、気持が悪くて食べられませんもの。それに、ほら、がらんとした調理場に大きな電子レンジだけが置いてありますね。電子レンジで温め直した食物なんて、味も素っ気もありませんね。食物がどんなに大切な働きをしているか、といういことを、日本人は知っているはずですからね。

家族をダメにする外食産業

外食産業の発展ぶりを見ていて、空恐ろしい思いをしているのは、私だけではない。

若い家族に人気のあるファミリーレストランや、OL、学生相手のファーストフードの店など。いくつものチェーン店をもつ大企業の経営により、外食産業はいまや一大産業にのし上がってきた。

この外食産業こそ、実は食品添加物がなければ存在しえないものである。

字彙表

家族[かぞく]……………………家人；家庭
ダメにする……………………使無用；毀掉
外食産業[がいしょくさんぎょう]
　　……………………外食産業；餐飲業
発展ぶり[はってん(ぶり)]………發展狀況
空恐ろしい[そらおそ(ろしい)]…可怕；恐怖
思いをする[おも(いをする)]……覺得；感覺
若い[わか(い)]……………………年輕
人気のある[にんき(のある)]
　　……………………受歡迎的；有人緣的
サラリーマン…………薪水階級；上班族
OL[おうえる]………上班女郎；公司女職員
学生[がくせい]……………………學生
〜相手の[〜あいて(の)]……以〜為對象的
ファーストフード…………………速食
店[みせ]……………………………商店

いくつもの………………………好幾個
チェーン店[(チェーン)てん]
　　……………………加盟店；連銷店
大企業[だいきぎょう]………………大企業
経営[けいえい]………………………經營
〜により………………………藉由〜
いまや………………………現在；如今
一大産業[いちだいさんぎょう]
　　……………………一大産業；大型企業
のし上がる[(のし)あ(がる)]……成長；發跡
〜こそ…………………唯有〜；〜正是(強調)
実は[じつ(は)]……………事實上；實際上
食品添加物[しょくひんてんかぶつ]
　　……………………食品添加物
存在しえない[そんざい(しえない)]
　　…………………………無法存在

中譯

　　破壞家庭的外食產業
　　　看到外食產業的發展情形，心裏會感到害怕的不只是我一個人而已。
　　　例如受年輕家庭喜愛的家庭式餐館，以及以薪水階級、上班女郎和學生為對象的速食店，在擁有多家連鎖店的大企業經營之下，如今外食產業已躍升為大型生產事業。
　　　事實上，這種外食產業，正是沒有食品添加物就無法存在的產業。

181

レッスン13

在宅勤務
ざいたくきんむ

 本文
ほんぶん

　会社へ行かないで自宅で仕事をすることを在宅勤務と言う。在宅勤務を始めた会社がいくつかあるそうだ。社員の家に機械をおいて、会社からファクシミリで仕事の指令を送る。社員はその指令にしたがって仕事をするのである。

　たとえば販売の仕事の場合、ふつうは朝、会社へ行って仕事の指令をうけとってから、小売りの商店へ注文をとりに行く。ところが在宅勤務の場合は朝、自宅に指令のファクシミリがとどく。すぐそれを持って近所の商店へ行く。だから、ほかの会社の社員より早く商店へ行って、先に注文をとることができる。ある薬品会社では、この方法で四十パーセント売りあげがのびたそうである。

　会社へ行く必要がないのは、会社員にはありがたいことである。何よりも、満員電車にのらなくてもいいのはうれしい。夕方早くうちへ帰って、家族といっしょに食事をすることができる。会社のほうも、社員があまりこないのだから、大きな事務所をもつ必要がない。

　しかし、いいことばかりではないそうだ。いつもひとりで仕事をしている社員は、なんとなく不安になる。一週間に一度ぐらいは、会社へ行きたくなる。会社へ行って同僚と話をすると、安心するそうだ。地域の人たちとあまりつきあいのないサラリーマンには、同僚とのつきあいは重要なものである。人間はやはり集団で行動する動物なのであろう。

182

在家上班

不去公司而在家工作，稱之為「在家上班」。據說，開始實施「在家上班」的公司，已經有好幾家。將機器放在職員家裏，而從公司以傳真機發送工作指令，職員依該指令執行任務。

比方說，銷售方面的工作，一般是早上到公司取得工作指令後，再到零售商店接洽訂貨事宜。然而，「在家上班」的情況是，傳真電報指令傳送到自宅，職員可馬上帶著該指令前往附近的商店。因此，比其他公司的職員更早到商店，就能先取得訂單。據說，某一家藥廠就是用這種方法，使營業額提高了百分之四十。

不必到公司上班，對職員而言乃是一大福音。最令他們興奮的，莫過於可以免去「擠沙丁魚」之苦。傍晚可以提早回到家，和家人共進晚餐。公司方面也因職員不常到公司，不須擁有太大的辦公地方。

但是，聽說這種方式並非完美無缺。經常獨自工作的職員，彷彿會有不安的傾向，而希望每週最起碼到公司一次。據說到公司和同事聊聊，就會比較安心。對於不常和鄰人打交道的上班族而言，和同事的往來是很重要的。人類畢竟還是集體行動的動物！

会話（かいわ）

●会話文 I No.2

Aは在宅勤務（ざいたくきんむ）の男性販売員（だんせいはんばいいん）、Bは近所（きんじょ）の主婦（しゅふ）。

A：お早（はや）うございます。

B：あ、お早うございます。会社（かいしゃ）ですか。

A：ええ。

B：このごろ、朝（あさ）、ごゆっくりですね。

A：ええ、じつは在宅勤務ですので。

B：在宅勤務？

A：ええ。会社からうちへ指令（しれい）が来（き）てから、注文（ちゅうもん）をとりに出（で）かけるんです。

B：指令って、電話（でんわ）ですか。

A：いいえ、ファックスです。

B：ああ、そうですか。

A：まえは一度（いちど）会社へ行（い）ってから、店（みせ）へ注文をとりに行っていたんですが、こんどはうちから直接（ちょくせつ）行くんです。

B：そうですか。じゃ、会社へ行かなくてもいいんですね。

A：ええ、そうなんです。満員電車（まんいんでんしゃ）にのらなくてもいいので、らくですよ。

B：それはいいですね。

A：夕方（ゆうがた）も早（はや）く帰（かえ）って、子供（こども）といっしょに食事（しょくじ）ができますし。

B：いいことばかりですね。

A：いえ、そうでもありません。ひとりで仕事（しごと）をしていると、なんとなく不安（ふあん）になって、会社へ行きたくなるんです。

B：まあ、そうですか。

A：一週間（いっしゅうかん）に一度会社へ行くんですが、それがたのしみになりました。

B：まあ、そうですか。

A：じゃ、これで。*

B：行ってらっしゃい。*

●會話 I

A是在家上班的男性售貨員，B是附近的主婦。

A：您早！

B：啊，您早。去上班嗎？

A：是的。

B：近來，早上好像比較晚出門嘛！

A：是啊，其實因為我在家上班……。

B：在家上班？

A：是的，指令從公司傳送到家裏之後，再出門
接洽訂貨事宜。

B：所謂的「指令」是電話嗎？

A：不是，是傳真。

B：噢，這樣子啊！

A：以前是先到公司之後，再去商店接洽訂貨事
宜。而現在是直接從家裏出發。

B：這樣子啊！這麼說，不去公司也無所謂囉？

A：是的，正是如此。不必跟人家擠沙丁魚，輕
鬆多了。

B：那真是太棒了！

A：而且傍晚也可提早回家和孩子們共進晚餐
……

B：那好處有多多啦！

A：不，也不見得如此。一個人工作的話，就覺
得有些不安，所以反而會想去公司上班哩！

B：噢，這樣子啊！

A：雖然一個禮拜要去公司一次，但是那卻成了
一種樂趣。

B：哦，這樣子啊！

A：那麼，我先走了！

B：請慢走。

●会話文 II No.3

夫と妻の会話。
おっと　つま

妻：まだ出かけないの、けさは。
で

夫：うん、まだファックスがこないん
だよ。

妻：そう。

夫：おれ、じゃまか*。

妻：そうじゃないの。近所の人がいや
きんじょ　ひと
なこと言うのよ。
い

夫：なんて？*

妻：お宅のご主人、会社をやめたんで
たく　しゅじん　かいしゃ
すかって。

夫：ああ、朝おそくて、早く帰るから
あさ　　　　はや　かえ
ね。

妻：在宅勤務ですよって説明するんだ
ざいたくきんむ　　　　せつめい
けど、なかなかわからない人もいる

のよ。

夫：ふうん。

妻：わたしにきく人はいいけど、何も
なに
きかないで、ひどいことを言う人も
いるの。あそこのご主人は失業した
しつぎょう
んだろうって。

夫：いいじゃないか、うわさなんか*。

妻：でも、なんだかいやだわ。

夫：じゃ、会社をやめて小説を書いて
しょうせつ　か
いるんですって、言えばいい。

妻：そうね、そのほうがわかりやすい
わね。それにかっこいいし。

夫：そうだ！

妻：え？

夫：そのうちほんとうに会社をやめて、
小説を書こう。ほんとうの在宅勤務

になるよ、そうすれば。

妻：でも、さびしくなって、会社の人に会いたくなるわよ。

夫：そうだね。一週間に一度ぐらい…。

妻：会うの？

夫：うん、会って、飲むんだ。

●會話Ⅱ

夫妻間的對話。

妻：還不出門嗎？今天早上。

夫：嗯，傳真還沒進來呀！

妻：噢！

夫：我，在家礙事嗎？

妻：不是的，附近的人閒言閒語的……。

夫：為什麼？

妻：人家問說，妳先生是不是辭職了？

夫：啊，因為我晚出早歸的緣故……。

妻：我向他們解釋說你在家上班，可是仍然有人聽不懂啊！

夫：噢？

妻：來問我的人還好，可是也有人什麼也不問，就亂說一通。說什麼那一家的先生大概失業了……。

夫：有什麼關係？反正是謠傳。

妻：可是，總覺得不舒服嘛！

夫：那麼，妳不妨告訴他們我辭職在家寫小說……。

妻：是啊，那樣比較容易理解，而且冠冕堂皇……。

夫：對了！

妻：什麼？

夫：過幾天，我就真的辭職，寫小說吧！如果那樣，就是名符其實的「在家上班」囉！

妻：不過，你將會變得很寂寞，而希望和公司的同事見面喲！

夫：的確是！一個禮拜一次的話……。

妻：真要見面？

夫：是啊，碰個頭暢飲一番！

単語のまとめ

●本文

在宅勤務[ざいたくきんむ]…………在家上班
会社[かいしゃ]……………………公司
行かないで[い(かないで)]……………不去
自宅[じたく]………………………自宅
仕事[しごと]………………………工作
始めた[はじ(めた)]………………開始
いくつか…………………………幾個（幾家）
〜そうだ…………………………聽說〜
社員[しゃいん]……………………公司職員
家[いえ]…………………………家；房子
機械[きかい]………………………機械；機器
おく………………………………放置

ファクシミリ………………………傳眞機
指令[しれい]………………………指令
送る[おく(る)]……………………傳送；發送
〜にしたがって……………………依照〜
たとえば…………………………比如；比方說
販売[はんばい]……………………販賣；銷售
場合[ばあい]………………………情況；場合
ふつうは…………………………一般；通常
朝[あさ]…………………………早上
うけとってから……………………接到之後
小売り[こう(り)]…………………零售
商店[しょうてん]…………………商店
注文[ちゅうもん]…………………訂購
ところが…………………………然而

とどく ··································· 送達
近所[きんじょ] ························· 附近
先に[さき(に)] ························· 先
薬品会社[やくひんがいしゃ] ········· 藥廠
方法[ほうほう] ························· 方法
四十パーセント[よんじっ(パーセント)]
················· 百分之四十
売りあげ[う(りあげ)] ················· 營業額
のびた ······························· 提高了
必要[ひつよう] ················· 必要；所需
会社員[かいしゃいん] ··········· 公司職員
ありがたいこと ····················· 可喜之事
何よりも[なに(よりも)] ······· 比～都；最～
満員電車[まんいんでんしゃ]
····················· 擠滿人的電車
のらなくてもいい(<のる)
····················· 不必搭乘也可以
夕方[ゆうがた] ························· 傍晚
家族[かぞく] ··························· 家人
食事[しょくじ] ··············· 飲食；餐；飯
事務所[じむしょ] ····················· 辦公室
なんとなく ··························· 總覺得
不安[ふあん] ················· 不安；浮躁
一週間に一度[いっしゅうかん(に)いちど]
····················· 一個禮拜一次
行きたくなる[い(きたくなる)]
····················· 變得很想去～
同僚[どうりょう] ····················· 同事
安心する[あんしん(する)] ············· 放心
地域[ちいき] ··························· 地區
つきあい ······························· 交往
サラリーマン ············· 領薪階層的上班族
重要[じゅうよう] ····················· 重要

人間[にんげん] ························· 人類
集団[しゅうだん] ············· 集團；群體
行動する[こうどう(する)] ············· 行動
動物[どうぶつ] ························· 動物

●会話文 I
<small>かいわぶん</small>

ごゆっくりですね ············· 挺悠閒的嘛！
じつは ······························· 事實上
ファックス＝ファクシミリ
····················· 傳眞；傳眞機
直接[ちょくせつ] ····················· 直接
らく ································· 輕鬆
まあ ······························· 噢；哇
たのしみになる ············· 將成爲一種樂趣

●会話文 II
<small>かいわぶん</small>

おれ ····························· 我（男性用語）
じゃま ······················· 障礙；礙事
いやな ··············· 討厭；感覺不快的
お宅のご主人[(お)たく(のご)しゅじん]
····················· 您的先生
説明する[せつめい(する)] ············· 說明
なかなかわからない ··········· 莫名奇妙
ふうん ······························· 噢
ひどい ··························· 過分的
失業する[しつぎょう(する)] ··········· 失業
なんだか ······················· 總覺得～
小説[しょうせつ] ····················· 小說
かっこいい ··················· 拉風體面
さびしくなる ··········· 變得很寂寞
会いたくなる[あ(いたくなる)]
····················· 變得很想見面

文法ノート
ぶんぽう

●本文
ほんぶん

～を～と言う
い

對某一事物的名稱提供背景知識的說法。注意助詞不可遺漏。例：大学の試験に落ちて、次の試験のための勉強をしている人を浪人と言う。＜沒考上大學，用功準備再度應試的人叫「浪人」。＞

会社のほうも
かいしゃ

敘述一事物對員工有好處之後，繼續敘述它對公司的益處。「のほう」可以省略，但不予省略含有較強的對比色彩。例：甲：あしたは都合が悪いんで、あさってがいいんですが。乙：実は、私のほうもそうなんです。＜甲：明天我不方便，後天比較好～。乙：老實說，我也是一樣。＞

いいことばかりではない

這裏的「～ばかり」是＜光是～＞之意。例：少しも遊ばないで、仕事ばかりしている。＜一點也不肯玩，光是工作。＞

～動物なのであろう
どうぶつ

「あろう」是「ある」的推量形。「なのである」含有說明的口氣。這裏的「なのであろう」相當於「だからであろう」。

●会話文Ⅰ
かいわぶん

じゃ、これで

和別人道別時的說法。句尾省略「失礼します」。

行ってらっしゃい
い

「いってらっしゃい」是對即將出門的家人所說的道別語，通常用於家人之間。但鄰居、同事之間也可使用，因爲鄰居和同事屬於廣義的家人。

●会話文Ⅱ
かいわぶん

おれ、じゃまか

在狹窄的房屋內，先生成爲家事的累贅。

なんて？

等於「なんと」。句尾省略「言うの？」。在會話中，「と」常變成「て」或「って」。

いいじゃないか、うわさなんか

相當於「うわさなど、気にしなくてもいい」＜風言風語，不必在意。＞

文型練習
ぶん けい れん しゅう

CD 4 No.4

1. ……。だから……より……。

本文例――在宅勤務の場合は朝、
ほんぶんれい　ざいたくきんむ　ばあい　あさ
自宅に指令のファクシミリがとど
じたく　しれい
く。すぐそれを持って、近所の商
も　きんじょ　しょう
店へ行く。だから、ほかの会社の
てん　い　かいしゃ
社員より早く商店へ行って、先に
いん　はや　さき
注文をとることができる。
ちゅうもん

(注)成功の原因を述べる練習。本文より簡単な
ちゅう　せいこう　げんいん　の　れんしゅう　かんたん
形にしたが、十分練習したら、もっと複雑な形
かたち　じゅうぶん　ふくざつ
にしたり、他の例を考えて文を作るとよい。
た　かんが　つく

練習A　例にならって文を作りなさ
い。

例：会社、早く注文をとりに行く→だ
から、ほかの会社より早く注文をと
りに行くことができる。

1. 会社、早く作る→
2. 会社、安く売る→
やす　う
3. 人、たくさん売る→
4. 人、じょうずに話す→
はな

練習B　練習Ａで作った文の前に、例にならって語句を入れなさい。

例：朝、自宅に指令がとどく→<u>朝、自宅に指令がとどく</u>。だから、ほかの会社より早く注文をとりに行くことができる。

1．機械化がすすんでいる→
2．材料を安く買う→
3．朝早くからはたらく→
4．熱心に練習する→

練習C　練習Ｂで作った文の前に、例にならって語句を入れなさい。

例：在宅勤務→<u>在宅勤務</u>の場合は朝、自宅に指令がとどく。だから、ほかの会社より早く注文をとりに行くことができる。

1．あの会社→
2．うちの会社→
3．あの社員→
4．あの学生→

1.～。因此，比～。

正文範例------在家上班的情況是，傳眞電報指令傳送到自宅。職員可馬上帶著該指令前往附近的商店。<u>因此，比其他公司</u>的職員更早到商店去，就能先取得訂單。

【註】敘述為何會成功的練習。句型比正文來得簡單，不過，充分做過練習之後，最好能夠將句型變得更複雜些，或者想想其他例子，練習造句。

練習A　請依例造句。
例：公司、更早去接洽訂貨事宜→因此，可以比其他公司<u>更早去接洽訂貨事宜</u>。
1.公司、更早製作→
2.公司、賣得更便宜些→
3.人、賣得更多→
4.人、說得更好→

練習B　請在練習A所造各句之前，依列添加下列語句。
例：早上、指令傳送到自宅→<u>早上，指令傳送到自宅</u>。因此，可以比其他公司更早去接洽訂貨事宜。
1.已經相當機械化→
2.買到更便宜的材料→
3.一大早就開始工作→
4.勤加練習→

練習C　請在練習B所造各句之前，依列添加下列語句。
例：在家上班→<u>在家上班</u>的情況是，早上指令傳送到自宅，因此可以比其他公司更早去接洽訂貨事宜。
1.那一家公司→
2.本公司→
3.那個職員→
4.那個學生→

2．……にはありがたい No.5

> 本文例──会社へ行く必要がない
> のは、会社員にはありがたいこと
> である。

（注）　会社員のよろこぶことをあげる練習。会社員のほかに学生、教師、主婦の場合などを考えて、応用しなさい。

2.對～而言乃一大福音～。

> 正文範例──不必到公司上班，對職員而言乃一大福音。

【註】將公司職員感到高興的事情列舉出來的練習。除了公司職員以外，也請設想學生、教師、主婦等等的情況，作應用練習。

練習　例にならって文を作りなさい。

例：会社へ行く必要がない→<u>会社へ行く必要がない</u>のは、会社員にはありがたいことである。

1．満員電車にのらなくてもいい→

2．夕方早く帰ることができる→

3．自由な時間がある→

4．休日がふえる→

練習A　請依例造句。

例：不必到公司上班→<u>不必到公司上班</u>，對職員而言乃一大福音。

1.不必跟人家擠沙丁魚→

2.傍晚可以提早回家→

3.擁有自由的時間→

4.休假增加→

ディスコース練習

（会話文Ⅰより） No.6

A：……んです。

B：じゃ、……んですね。

A：ええ、そうなんです。

B：それはいいですね。

練習の目的　Aは最近の生活の変化を話します。Bは、そのことから、何かする必要がなくなったことを確認します。Aはその通りだと言い、Bは、それはいいことだとよろこびます。相手におこったよい変化をよろこぶ気持ちを十分に表すようにしてください。

練習の方法　基本型の下線の部分に入れかえ語句を入れて会話をします。

〈基本型〉

A：(1)こんどはうちから<u>直接お店へ行く</u>んです。

B：じゃ、(2)会社へ行かなくてもいい
んですね。

A：ええ、そうなんです。

B：それはいいですね。

▶入れかえ語句

１．(1)在宅勤務になった　(2)満員電車
にのらなくても

２．(1)会社の近くへこした　(2)朝早く
おきなくても

３．(1)ことし大学に入学した　(2)もう
受験勉強をしなくても

４．(1)結婚する人が見つかった　(2)も
う見合いをしなくても

応用　その他、実際に自分や友だちの
生活におこった変化について話しあっ
てください。

（取材自會話Ⅱ）

> A：老……。
> B：這麼說，……囉？
> A：是的，正是如此。
> B：那眞是太棒了！

練習目的　A說明最近生活上的變化。B從A所言加以確認是否有些事情可以省略不做。A肯定B所言，而B認爲那是一件好事而雀躍不已。對方有了良好的轉變，我們爲他感到欣喜的心情，請充分表露出來。

練習方法　請在基本句型的劃線部分，填入代換語句練習會話。

<基本句型>

A：(1)是從家裏直接出發。

B：這麼說。(2)不去公司也無所謂囉？

A：是的。正是如此。

B：那眞是太好了！

▲代換語句

1.(1)是在家上班　(2)不必跟人家擠沙丁魚

2.(1)到公司附近來　(2)早上不必早起

3.(1)今年上了大學　(2)已經不必準備升學考試

4.(1)找到結婚對象了　(2)已經不必相親

應用　其他，可就自己或朋友在實際生活上所起的變化，練習對話。

漢字熟語練習
かん　じ　じゅく　ご　れん　しゅう

1.在<在宅勤務>

在学(する)[ざいがく(する)]…………在學

在日[ざいにち]…………………………在日本

在宅(する)[ざいたく(する)]…………在家裏

不在[ふざい]……………………………不在

滞在(する)[たいざい(する)]…………停留

2.指<指令>

指導(する)[しどう(する)]……………指導

指定(する)[してい(する)]……………指定

指数[しすう]……………………………指數

指令[しれい]……………………………指令

指紋[しもん]……………………………指紋

指[ゆび]…………………………………指頭

指す[さ(す)]………………………………指

3.朝<朝>

朝食[ちょうしょく]……………………早飯

朝刊[ちょうかん]………………………早報

早朝[そうちょう]………………早晨；清晨

朝[あさ]……………………………早上
毎朝[まいあさ]……………………毎天早上

4.早<早く>
早期[そうき]………………………早期
早朝[そうちょう]…………………清晨
早い[はや(い)]……………………早

5.先<先に>
先日[せんじつ]…………前些日子；前幾天
先週[せんしゅう]…………………上週
先生[せんせい]……………………老師
先輩[せんぱい]……………………前輩
先進国[せんしんこく]…………已開發國家
先に[さき(に)]………………早先；先～

6.品<薬品会社>
品質[ひんしつ]……………………品質
作品[さくひん]……………………作品
製品[せいひん]……………………製品；産品
商品[しょうひん]…………………商品
食品[しょくひん]…………………食品
部品[ぶひん]………………………零件
薬品[やくひん]……………………藥品
～品(輸入品)[～ひん(ゆにゅうひん)]
　　　　　　　………………～品（進口商品）
品物[しなもの]……………………物品

7.必<必要>
必要(な)[ひつよう(な)]…………必要(的)
必死(の)[ひっし(の)]……………拼命(的)
必ず[かなら(ず)]…………………務必

8.四<四十パーセント>
四[し/よん]………………………四
四十[しじゅう/よんじゅう]……………四十
四季[しき]…………………………四季
四月[しがつ]………………………四月

四つ[よっ(つ)]……………………四個
四人[よにん]………………………四個人
四百[よんひゃく]…………………四百
四日[よっか]………………………四日；四天

9.心<安心>
心配する[しんぱい(する)]…………擔心
心理[しんり]………………………心理
心臓[しんぞう]……………………心臟
中心[ちゅうしん]…………………中心
都心[としん]………………………東京都心
熱心(な)[ねっしん(な)]…………熱心(的)
決心(する)[けっしん(する)]……………決心
苦心(する)[くしん(する)]………………苦心
安心(する)[あんしん(する)]……………安心
心[こころ]…………………………心

10.重<重要>
重要(な)[じゅうよう(な)]…………重要(的)
重傷[じゅうしょう]………………重傷
重力[じゅうりょく]………………重力
重点[じゅうてん]…………………重點
重工業[じゅうこうぎょう]………重工業
厳重(な)[げんじゅう(な)]………嚴屬(的)
体重[たいじゅう]…………………體重
貴重(な)[きちょう(な)]…………貴重(的)
重い[おも(い)]……………………重

11.集<集団>
集会[しゅうかい]…………………集會
集団[しゅうだん]…………………集團
集中[しゅうちゅう]………………集中
募集(する)[ぼしゅう(する)]……招收；招募
集まる[あつ(まる)]………………集合；聚集
集める[あつ(める)]………………收集

12.団<集団>
団地[だんち]………………………社區

団体[だんたい]……………………………団體
団結[だんけつ]……………………………團結
団長[だんちょう]………………………團長；領導
集団[しゅうだん]…………………………集團

劇団[げきだん]……………………………劇團
～団(記者団)[～だん(きしゃだん)]
　　　　　　……………………～團（記者團）

漢字詞彙複習

1．もう**在日**四年です。

2．**朝刊**を読みながら**朝食**をとります。

3．あしたの**朝**は**早く**おきます。

4．**先日**は**不在**で失礼しました。

5．いま、**ある**大学に**在学**しています。

6．四月四日に**指定**の場所へ行ってください。

7．**心臓**がよわいので気をつけている。

8．**重傷**だそうですから**心配**です。

9．この**団地**には四百人の人が住んでいます。

10．**必死**ではたらいて**必ず**お金をかえします。

11．**先進国**からの**輸入品**がふえている。

12．あの人は**劇団**の**先輩**です。

13．**苦心**してつくった**作品**が**売れ**なかった。

14．**先生**は**熱心**に**指導**した。

15．**貴重**な**品物**ですからすぐかえしてください。

16．**体重**がもとにもどったので**安心**した。

17．**必要**な**部品**がないので、なおすことができない。

18．あの会社の**製品**は**品質**がよい。

19．**都心**の**薬品**会社につとめています。

20．あの**食品**会社は社員を**募集**している。

1.在**日本**已經**四年**了。
2.邊看**早報**邊**吃飯**。
3.**明早**要**早起**。
4.**前幾天不在**，很抱歉。
5.目前**就讀**於某大學。
6.請於**四月四日**前往**指定**地點。
7.**心臟**不好，因此格外小心。
8.據說是**重傷**，令人**憂心**忡忡。
9.這個**社區**有**四百人**居住。
10.**拼命**工作，**務必**要還清債務。

11.從**先進國家**所**進口**的商品，不斷增加。
12.那一位是**劇團**的**老前輩**。
13.**精心製作**的**作品賣**不出去。
14.**老師熱心地指導**。
15.由於是**貴重物品**，所以請立即歸還。
16.回復到原來的**體重**，因此**放心**了。
17.由於沒有**所需**的零件，所以無法修理。
18.那一家公司的**產品**，**品質**優良。
19.在**東京都心**的**藥廠**上班。
20.那一家**食品**公司正在**招考**職員。

漢字熟語復習
かん じ じゅく ご ふくしゅう

I. 1～7のあとに何がくればよいか、
　下のa～jの中からえらびなさい。
なに した なか

1. この電車は……

2. 預金はあるが……

3. 貴重な品物ですから……

4. 朝刊をよみながら……

5. 買う人は多いが……

6. いま社員を……

7. 賛成の人は……

　　a. 大切にしてください。

　　b. 借金が多い。

　　c. 満員です。

　　d. 生産がおくれている。

　　e. 募集している。

　　f. 残業中です。

　　g. 拍手してください。

　　h. 話題をかえましょう。

　　i. 食事をする。

　　j. 手当てをうけた。

II. つぎの(　)の中に何を入れたらい
　いか、a. b. cの中からえらびな
い
　さい。

1. あの人はたくさん (　) をおさめ
ている。

（a. 現金　b. 税金　c. 年金）

2. 先生は (　) に指導した。

（a. 苦心　b. 決心　c. 熱心）

3. 問題はもう (　) した。

（a. 解説　b. 解決　c. 解放）

4. 手術は (　) しました。

（a. 成功　b. 成長　c. 成果）

5. たいせつに (　) してください。

（a. 保険　b. 保証　c. 保存）

III. 正しい読みかたをえらびなさい。
ただ よ

1. 給料

（a. きゅうりょう　b. きゅうりょ
c. きょりょう　d. きょりょ）

2. 輸入

（a. ゆうにゅう　b. ゆうにゅ
c. ゆにゅう　d. ゆにゅ）

3. 投書

（a. としょ　b. とうしょ
c. としょう　d. とうしょう）

4. 道具

（a. どうぐう　b. どうぐ
c. どぐ　d. どぐう）

5. 首相

（a. しゅうしょう　b. しゅしょ
c. しゅうしょ　d. しゅしょう）

6．初歩

（a．しょぽ　b．しょほう

c．しゅうほ　d．しょほ）

Ⅳ．読みかたを書きなさい。

1．結婚　2．図書館　3．思想

4．興味　5．作品　　6．心臓

7．先輩　8．都心　　9．包み紙

10．委員　11．製品　12．以外

13．集会　14．思う　15．美術

16．金持ち　17．辞書　　18．多い

19．動物　20．小説　21．質問

22．午前　23．名前　24．目的

25．心配　26．朝　27．必要

28．外国人　29．母校　30．食品

13課　解答

Ⅰ．1—c、2—b、3—a、4—i
　　5—d、6—e、7—g

Ⅱ．1—b、2—c、3—b、4—a
　　5—c

Ⅲ．1—a、2—c、3—b、4—b
　　5—d、6—d

Ⅳ．
1．けっこん	2．としょかん
3．しそう	4．きょうみ
5．さくひん	6．しんぞう
7．せんぱい	8．としん
9．つつみがみ	10．いいん
11．せいひん	12．いがい
13．しゅうかい	14．おもう
15．びじゅつ	16．かねもち
17．じしょ	18．おおい
19．どうぶつ	20．しょうせつ
21．しつもん	22．ごぜん
23．なまえ	24．もくてき
25．しんぱい	26．あさ
27．ひつよう	28．がいこくじん
29．ぼこう	30．しょくひん

レッスン14
サルと人間

CD ④ No.7 **本文**

米国のある大学で、体の不自由な人のせわをするサルを訓練しているそうである。テレビ番組でその様子を紹介していた。交通事故などで体が不自由になった人のために、小さなサルがいろいろなことをする。ジュースをコップについで、ストローをさしこんだり、車いすのボタンをおしたり、その人の顔をタオルでふいたり、一生けんめいにせわをする。見ていて感心した。

もっと感心したのは、こうしたサルの訓練の過程である。生まれたばかりのサルを、子供のいない老人夫婦にあずける。老人夫婦は、ミルクを飲ませ、おむつをとりかえ、やさしい言葉をかけ、大切にそだてる。そのかわいがりかたは、人間の赤ん坊に対する以上である。

サルが成長すると、こんどは大学の女性研究者が訓練するのであるが、失敗してもけっしてしからない。よくできるとかならず「いい子だ、いい子だ」とほめながら、サルの好きな食べ物をあたえる。実にやさしく、がまん強い。

人間のせわができるサルをそだてるまでの苦労は、たいへんなものである。こんなに苦労してサルを訓練することには、疑問をもつ人もいるであろう。サルをかわいがるだけの愛情と努力で、人間のせわをするほうが能率的かもしれない。それは別として、やさしいサルは愛情の深いそだてかたによって生まれるということを、この番組は示している。そして、この場合、「サル」を「人間」とおきかえて考えることができるのだということを、見る人に感じさせるのである。

196

猴子和人類

聽說，美國的某些大學正著手訓練猴子來照顧行動不便的人。電視節目上曾經介紹過其情景。小猴子為那些因車禍或其他事故而導致行動不便的人們，做各種服務。把果汁倒入杯中插入吸管，或按輪椅的按鈕，或用毛巾替他們擦臉，照顧得無微不至。觀之令人讚歎不已。

更令人欽佩的是訓練猴子的過程。把剛出生的猴子託給膝下無子女的老夫婦飼養。老夫婦餵他們喝牛奶、換屎片，說話親切，細心地把他們照顧長大。那種疼愛的方式，比撫養嬰孩有過之而無不及。

猴子長大後，接著交由大學的女性研究人員來訓練。即使做錯事也絕不責罵。表現良好的話，就稱讚牠們：「好孩子，好孩子」，並給予牠們喜歡的食物。實在是既親切又有耐心。

將猴子培養到能夠照顧人類，其間的辛苦真是無可言喻。對於花費如此大的心血來培育猴子，恐怕有人會不以為然吧？把疼愛猴子的感情和努力，用來照顧人類或許成效更高也說不定。這一點另當別論，這個節目告訴我們：濃濃的愛情能夠培育出溫馴的猴子。而這種情景也可以讓觀眾聯想到，「猴子「和「人類」是可以替換的。

会話
かいわ

●**会話文Ⅰ** **No.8**
ぶん

知人同士の会話。Ａは女性、Ｂは男性。
ちじんどうし　　　　　じょせい　　だんせい

Ａ：このあいだ、テレビでおもしろい
　　番組を見ました。
　　ばんぐみ　み

Ｂ：どんな番組ですか。

Ａ：サルが人間のせわをするんです。
　　　　　にんげん

Ｂ：へえ？

Ａ：交通事故などで体が不自由になっ
　　こうつうじこ　　　　からだ　ふじゆう
　　た人がいますね。
　　　ひと

Ｂ：ええ、手や足が動かなくなった人
　　　　　て　あし　うご
　　など。

Ａ：そうです。そういう人のために、
　　ジュースをコップについで、ストロ
　　ーをさしこんだり、車いすのボタン
　　　　　　　　　　　くるま
　　をおしたり……。

Ｂ：へえ？

Ａ：その人の顔をタオルでふいたり。
　　　　　かお

Ｂ：たいしたもんですね。

Ａ：ええ。

Ｂ：そこまで訓練するのはたいへんで
　　　　　くんれん
　　しょうね。

Ａ：ええ、そうなんです。大学の女性の
　　　　　　　　　　だいがく
　　研究者がやっていましたけど、それはそ
　　けんきゅうしゃ
　　れはがまん強くて、やさしいんです。
　　　　　　づよ

Ｂ：ふうん。

Ａ：そういうサルは、生まれた時から、
　　　　　　　　　　う　　とき
　　子供のいないお年寄りが大切にかわ
　　こども　　　　としょ　　たいせつ*
　　いがってそだてるんですって。

Ｂ：なるほどねえ。だから、おとなし
　　くてやさしいサルになるんですね。
　　人間だってそうですよ。

Ａ：え？

B：だから、女性は男性に親切にする
べき*なんですよ。

A：はあ?*

●會話 I

兩位熟人的對話。A是女性，B是男性。

A：前陣子，在電視上看到一個有趣的節目。

B：什麼節目？

A：猴子照顧人類。

B：噢？

A：有人因車禍或其他事故而導致行動不便，對不對？

B：嗯，像那些手、腳無法活動的人。

A：沒錯。就是幫這些人把果汁倒入杯中插入吸管，或按輪椅的按鈕……。

B：噢？

A：用毛巾替那些人擦臉……。

B：真了不起啊！

B：そうしないと、男性も親切にならない。その番組はそう言っているんですよ、きっと。

A：嗯。

B：要訓練到那種程度大概也得煞費苦心吧？

A：嗯，一點也不錯。大學的女研究員負責訓練，非常非常有耐心和愛心。

B：噢？

A：據說，這些猴子打從出生開始，便在膝下無子女的老人家的呵護下長大。

B：原來如此啊！所以才成為既聽話又溫馴的猴子。其實人類也是一樣的！

A：噢？

B：所以，女性對男性應該親切啊！

A：什麼？

B：如果不那麼做，男性也無法變得溫柔體貼。那個節目的本意一定是這樣的！

●会話文II No.9

若い同僚。Aは女性、Bは男性。

A：サルが人間のせわをする話、聞いた？

B：聞いた、聞いた。すごいねえ。

A：ちっともいやがらないで、次から
次へ、いろんなことをするんですっ
て。飲み物の用意をしたり、車いす
のボタンをおしたり。

B：ぼくもそんなサルがほしいなあ。

A：そう思う？

B：うん、思うよ。だって、もしぼく
が交通事故で手も足もだめになった

ら、きっと彼女、逃げていくもの。

A：そんなことないでしょう。

B：彼女、人のせわをするのは好きじ
ゃないんだよ。サルと違って、いま
から訓練することはできないし。

A：でも、せわをしてもらうほうも努
力するのよ。サルが何かするたびに、
「いい子だ、いい子だ」と言って、お
かしか何かやるんですって。

B：ぼくだって、デートのたびに、「き
れいだ、きれいだ」と言って、プレ
ゼントわたしてるよ。

A：でも、それを一日に何十回も言う

のよ。

Ｂ：それはむりだなあ。一週間に一回
　　　　　　　　　　　いっしゅうかん　いっかい
　　ぐらいならいいけど。

Ａ：交通事故に気をつけることね。
　　こうつうじ こ き
Ｂ：そう、そう。

●會話Ⅱ
年輕的同事。A是女性，B是男性。
Ａ：猴子照顧人類，你聽說了嗎？
Ｂ：聽說了，聽說了。真了不起！
Ａ：據說毫不厭煩地，一項一項做各種服務。準
　　備食物、按輪椅按鈕……。
Ｂ：希望自己也能擁有一隻那樣的猴子……。
Ａ：真的想要？
Ｂ：嗯，很想哩！因為，假使我發生車禍而導致
　　手腳不便，女朋友一定是逃之夭夭的！
Ａ：不會吧？

Ｂ：我女朋友不喜歡照顧別人！和猴子不同，又
　　不能從現在開始訓練……。
Ａ：但是，受照顧的人也必須有所表現的！聽說
　　猴子每次有所行動時，要說：「好乖，好
　　乖」，然後給牠餅乾或什麼的……。
Ｂ：我也是，每次約會都誇她：「真漂亮，真漂
　　亮！」，並送她禮物。
Ａ：不過，人家可是一天講幾十次的耶！
Ｂ：那我辦不到！一個禮拜一次的話也許可以。
Ａ：總之，小心車禍才是！
Ｂ：的確，的確。

単語のまとめ
たん ご

●本文
ほんぶん

サル …………………………… 猴子
米国[べいこく]………………… 美國
体の不自由な[からだ(の)ふじゅう(な)]
………………………… 行動不便的
訓練する[くんれん(する)]…………… 訓練
テレビ番組[(テレビ)ばんぐみ]…… 電視節目
様子[ようす] ………………… 情況
紹介する[しょうかい(する)]……… 介紹
交通事故[こうつうじこ]……… 車禍
ジュース………………………… 果汁
コップ…………………………… 杯子
つぐ(ついで)………………… 注入；倒入
ストロー………………………… 吸管
さしこむ………………………… 插入
車いす[くるま(いす)]………… 輪椅
ボタン………………………… 按鈕；鈕扣
おす(おしたり)……………… 推；按
顔[かお]………………………… 臉

タオル…………………………… 毛巾；浴巾
ふく(ふいたり)………………… 擦拭
一生けんめいに[いっしょう(けんめいに)]
………………………… 賣力地；拼命地
感心する[かんしん(する)]……… 欽佩；讚歎
こうした(＝このような)………… 如此的
過程[かてい]…………………… 過程
生まれたばかり[う(まれたばかり)]
………………………………… 剛出生
老人夫婦[ろうじんふうふ]……… 年老夫妻
あずける……………………… 託人保管；寄放
おむつ………………………………… 尿片
とりかえる………………………… 更換
言葉をかける[ことば(をかける)]
…………………………… (對人)說話
大切に[たいせつ(に)]…極力保護；鄭重其事
そだてる………………………… 養育
かわいがりかた………………… 疼愛的方式
赤ん坊[あか(ん)ぼう]………………… 嬰兒
〜に対する[(〜に)たい(する)]……… 對於〜

～以上[～いじょう]…………～以上；超過～
成長する[せいちょう(する)]…………成長
女性研究者[じょせいけんきゅうしゃ]
　　　　　　　　　　…………女性研究人員
失敗する[しっぱい(する)]…………失敗
しかる(しからない)…………………責罵
ほめる(ほめながら)…………………誇讚
あたえる…………………………給予
実に[じつ(に)]……………………事實上
がまん強い[(がまん)づよ(い)]………有耐心
苦労[くろう]………………………辛苦；辛勞
たいへんなもの………煞費苦心之事
疑問[ぎもん]………………………疑問
愛情[あいじょう]……………………愛情；愛心
努力[どりょく]………………………努力
能率的[のうりつてき]…………………有效率的
それは別として[(それは)べつ(として)]
　　　　　　　　………………那另當別論
生まれる[う(まれる)]…………出生；出現
示す[しめ(す)]………………顯示；表示
場合[ばあい]………………………場合；情況
おきかえる…………………………替代；調換
感じさせる[かん(じさせる)]………讓人感到

● **会話文Ⅰ**
かいわぶん

たいしたもんですね…………眞了不起啊！

それはそれは…………………眞的是
お年寄り[(お)としよ(り)]…………老年人
おとなしい…………………温順乖巧的
人間だって[にんげん(だって)]＝人間も
　　　　　　　　………………人類也
親切にするべき[しんせつ(にするべき)]
　　　　　　　………必須要温順和善

● **会話文Ⅱ**
かいわぶん

すごい…………………眞厲害；眞了不起
いやがらないで…………………不厭其煩地
次から次へ[つぎ(から)つぎ(へ)]
　　　　　　　　………………一個接一個
用意[ようい]………………………準備
だって～もの…………………因爲～所以
逃げていく[に(げていく)]…………逃跑
～と違って[(～と)ちが(って)]……和～不同
せわをしてもらうほう…………受照顧的人
～たびに…………………………每次～
やる…………………………給予；做
デート…………………………約會
わたす………………………交給；遞給
何十回[なんじっかい]………………幾十次
むり…………………勉強；不可能；辦不到
～こと……………………………應該～

文法ノート
ぶんぽう

● **本文**
ほんぶん

～ばかり

表＜動作剛結束＞，含有說話者向無機會做其
他事的語氣。例句：日本へ来たばかりです。
＜剛來日本。＞

～に対する以上
　　たい　　いじょう

「対する」的後面省略了「かわいがりかた」
＜疼愛的程度＞。這裏的「以上」是＜比～
更加＞的意思。

～だけの

這裏的「だけ」表＜和～相當的數量或程度

>，並無＜僅；只＞的意思。

感じさせる
かん

「感じる」的使役形，是很常用的說法。「考えさせる」亦同。例句：この本は読む人にいろいろなことを考えさせる。＜這本書讓讀者有深有同感。＞

●会話文Ⅰ
かいわぶん

～ですって

和「だそうです」同義。女性常用。

～べき

表義務。用於會話顯得比較誇張，令人覺得唐突，因此A才感到意外，反問對方「什麼？」

はあ？

反問。比「え？」口氣稍微鄭重。

●会話文Ⅱ
かいわぶん

だって

敘述主觀理由的說法。用於語氣親暱的會話中。句尾常以「もの」呼應。

～ことね

「ことです」表建議。例句：むりをしないことですよ。＜不要勉強。＞

文型練習
ぶんけいれんしゅう

CD
④ No.10

1．……そうである。……していた。

本文例──米国のある大学で、体
ほんぶんれい　　　べいこく　　　　だいがく　　　からだ
の不自由な人の世話をするサルを
ふじゆう　ひと　せわ
訓練しているそうである。テレビ
くんれん
番組でその様子を紹介していた。
ばんぐみ　　　ようす　しょうかい

(注)見たり聞いたりしたことを伝える形。「テ
ちゅう　み　　　き　　　　　　　　　　　　　　　つた　　かたち
レビ番組で……を紹介していた」という長い一
ばんぐみ　　　　　しょうかい　　　　　　　　　　ながい　いち
文にするより、二文にわけたほうがよい。
ぶん　　　　　　　　に

練習A　例にならって文を作りなさい。
つく
例：米国、大学、サルを訓練する→米

国のある大学でサルを訓練している
そうである。

1．インド、地方、昔の王様の車を観
ちほう　むかし　おうさま　くるま　かん
光旅行に使う→
こうりょこう　つか
2．静岡県、旅館、お客が和紙を作る
しずおかけん　りょかん　きゃく　わし　つく
場所を用意する→
ばしょ　ようい
3．千葉県、警察署、警官がエアロビ
ちば　けいさつしょ　けいかん
クスをやる→
4．都内、デパート、留学をプレゼン
とない　　　　　　りゅうがく
トするギフト券を売る→
けん　う

練習B　練習Aで作った文のあとに、
例のように文をつけなさい。
例：テレビ番組で紹介する→米国のあ

る大学でサルを訓練しているそうである。<u>テレビ番組で</u>その様子を<u>紹介していた</u>。

1．テレビ番組で紹介する→

2．けさのニュースで紹介する→

3．新聞で報道する→
　　しんぶん　ほうどう

4．雑誌にのる（その様子が）→
　　ざっし　　　　　　ようす

1．聽說～。曾經～。

> 正文範例──────聽說，美國的某所大學正著手訓練猴子來照顧行動不便的人。電視節目上曾經介紹過其情景。

【註】傳達見聞的句型。與其寫成「在電視節目上曾經介紹過～」一長句，倒不如分兩句來敘述語意更明瞭。

練習A　請依例造句。

例：美國、大學、訓練猴子→<u>美國</u>的某所大<u>學</u>，正著手<u>訓練猴子</u>來照顧行動不便的人。

1．印度、地方、把以前國王的坐車作為觀光旅

行使用→

2．靜岡縣、旅館、為客人準備一個地方製作日本紙→

3．千葉縣、警察局、警察跳有氧舞蹈→

4．東京都內、百貨公司、販賣留學禮券→

練習B　請在練習A所造各句之前，依列添加下列語句。

例：電視節目上介紹→聽說，美國的某所大學正著手訓練猴子。<u>電視節目上曾介紹過其情景</u>。

1．電視節目上介紹→

2．今早的電視節目上介紹→

3．報紙上報導→

4．雜誌上刊登→

 No.11

2．……たいへんなものである。
　　　……には……

> 本文例──────人間のせわができるサルをそだてるまでの苦労は、たいへんなものである。こんなに苦労してサルを訓練することには、疑問をもつ人もいるであろう。
> にんげん　　　くろう　　　　　　　　ぎもん

例：人間のせわができるサルをそだてる→<u>人間のせわができるサルをそだてる</u>までの苦労は、たいへんなものである。

1．子供を有名な大学に入れる→
　　こども　ゆうめい　　　い

2．有名なスポーツ選手になる→
　　　　　　　　　　せんしゅ

3．やせてスマートになる→

4．芸能界のスターになる→
　　げいのうかい

練習A　例にならって文を作りなさい。

練習B　練習Aで作った文のあとに、例のように文をつけなさい。

例：サルをそだてる→人間のせわがで
　　きるサルをそだてるまでの苦労は、
　　たいへんなものである。こんなに苦
　　労して、<u>サルをそだてる</u>ことには、
　　疑問をもつ人もいるであろう。

1．有名な大学に入れる→
2．選手になる→
3．スマートになる→
4．スターになる→
＊このほか、自分で考えた文を作って
　みなさい。

2.〜真是無可言喻。對於〜。

> 正文範例------將猴子培育到能夠照顧人
> 類，其間的辛勞真是無可言喻。對於花費如
> 此大的心血來培育猴子，恐怕有人會不以爲
> 然吧？

練習A　請依例造句。
例：將猴子培育到能夠照顧人類→<u>將猴子培育到
　　能夠照顧人類</u>，其間的辛勞真是無可言喻。
1.讓小孩進入有名的大學→
2.成爲有名的運動選手→
3.變成苗條的身材→

4.成爲演藝界明星→
練習B　請在練習A所造各句之後，依例添加下列
各句。
例：培育猴子→將猴子培育到能夠照顧人類，其
　　間的辛勞真是無可言喻。對於花費如此大的
　　心血來培育猴子，恐怕有人會不以爲然吧？
1.進入有名的大學→
2.成爲選手→
3.變得苗條→
4.成爲明星→
＊另外也請自己練習造造其他句子。

ディスコース練習
れんしゅう

（会話文IIより） CD④ No.12
かいわぶん

> A：……んです。
>
> B：ぼく／わたしだって……
>
> A：でも、……んですよ。
>
> B：それはむりですね。……ぐらいならいいですけど。

練習の目的 Aが助言するのに対し、
もくてき　　　　じょげん　　　　たい
Bはもうそれを実行していると言い
じっこう　　　　　　　い
ます。Aがかさねて、もっと程度や
ていど
回数をふやすことが必要だと言うと、
かいすう　　　　　　　ひつよう
Bはできないと言ってあきらめます。
Bがなまけ者であることが感じられ
もの　　　　　　　　　かん
てユーモラスに聞こえるように言っ
き
てください。

練習の方法 基本型の下線の部分に入
ほうほう　　　きほんけい　かせん　ぶぶん　い
れかえ語句を入れて会話をします。
ご く
Bは男性なら「ぼく」、女性なら「わ
だんせい　　　　　　　　じょせい
たし」を使います。
つか

〈基本型〉

A：そのたびに(1)ほめるんです。

B：ぼく／わたしだって、(1)ほめていますよ。

A：でも、(2)一日に何十回もほめるん
いちにち　なんじゅっかい
ですよ。

B：それはむりですね。(3)一週間に一
いっしゅうかん　いっ
回ぐらいなら、いいですけど。

▶**入れかえ語句**

1．(1)ごはんはよくかんで食べる　(2)
た
30回ずつかむ　(3)3回
さんじゅっ

2．(1)食事をへらす　(2)50パーセント
しょくじ
へらす　(3)5パーセント

3．(1)体操をする　(2)毎日2時間ぐら
たいそう　　　　　まいにち　じかん
いする　(3)2分
ふん

4．(1)人に対してにこにこする　(2)き
ひと　たい
らいな人に対してもにこにこする
(3)おじぎ

（取材自會話II）

> A：……的。
> B：我也是……啊。
> A：不過……的耶！
> B：那我辦不到！……的話也許可以。

練習目的 對於A的建議，B表示已經在實行了。
A再補充說明要B增加次數或更賣力才行。而B則
表明"辦不到"要放棄。這段話讓人感到B是個
"懶人"，聽起來挺幽默的。

練習方法 請在基本句型的劃線部分，填入代換
語句練習會話。B若爲男性則用「ぼく」，假使
是女性就用「あたし」。

〈基本句型〉

A：那時就要(1)誇讚一下。

B：我也是，每次都(1)誇讚啊！

A：不過，人家可是(2)<u>一天要誇獎數十遍</u>的耶！

B：那我辦不到！(3)<u>一個禮拜一次</u>的話也許可以……。

▲代換語句

1.(1)米飯要細嚼慢嚥 (2)每一口都咀嚼三十

次 (3)三次

2.(1)節食 (2)減少百分之五十 (3)百分之五

3.(1)做體操 (2)每次大約二個小時 (3)二分鐘

4.(1)微笑待人 (2)對於不喜歡的人也要微笑以待 (3)行禮

漢字熟語練習
かんじじゅくごれんしゅう

1.間＜人間＞

間接[かんせつ]………………間接

時間[じかん]………………時間

期間[きかん]………………期間

週間[しゅうかん]………………週；禮拜

年間[ねんかん]………………年

民間(の)[みんかん(の)]………民間(的)

人間[にんげん]………………人類

間に合う[ま(に)あ(う)]………及時；來得及

間違い[まちが(い)]………錯誤；弄錯

手間[てま]………………工夫；勞力；時間

仲間[なかま]………………夥伴

間[あいだ、ま]………………～之間

2.国＜米国＞

国民[こくみん]………………國民

国会[こっかい]………………國會

国際[こくさい]………………國際

国立(の)[こくりつ(の)]………國立(的)

国宝[こくほう]………………國寶

国連[こくれん]………………聯合國

国交[こっこう]………………邦交

外国[がいこく]………………外國

全国[ぜんこく]………………全國

諸国[しょこく]………………諸國

各国[かっこく]………………各國

国[くに]………………國家

米国[べいこく]………………美國

英国[えいこく]………………英國

中国[ちゅうごく]………………中國

韓国[かんこく]………………韓國

3.体＜体＞

体育[たいいく]………………體育

体力[たいりょく]………………體力

体重[たいじゅう]………………體重

体温[たいおん]………………體溫

体操[たいそう]………………體操

団体[だんたい]………………團體

具体的(な)[ぐたいてき(な)]………具體的

身体[しんたい]………………身體

体[からだ]………………身體

4.不＜不自由＞

不足(する)[ふそく(する)]………不足

不安(な)[ふあん(な)]………不安(的)

不景気[ふけいき]………………不景氣

不正[ふせい]………………不公平

不幸(な)[ふこう(な)]………不幸(的)

不便(な)[ふべん(な)]………不方便(的)

不思議(な)[ふしぎ(な)]………不可思議(的)

不自由(な)[ふじゆう(な)]………不自由(的)

不動産[ふどうさん]………不動產；房地產

5.自＜不自由＞

自由(な)[じゆう(な)]………自由(的)

自殺(する)[じさつ(する)]…………………自殺
自動車[じどうしゃ]…………………………汽車
自転車[じてんしゃ]…………………………脚踏車
自分[じぶん]…………………………自己；自身
自身[じしん]…………………………………自身
自然(な)[しぜん(な)]…………………自然(的)
自民党[じみんとう]…………………………自民黨

6.子＜様子、子供＞

様子[ようす]…………………………様子；情況
子孫[しそん]…………………………………子孫
男子[だんし]…………………………………男子
女子[じょし]…………………………………女子
電子[でんし]…………………………………電子
原子[げんし]…………………………………原子
利子[りし]……………………………………利息
子供[こども]…………………………………小孩
親子[おやこ]…………………………………親子

7.通＜交通事故＞

通信(する)[つうしん(する)]……通信；通訊
通行(する)[つうこう(する)]……………通行
通勤(する)[つうきん(する)]……………通勤
通学(する)[つうがく(する)]……………通學
通知する[つうち(する)]…………………通知
交通[こうつう]………………………………交通
交通事故[こうつうじこ]…………………車禍
普通(の)[ふつう(の)]………………普通(的)
通る[とお(る)]………………………………通過
通す[とお(す)]…………………………(使)通過
通り[とお(り)]………………………………街道
通う[かよ(う)]…………………往來；通行

8.車＜車いす＞

車内[しゃない]………………………………車內
車掌[しゃしょう]……………………………車掌
車両[しゃりょう]……………………………車輛
列車[れっしゃ]…………………………列車；火車

電車[でんしゃ]………………………………電車
自動車[じどうしゃ]…………………………汽車
駐車(する)[ちゅうしゃ(する)]………停車
車[くるま]……………………………………車子
車いす[くるま(いす)]……………………輪椅

9.一＜一生けんめい＞

一[いち]………………………………………一
一日[いちにち]…………………一日；一天
一月[いちがつ]………………………………一月
一般(の)[いっぱん(の)]…………………一般(的)
一部[いちぶ]…………………一部分；一份
一番[いちばん]………………………第一；最～
一方[いっぽう]…………………………一方面
一時[いちじ]…………………一點鐘；某個時期
一生けんめい[いっしょう(けんめい)]
　　…………………………………拼命努力
一つ[ひと(つ)]………………………………一個
一月[ひとつき]……………………………一個月
一休み[ひとやす(み)]…………………休息一下
一人[ひとり]…………………………………一個人
一日[ついたち、いちじつ]……………初一

10.感＜感心、感じる＞

感心する[かんしん(する)]………………欽佩
感情[かんじょう]……………………………感情
感想[かんそう]………………………………感想
感謝[かんしゃ]………………………………感謝
感動する[かんどう(する)]………………感動
感覚[かんかく]………………………………感覺
感じる[かん(じる)]…………………感覺；感受

11.心＜感心＞

心配する[しんぱい(する)]………………擔心
心理[しんり]…………………………………心理
心臓[しんぞう]………………………………心臓
中心[ちゅうしん]……………………………中心
安心(する)[あんしん(する)]……安心；放心

都心[としん]……………東京都心（市中心）
熱心(な)[ねっしん(な)]…熱心（的）；熱衷的
決心(する)[けっしん(する)]……決心；決意
感心(する)[かんしん(する)]……欽佩
心[こころ]…………………………心

12.長＜成長する＞
社長[しゃちょう]……………………董事長
部長[ぶちょう]………………………部長
課長[かちょう]………………………科長
成長する[せいちょう(する)]…………成長
長い[なが(い)]………………………長

漢字詞彙複習

１．人間の成長の過程にはいろいろなことがある。
かてい

２．このごろ体重がへって、不安です。

３．子供は自転車で通学しています。

４．課長の家で不幸があったそうです。
いえ

５．ここは車が通るから、駐車しないでください。

６．なぜ社長が自殺したのか不思議だ。

７．わたしたちの国とその国の間には国交がない。

８．英国で一月ほどくらしたことがある。

９．子孫のために自然をまもろう。

10．一月一日は国民の休日です。
きゅうじつ

11．都心では自動車より電車のほうがよい。

12．仲間と一緒に行きます。
い

13．体を強くするために体操をしています。
つよ

14．外国へ行くと自分の国のことがわかる。

15．ご感想はいかがですか。

16．国会の期間は何日ぐらいですか。
なんにち

17．電車がこむので通勤はたいへんです。

18．心臓がわるいので体育は休みます。
やす

19．一時には間に合わないかもしれません。
あ

20．心から感謝しています。

1.人的成長過程中會有多種不同的遭遇。
2.近來體重減輕頗爲不安。
3.小孩騎自行車上學。
4.聽說科長家遭到變故。
5.此地有車通行，請勿停車。
6.董事長爲何自殺，眞是令人百思不解。
7.我國和該國之間沒有邦交。
8.曾經在英國住過一個月左右。
9.爲了子孫，讓我們來保護大自然吧！
10.一月一日是國定假日。

11.在東京都心，電車比汽車方便。
12.和夥伴一同前往。
13.做體操是爲鍛鍊強健的體魄。
14.到了國外才會更瞭解祖國。
15.感想如何？
16.國會會期大約有幾天？
17.電車很擁擠，所以通車上班相當辛苦。
18.心臟不好，因此體育課不上。
19.一點鐘也許趕不上。
20.由衷感謝。

応用読解練習
おうようどっかいれんしゅう

ドラマ

ドラマ「はるかなるドーバー」
★NHK　夜7・30
弁護士を辞めたハワード（ピーター・オトール）は、フランスの保養地で心臓病の療養を続けていた。北フランスではドイツ軍の侵攻に脅かされていた。同宿で二人の子供たちと滞在しているイギリス人のカバナ夫人（スーザン・ウルドリッジ）は、フランスにとどまることは危険と考えた。

刑事貴族
★日本　夜8・00
テレビゲームのソフト制作会社社長の前島（平泉成）の娘が誘拐された。緊急配備を敷いた牧刑事（舘ひろし）らは、身代金を持ってバイクで逃げる犯人に近づいた。北フランスではドイツ軍の侵攻を追跡するが、バイクが突然爆発炎上、身代金は灰となり犯人も死亡する。幸い人質は無事救出されたが、バイクから発火装置が見つかり、事件に新たな疑惑が生じる。

都会の森
★TBS　夜10・00
進介（高島政伸）は、被告人弥生（和泉ちぬ）のアリバイに関する新事実を探ろうと、弥生の教え子の草太（神田利則）に近づいた。草太は何か知っているに違いなかったが、堅く閉ざした心を容易に開いてくれない。進介は重大なミスをしているのかもしれないと気づく。

劇映画

ツェッペリン（東京　後2・00）七〇年、アメリカ。マイケル・ヨーク。第一次大戦下、英軍を悩ませる独軍飛行船ツェッペリンの作戦行動を探るため、ドイツ逃亡を装って潜入した英軍中尉の活躍。エチエンヌ・ペリエ監督。

氷壁（衛星第二　後3・05）五八年、大映。菅原謙次。一緒に登山していた友人をザイル切断によって失った男。友人の愛していた人妻に心ひかれる彼に、思わぬ悲劇が待ち受ける。増村保造監督。

連合艦隊（日本　夜9・00）八一年、東宝。永島敏行。太平洋戦争の開戦前夜から末期の戦

ニュース ステーション
★朝日　夜10・00
全国に二千カ所余りもある老人病院では、人手不足から多くの患者を寝かせきりにしている。治療の必要がなくても入院している老人も多い。リハビリに力を入れ、どんな患者も一日中ベッドに寝かせきりにしないスウェーデンの老人病院の例を交えながら、さまざまな矛盾に満ちた老人病院の現状をリポートする。

ラジオ欄は17面に

ニュース　ステーション
朝日　夜10・00
全国に一千カ所余りもある老人病院では、人手不足から多くの患者を寝かせきりにしている。治療の必要がなくても入院している老人も多い。リハビリに力を入れ、どんな患者も一日中ベッドに寝かせきりにしないスウェーデンの老人病院の例を交えながら、さまざまな矛盾に満ちた老人病院の現状をリポートする。

字彙表

ニュースステーション
　　……………………新聞站（電視節目名稱）
朝日[あさひ]……………………………朝日電視
夜[よる]…………………………………………晚上
全国[ぜんこく]…………………………………全國
一千ヵ所[いっせん(か)しょ]………一千所
〜余り[〜あま(り)]…………………………〜多
老人病院[ろうじんびょういん]
　　……………………………………老人醫院
人手不足[ひとでぶそく]……………人手不足
多くの[おお(くの)]……………………………很多的
患者[かんじゃ]…………………………患者；病患
寝かせきり[ね(かせきり)]
　　………………………讓〜一直躺在床上
治療[ちりょう]…………………………………治療

必要[ひつよう]…………………………必要；必需
入院している[にゅういん(している)]
　　………………………………………… 住院
リバビリ………………………………………復健
力を入れる[ちから(を)い(れる)]
　　……………………………努力；致力於〜
一日中[いちにちじゅう]…………………一整天
スウェーデン…………………………………瑞典
例[れい]…………………………………………例子
交える[まじ(える)]……………………擾雜；穿插
さまざまな…………………………………各種的
矛盾[むじゅん]…………………………………矛盾
〜に満ちた[(〜に)み(ちた)]……………充滿〜
現状[げんじょう]………………………現狀；現況
リポートする……………………………………報導

中譯

新聞站
朝日電視FM晚上10：00
　　全國一千多所老人醫院，由於人手不足，只好讓病人一直躺在床上。不需要治療卻住進醫院的老人也不在少數。穿插一些致力於復健工作，不管什麼樣的病人都不會讓他們整天躺在床上的瑞典老人醫院的例子，報導充滿各種矛盾的老人醫院現況。

相性
あいしょう

 No.13 **本文**
ほんぶん

科学が進歩して、洗剤なども、よごれを落とす力の強いものができた。少し使えば、ふろやトイレがきれいになるから、掃除もらくである。ところが最近、この洗剤のために事故がおきたそうである。ふろ場の壁を掃除していた主婦が急に死んだ。壁のカビをとるための洗剤と、ふろを洗うための洗剤が化学反応をおこし、有毒なガスが出たためらしい。

このような事故はほかにもある。美容院で石油ファンヒーターをつけたら、気分がわるくなった人がいた。髪に使うスプレーが、ヒーターの熱で化学反応をおこし、有毒ガスが出たためである。

二つの商品は、それぞれ別に使えば安全だが、同じ場所で同時に使うと、この

ような事故がおきる。つまり、この場合、商品同士の相性がわるいのだそうである。

相性ということばは、ふつうは人と人との関係によく使う。あの人とこの人は相性がいいとか、わるいとか言う*。特に結婚の相手を選ぶとき、生まれた年や生まれた月日などで、相性を考えることもある。このような人間的なことばが、生命のない商品について使われる*のは、なんだかおもしろい感じがする。

しかし、おもしろがっているだけではいけない*。事故を防ぐためには、商品を作る人もよく研究しなければならないが、使う人も説明書などをよく読む必要がある。注意深くなければ、安全にくらすことはできない*のである。

質性

科學進步，清潔劑之類去污力強的產品也就應運而生。只要使用少許，浴缸、廁所就可變得清潔溜溜，打掃上也就輕鬆許多。然而，聽說最近曾因這類洗潔劑，而引發了意外事件。一位正在打掃浴室牆壁的主婦突然暴斃，原因好像是同時使用去除牆壁霉垢的清潔劑，以及洗滌浴缸的清潔劑而起了化學變化，放出毒氣之故。

這類意外事件其它場合也曾發生。美容院使用溫風石油暖爐，有些人會感到不適。原因是燙髮用的噴霧劑接觸到暖爐的熱風，引起化學反應，釋放出毒氣所致。

兩種產品，如果分開使用就安全無虞。

一旦同時使用於同一個地方，就會造成諸如此類的意外事件。這種情形據說是，兩種產品質性不合。

「質性」一詞，通常是指人與人之間的關係。比如說：那個人和那個人合得來或合不來。特別是選擇結婚對象時，也會看生辰年月日，考慮到「八字」的問題。像這類具有人性的字眼，被使用在無生命產品的情形，感覺上也挺有意思的。

但是，光是感到有趣是不行的。為了防範意外事件，製造產品的人必須徹底研究才行。而使用者亦得仔細閱讀說明書。如果不謹慎小心，是無法平安度日的。

会話
（かいわ）

●会話文Ⅰ No.14

知人同士の会話。Ａは男性、Ｂは女性。

Ａ：けさの新聞に洗剤の話が出ていましたね。

Ｂ：なにか新しい商品ができたんですか。

Ａ：いえ、そうじゃなくて、洗剤の事故なんです。

Ｂ：事故と言いますと？*

Ａ：ある奥さんがふろ場で一生けんめい掃除していたら、突然たおれて、死んでしまったんだそうです。

Ｂ：どうしたんでしょう。

Ａ：壁のカビをとる洗剤と、ふろを洗う洗剤をいっしょに使ったらしいんです。

Ｂ：いっしょに使うと、いけないんですか。

Ａ：ええ。くわしいことはわかりませんけど、何かの化学反応で、わるいガスが出るんだそうです。

Ｂ：こわいですねえ。

Ａ：ええ。二つの洗剤の相性がわるかったんだそうです。

Ｂ：相性がねえ*……。

Ａ：ええ。ほかにもいろいろ、相性のわるいものがあるらしいんですよ、ヘアスプレーと石油ファンヒーターとか。

Ｂ：使うとき、説明書をよく読めばいいんでしょうね。

Ａ：ええ。でも、どんどん商品が複雑になるから、ぜったい安全とは言えないそうですよ。

Ｂ：そうですか。なんだかこわいですね。

●會話 I

兩位熟人的對話。A是男性，B是女性。

A：今天早上的報紙，有一則關於清潔劑的報導。

B：是否有新產品上市？

A：不，不，不是。是清潔劑的意外事件。

B：意外事件是說……。

A：聽說有位太太正在浴室打掃，卻突然昏倒死亡。

B：怎麼回事？

A：好像是去除牆壁霉垢的清潔劑，和洗滌浴缸的清潔劑同時使用的樣子。

B：不能同時使用嗎？

A：嗯，詳情不知，不過聽說是起了什麼化學反應，放出毒氣。

B：好可怕喲！

A：的確，據說是兩種清潔劑的質性不合。

B：質性……。

A：嗯，其它好像還有很多東西質性不合喔，像髮用噴霧劑及溫風石油暖爐。

B：使用時，應該仔細閱讀說明書比較安全吧？

A：是啊，但是產品日趨複雜，聽說也無法保證是絕對安全！

B：這樣子啊，好像很恐怖哩！

●会話文II No.15

夫と妻の会話。
おっと つま

夫：うちのふろ、このごろきたなくなったね。

妻：そうね。

夫：知ってたの。
し

妻：おふろの洗剤、使わないことにした*の。

夫：どうして？

妻：だって、洗剤はこわいのよ、ガスが出て。

夫：ああ、相性の話か。あれは、二つのものをいっしょに使わなければいいんだよ。

妻：でも、ほかにも何か、洗剤と相性のわるいものがあるかもしれないでしょ。

夫：たとえば？

妻：たとえば、わたしのセーターの染料
せんりょう

とか。

夫：染料も洗剤と相性がわるいのか。

妻：まだわからないわ。商品の相性の研
けん
究はまだまだ不十分なんですって*。
きゅう ふ じゅうぶん

夫：そんなに心配していたら、何もできないよ。
しんぱい

妻：台所も、こわいから、当分洗剤を使
だいどころ とうぶん
わないつもり。

夫：やれやれ。

妻：うちの中がきたなくても、安全なほ
なか
うがいいでしょ。

夫：ぼくは、きたないのはきらいだな。

妻：あら、じゃ、わたしと相性がわるいのね。

夫：そうかもしれないね。とにかく、こんどの日曜に、ぼくが洗剤を使って掃
にちよう
除するよ。ふろも台所も。

●會話II

夫婦的交談。

夫：家裏的浴缸最近變髒了耶！

妻：是啊。

夫：妳早已知道？

妻：浴缸的清潔劑，已經決定不用了。

夫：為什麼？

妻：因為清潔劑太可怕了，會放出毒氣。

夫：噢，妳是說質性的問題啊？那只要兩種產品不同時使用就沒事了。

妻：不過，其它也許還有什麼和清潔劑的質性不合也說不定。

夫：比如說？

妻：比如，我的毛衣的染料或者……。

夫：染料的質性也會和清潔劑不合嗎？

妻：還不曉得哩！聽說有關任何產品的質性，尚無充分的研究。

夫：妳這麼擔心，任何事都辦不了的！

妻：廚房也很危險，所以打算暫時不使用清潔劑。

夫：哎呀呀呀！

妻：家裏髒亂些無妨，安全最重要不是嗎？

夫：我討厭髒亂！

妻：咦，那跟我「個性不合」哩！

夫：或許吧！總之，這星期天，我要用清潔劑大掃除。包括浴室和廚房。

単語のまとめ

●本文

相性[あいしょう]	緣分；質性
科学[かがく]	科學
進歩する[しんぽ(する)]	進步
洗剤[せんざい]	清潔劑
よごれ	污垢
落とす[お(とす)]	去除
力[ちから]	力量；力氣
ふろ	浴盆
トイレ	廁所
掃除[そうじ]	打掃
らく	輕鬆
最近[さいきん]	最近
事故[じこ]	意外事件
おきる	發生
ふろ場[(ふろ)ば]	浴室
壁[かべ]	牆壁
主婦[しゅふ]	主婦
急に[きゅう(に)]	突然
死ぬ[し(ぬ)]	死亡
カビ	黴
化学反応[かがくはんのう]	化學反應

有毒ガス[ゆうどく(ガス)]	有毒氣體
美容院[びよういん]	美容院
石油ファンヒーター[せきゆ(ファンヒーター)]	溫風石油暖爐
気分がわるい[きぶん(がわるい)]	身體感覺不適
髪[かみ]	頭髮
スプレー	噴霧劑
熱[ねつ]	熱氣
おこす	引起
商品[しょうひん]	產品
それぞれ	分別；個別
別に[べつ(に)]	另外
安全[あんぜん]	安全
場所[ばしょ]	場所；地方
同時に[どうじ(に)]	同時
つまり	亦即；換言之
場合[ばあい]	場合；情形
商品同士[しょうひんどうし]	兩種產品之間
相性がわるい	質性不合
関係[かんけい]	關係
結婚の相手[けっこん(の)あいて]	結婚對象

選ぶ[えら(ぶ)]………………………選擇
生まれた[う(まれた)]…………………出生
人間的[にんげんてき]…人類的；具有人性的
生命[せいめい]………………………生命
なんだか……………………………總覺得
〜感じがする[かん(じがする)]………感覺〜
防ぐ[ふせ(ぐ)]………………預防；避免
研究する[けんきゅう(する)]…………研究
説明書[せつめいしょ]………………説明書
必要[ひつよう]………………必要；需要
注意深い[ちゅういぶか(い)]………謹慎小心
くらす………………………生活；度日

●会話文Ⅰ
かい　わ　ぶん

一生けんめい[いっしょう(けんめい)]
　　　………………………………賣力地
突然[とつぜん]………………………突然

たおれる……………………………倒下來
くわしいこと………………………詳情
こわい………………………………恐佈的
ヘアスプレー………………頭髪噴霧劑
複雑[ふくざつ]……………………複雑
ぜったい……………………………絶對
〜とは言えない[(とは)い(えない)]
　　………………………………不能說是

●会話文Ⅱ
かい　わ　ぶん

きたない……………………………骯髒
たとえば……………………………比如說
染料[せんりょう]…………………染料
不十分[ふじゅうぶん]……………不夠充分
心配する[しんぱい(する)]…………擔心
当分[とうぶん]………………目前；暫時
やれやれ……………………………哎呀

文法ノート
ぶん　ぽう

●本文
ほんぶん

〜とか〜とか言う
い

等於「いろいろなことを言う」＜說東說西＞。例句：あの人はいつも寒いとか暑いとか文句を言う。＜他老是發牢騷，不是喊冷就是喊熱。＞

使われる
つか

動詞「使う」的被動形式。語尾同樣為「〜う」，會變成「〜われる」的動詞有：買う→買われる；笑う→笑われる。

おもしろがっているだけではいけない

「おもしろがる」也可以說成「おもしろいと感じる」＜覺得有趣＞。「〜だけではいけない」等於「ほかにもしなければならないこと

がある」＜另外還必須〜＞。例句：遊んでいるだけではいけない、勉強もしなさい。＜不可以光只是玩，也必須用功。＞

注意深くなければ、安全にくらすことはできない
ちゅう　い　ぶか　　　　　　　　あんぜん

請參閱「句型練習」的附註部分。

●会話文Ⅰ
かい　わ　ぶん

事故と言いますと？
じ　こ　　　　い

請參閱「對話練習」的練習目標部分。

相性がねえ
あいしょう

重複對方提及的人物，並加上感嘆的語氣。例句：甲：あの人、会社を止めたんですよ。

乙：そうですか。あの人がねえ～。＜甲：他辭職離開公司了。乙：哦，他啊～。＞

あの人とはつき合わないことにしました。＜決定不跟他往來了。＞

●会話文 II

使わないことにした

「ことにした」是表＜決定＞的形式。例句：

不十分なんですって

意思等於「不十分なのだそうです」，是女性的說法。在不必客套的談話中，男性通常採用「不十分なんだって」的形式。

文型練習
ぶん けい れん しゅう

1．……（え）ば……なる

本文例——少し使えば、ふろやトイレがきれいに<u>なる</u>から、掃除もらくである。
（ほんぶんれい すこ つか そうじ）

（注）「もし……」という条件を示し、その結果を示す形。条件の示しかたには「……たら」や「……と」もあるが、「……（え）ば」は「必ず」という期待が強い。
（ちゅう じょうけん しめ けっか かたち かなら きたい つよ）

[練習A] 例にならって文を作りなさい。
（つく）

例：洗剤を使う、きれいになる→少し洗剤を使えば、きれいになります。
（せんざい）

1．練習する、じょうずになる→

2．休む、元気になる→
（やす げんき）

3．洗う、落ちる→
（あら お）

4．待つ、席があく→
（ま せき）

[練習B] 練習Aで作った文を使って、例のように答えなさい。
（こた）

例：ずいぶんよごれましたねえ→ええ、でも少し洗剤を使えば、きれいになりますよ。

1．ワープロはむずかしいでしょうね→

2．仕事がたいへんでつかれたでしょうね→
（しごと）

3．壁にカビがはえましたね→
（かべ）

4．この電車、こんでいますね→
（でんしゃ）

1.只要～就變得～。

正文範例------只要使用少許，浴缸、廁所就可變得清潔溜溜，打掃上也就輕鬆許多。

【註】表示「もし～」＜如果～＞的條件以及其結果的句型。表示條件的方式尚有「～たら」、「～と」，不過「～（え）ば」所預期的結果，幾近於「必定會～」。

練習A 請依例造句。

例：使用清潔劑、變得清潔溜溜→只要稍微使用清潔劑就可變得清潔溜溜。

215

1．作練習、變得很棒→
2．休息、變得精神奕奕→
3．洗滌、會脫落→
4．等待、有空位→
練習B 請利用練習A所造的句子，依照例句回答。

 No.17

2．……なければ……ない

> 本文例——注意深くなければ、安全にくらすことはできないのである。

(注)否定を二回使って肯定の意味を強める形。「安全にくらすためには注意深くなければならない」と言ってもよい。

練習A　例にならって文を作りなさい。

例：注意深い、安全にくらす→注意深くなければ、安全にくらすことはできない。

1．注意深い、事故を防ぐ→
2．礼儀正しい、人と仲よくする→

2.如果～是無法～。

> 正文範例-----如果不謹慎小心，是無法平安度日的。

【註】使用雙重否定，以強調肯定意思的句型。也可說成：「為了能平安度日，一定得謹慎小心才行」。

例：實在很髒耶！→嗯，不過只要使用少許清潔劑就可清潔溜溜。
1．文書處理機很難操作吧？→
2．工作很吃緊，大概很累吧？→
3．牆壁上發霉了耶！→
4．這班電車、很擁擠→

3．健康だ、成功する→
4．親切だ、この仕事をする→

練習B　練習Aで作った文を使って、例のように答えなさい。

例：安全にくらすためには、どうしたらいいでしょう→注意深いことが必要です。注意深くなければ、安全にくらすことはできません。

1．事故を防ぐためには、どうしたらいいでしょう→

2．人と仲よくするためには、どうしたらいいでしょう→

3．成功するためには、どうしたらいいでしょう→

4．この仕事をするためには、どうしたらいいでしょう→

練習A　請依例造句。
例：謹慎小心、平安度日→如果不謹慎小心，則無法平安度日。
1．謹慎小心、防止意外事件→
2．禮貌、與人和睦相處→
3．健康、成功→
4．親切、勝任這個工作→

練習B　請利用練習A所造各句，依照例句回答。

例：要平安度日，該怎麼辦？→必須謹慎小心，如果不謹慎小心，則無法平安度日。

1. 要防止意外事件，該怎麼辦？→
2. 要與人和睦相處，該怎麼辦？→
3. 要成功，該怎麼辦？→
4. 要勝任這個工作，該怎麼辦？→

ディスコース練習
れんしゅう

（会話文Ⅰより） No.18
かいわぶん

> A：……に……が出ていましたね。
> B：……と言いますと？
> A：……んだそうです。
> B：そうですか。……ですね。

練習の目的　新聞やテレビなどで得た
もくてき　　しんぶん　　　　　　え
情報の伝えかたと、それを聞いて、
じょうほう　つた　　　　　　　　き
くわしいことを知るために聞き返す
し　　　　　　　かえ
方法を練習します。「……と言います
ほうほう
と」のあとに「どういうことですか」
が略されています。親しい間なら「と
りゃく　　　　　　した　あいだ
言うと」を使います。
つか

練習の方法A　まず、基本型の下線の
きほんけい　かせん
部分に入れかえ語句を入れて会話を
ぶぶん　　い　　　　ごく
しなさい。

〈基本型〉

A：けさの新聞に(1)洗剤の事故の話が
せんざい　じこ　はなし
出ていましたね。

B：(1)洗剤の事故と言いますと？

A：(2)洗剤の化学反応で有毒ガスが出
かがくはんのう　ゆうどく
たんだそうです。

B：そうですか。

▶入れかえ語句

1．(1)ゆうべの事故　(2)電車と電車が
でんしゃ
ぶつかった

2．(1)交通スト　(2)地下鉄がストをする
こうつう　　　　ちかてつ

3．(1)新しいワープロ　(2)文のうまさ
あたら　　　　　　　　ぶん
を採点する
さいてん

4．(1)お金を落とした人　(2)落とした
かね　お　　　　ひと
お金がもどった

練習の方法B　以上の練習ができたら、
いじょう
最後にBの感想を加えて、もう一度
さいご　　　かんそう　くわ　　　　　いちど
話し合ってください。
はな　あ

217

〈基本型〉

A：けさの新聞に洗剤の事故の話が出ていましたね。

B：洗剤の事故と言いますと？

A：洗剤の化学反応で有毒ガスが出たんだそうです。

B：そうですか。<u>あぶないですね。</u>

▶入れかえ語句

1．あぶないですね

2．こまりますね

3．すごいですね

4．よかったですね

練習の方法C A、Bで練習した形（かたち）を使って、最近（さいきん）のニュースなどについて、自由（じゆう）に話してください。新聞でなく、テレビやラジオの場合（ばあい）は、次（つぎ）のような形を使います。

A：けさ、テレビ／ラジオのニュースで、……のことを言っていましたね。

（取材自會話Ｉ）

A：……有……的報導。
B：……是說……？
A：聽說……。
B：這樣子啊？……哩！

練習目的 練習如何將得自報紙或電視上的消息傳達給他人，以及聽到消息後，如何反問其詳情。「～と言いますと」之後，省略了「どういうことですか」。雙方關係較密切的話則用「と言うと」。

練習方法A 首先，在基本句型的劃線部分添入代換語句。

〈基本句型〉

A：今天早上的報紙，有一則關於(1)<u>清潔劑意外事件</u>的報導。

B：(1)<u>清潔劑意外事件</u>是說……？

A：聽說是(2)<u>因為清潔劑起了化學反應釋放出毒氣</u>。

B：這樣子啊！

▲代換語句

1.(1)昨晚車禍 (2)電車和電車相撞

2.(1)罷駛 (2)地下鐵罷駛

3.(1)新型的文書處理機 (2)為句子的優劣評分

4.(1)遺失金錢的人 (2)遺失的金錢失而復得

練習方法B 作完以上練習，最後加上B的感覺，再對話一次。

〈基本句型〉

A：今天早上的報紙有一則關於清潔劑意外事件的報導。

B：清潔劑意外事件是說？

A：聽說是因為清潔劑起了化學反應，釋放出毒氣。

B：這樣子啊！<u>好危險啊！</u>

▲代換語句

1.好危險啊！

2.傷腦筋啊！

3.好厲害喲！

4.好棒喲！

練習方法C 請利用A、B所練習過的句子，就有關最近的新聞或其它消息，自由練習對話。不是報紙，而是電視或收音機時，則使用下面的形式。

A：今天早上，電視／收音機的新聞報導說……。

漢字熟語練習
かんじじゅくごれんしゅう

1.相＜相性＞

相談(する)[そうだん(する)]……………商量
相当する[そうとう(する)]
　　　………………適稱；合適；相當於
相場[そうば]………………市價；行市
首相[しゅしょう]………………首相
相手[あいて]………………對象
相撲[すもう]………………角力

2.学＜科学、化学＞

学生[がくせい]………………學生
学者[がくしゃ]………………學者
学歴[がくれき]………………學歴
学問[がくもん]………………學問
科学[かがく]………………科學
数学[すうがく]………………數學
医学[いがく]………………醫學
文学[ぶんがく]………………文學
留学する[りゅうがく(する)]………留學
入学する[にゅうがく(する)]………入學
夜学[やがく]………………夜校
学ぶ[まな(ぶ)]………………學習

3.反＜反応＞

反対(する)[はんたい(する)]…………反對
反応(する)[はんのう(する)]…………反應
反動[はんどう]………………反動；反作用
反論(する)[はんろん(する)]…………反駁
違反(する)[いはん(する)]…………違反

4.院＜美容院＞

院長[いんちょう]………………院長
病院[びょういん]………………醫院
入院する[にゅういん(する)]………住院
退院する[たいいん(する)]………出院
衆(議)院[しゅう(ぎ)いん]………眾(議)院
参(議)院[さん(ぎ)いん]………參(議)院
美容院[びよういん]………………美容院

5.気＜気分＞

気温[きおん]………………氣溫
気候[きこう]………………氣候
気象庁[きしょうちょう]………………氣象局
気圧[きあつ]………………氣壓
気分[きぶん]………………心情；氣氛
電気[でんき]………………電；電氣

空気[くうき]……………………空氣
人気[にんき]……………………人縁；聲望
景気[けいき]……………………景氣
病気[びょうき]…………………疾病
元気(な)[げんき(な)]…………有精神的
気持ち[きも(ち)]………………感受
気がつく[き(がつく)]…………注意

6.分<気分>
分析(する)[ぶんせき(する)]…………分析
分類(する)[ぶんるい(する)]…………分類
分担(する)[ぶんたん(する)]…………分擔
自分[じぶん]……………………自己
気分[きぶん]……………………心情；氣氛
十分[じゅうぶん]………………充分
当分[とうぶん]…………………目前；暫時
(三)分の一[(さん)ぶん(の)いち]
　　………………………………(三)分之一
(五)分[(ご)ふん]………………(五)分鐘

7.安<安全>
安全な[あんぜん(な)]……………安全的
安定(する)[あんてい(する)]………安定
安心する[あんしん(する)]………安心；放心
不安(な)[ふあん(な)]………………不安(的)
安い[やす(い)]……………………便宜

8.全<安全>
全体[ぜんたい]…………………全體
全部[ぜんぶ]……………………全部
全国[ぜんこく]…………………全國
全然[ぜんぜん]…………………全然；完全
安全な[あんぜん(な)]…………安全(的)
完全な[かんぜん(な)]…………完全(的)
全く[まった(く)]………………完全；全然；實在

9.同<同じ、同時、同士>
同時[どうじ]……………………同時

同日[どうじつ]…………………同日；同一天
同点[どうてん]…………………同分；平手
同社[どうしゃ]…………………同公司
同士[どうし]……………………彼此之間；伙伴
(女)同士[((おんな)どうし]………(女性)之間
同情(する)[どうじょう(する)]…………同情
同僚[どうりょう]………………同僚；同事
共同[きょうどう]………………共同
同じ[おな(じ)]…………………相同

10.生<生命、生まれた>
生活(する)[せいかつ(する)]…………生活
生産(する)[せいさん(する)]…………生産
生徒[せいと]……………………學生
生命[せいめい]…………………生命
生命保険[せいめいほけん]…………人壽保險
先生[せんせい]…………………老師
学生[がくせい]…………………學生
衛生[えいせい]…………………衛生
生きる[い(きる)]………………活；生存
生まれる[う(まれる)]…………出生

11.明<説明書>
明日[みょうにち]………………明日；明天
説明(する)[せつめい(する)]…………說明
証明(する)[しょうめい(する)]…………證明
照明[しょうめい]………………照明；燈光
不明[ふめい]……………………不明；不詳
明らか(な)[あき(らかな)]
　　………………………………清楚的；明顯的

12.要<必要>
要求(する)[ようきゅう(する)]…………要求
重要(な)[じゅうよう(な)]………重要(的)
必要(な)[ひつよう(な)]…………必要(的)
需要[じゅよう]…………………需要

漢字詞彙複習

1. 先生に相談してみます。

2. 相撲は人気のあるスポーツです。

3. 気分がわるいから、病院へ行きます。

4. 全然気がつきませんでした。

5. 説明を聞くまでは不安でした。

6. 五分ぐらい待って、院長に会いました。

7. 気候がわるいので、元気がでません。

8. スピード違反をしないように気をつけてください。

9. 病気は完全になおりました。

10. 当分入院しなければなりません。

11. 景気は安定している。

12. 首相はその考えに反対している。

13. 学者たちの反応はどうだろう。

14. 子どもが生まれたので、生活がくるしくなった。

15. 同僚たちは彼に同情した。

16. 学生の時は数学が好きだった。

17. 医学の研究のために留学するつもりだ。

18. 結婚の相手は学歴の高い人がいい。

19. 三分の一は自分でやって、あとは人にたのんだ。

20. この学校の生徒であることを証明する。

---

1. 跟老師商量看看。
2. 角力是很受歡迎的運動。
3. 身體不適，因而前往醫院。
4. 完全沒有注意到。
5. 在尚未聆聽說明之前，頗爲不安。
6. 等了約莫五分鐘，便見到院長了。
7. 氣候不佳，所以精神不振。
8. 請注意不要超速。
9. 病已經痊癒了。
10. 暫時務必住院才行。

11. 景氣已安定下來。
12. 首相反對那個意見。
13. 學者們的反應如何？
14. 由於孩子已經出生，所以生活日趨困苦。
15. 同事們都很同情他。
16. 學生時代很喜歡數學。
17. 爲了研究醫學而打算留學。
18. 結婚的對象，最好是學歷較高的人。
19. 三分之一是自己動手，其餘的委託他人。
20. 證明是這所學校的學生。

応用読解練習
おうようどっかいれんしゅう

金曜ひろば

暮らし再考

宮本　豊子

1　科学時代を生きる

りに起きた事故である。このように、商品に含まれるある物質と他の商品のあと、スプレーに使用の噴射剤物質が反応し、フロンガスが原因と、この事故が全国あちこちで報告されるようになり、調べてみると、この事故が...

夜店内の床近くにたまっていってフロンガスの重い二酸化炭素を発生。こ れが気分を悪くする原因ではいかとの疑いがでた。

そうかと思えば、石油ファンヒーターは、今、燃え立つ枝毛用コート剤（一般にトリートメントと呼ばれるもの）の一部とも相性が悪く、ヒーターにコート剤が反応してたら消えた。

2　商品同士が干渉し未知の危険

整髪トと呼ばれるものの一部とも相性が悪く、ヒーターにコート剤が反応してたら消えた。明、点火不良を起こすことがある。理髪店や美容院で、明、点火不良を起こすことがある。関店と同時に暖房用の石油ファンヒーターをつけると気分が悪くなり、理容師さんが救急車で...

酸性の洗浄剤　塩素系のカビ取り剤

実施した。この結果、コート剤コート剤製造元の大手化粧品メーカーは、ただちに成分を変え、た改良品を売り出した。また、日本化粧品工業連合会は、「シリコン使用の商品には「石油ファンヒーター使用中は、コート剤

3

昨今、身近な生活の場面で、商品と商品が干渉し合って予想もし得ないような死亡事故や商品トラブルが発生している。まさに、科学時代に生きていると実感させられる。

昨年、ふろ場を掃除していた主婦が、突然死亡する事故が起きた。原因は、塩素系の洗浄剤（ふろやトイレ用洗剤など）が化学反応を起こし、有毒なガスを発生、このガスが死に至らしめた。この場合、一つの商品なら問題が起こらないものが、たまたま同じ場所で、同時に使ったばっかくなり、理容師さんが救急車で、名品具メーカーはテストを...

でくたさい」と表示するとに。一方、石油ファンヒーターの取扱説明書にも「暖房中は、シリコン配合の枝毛用コート剤やトリートメントを使わないように」と、互いに表示し合うことになった。

多様化、複雑化する商品社会では、商品同士で何が起こるかわからない。企業が商品単体の安全性を考えているのでは不十分、関連商品と使う環境まで踏まえての事故に備えた大切だ。ついとの間も、黄色い綿セーターの染料が顔白剤が反応して皮膚障害を起こした例が報道された。科学時代を生きる私たちは、未知の危険をどう見る慎ろ。

兵庫県立生活科学研究所
生活科学専門員

---

1 科学時代を生きる

2 商品同士が干渉し未知の危険

3 昨今、身近な生活の場面で、商品と商品が干渉し合って予想もし得ないような死亡事故や商品トラブルが発生している。まさに、科学時代に生きていることを実感させられる。

字彙表

1

科学時代[かがくじだい]…………科學時代
～を生きる[(～を)い(きる)]③
　　　　…………………活在～；生存於～

2

商品同士[しょうひんどうし]………商品之間
干渉する[かんしょう(する)]……干擾；干涉
未知の[みち(の)]…………………未知的
危険[きけん]……………………危險

3

昨今[さっこん]……………………最近；近來
身近[みぢか]……………………切身；身邊
生活[せいかつ]……………………生活
場面[ばめん]………………………場面；情景
干渉し合う[かんしょう(し)あ(う)]
　　　　……………………………互相干擾

予想もし得ない[よそう(もし)え(ない)]
　　　　…………………………無法預料
死亡事故[しぼうじこ]…………慘事；慘劇
トラブル…………………………糾紛；問題
発生する[はっせい(する)]……………發生
まさに……………………………眞正；確實
実感させられる[じっかん(させられる)]
　　　　……………被迫體會；確實感受到

【註】

「実感させられる」は「実感する」の「**使役形**」「実感させる」に「**被動形**」「られる」がついたもの。他の例としては、「考える→考えさせる→考えさせられる」。

中譯

1

　活在科學時代

2

　商品之間相互干擾，危險性無法預知。

3

　　最近，在切身的生活層面上，商品和商品互相干擾，造成無法預知的慘劇，乃至於商品糾紛層出不窮，的確讓我們體會到現在是生活在科學時代中。

索引

さく　いん

下列索引是按五十音（あ、い、う、え、お）順序編排的。字彙及片語來自單字總整理、漢字練習部分，以及應用閱讀練習。

235

水谷信子簡介：

　　畢業於東京大學，曾留學密西根大學。目前是御茶水女子大學教授，並在國際基督教大學及東京的美加十一所大學聯合日本研究中心教授外國人日語。和她先生著有An Introduction to Modern Japanese（現代日語入門）、Nihongo Notes（日語短評）等書。

日語綜合讀本　從初級到中級
総合日本語　初級から中級へ

1991年 9月初版發行
2005年10月再版發行
原　著／水谷信子
編　輯／(株) アルク
編　譯／階梯日文
發行人／顏尚武
發行所／階梯數位科技股份有限公司　　　　總經銷／鴻儒堂書局
地　址／台北市民權東路二段42號6樓　　　地　址／台北市開封街一段19號2樓
電　話／(02) 2564－3336　　　　　　　　電　話／(02) 2311－3810
登記證／局版台業字第1835號　　　　　　定　價／書一本 NT 250元
　　　　局版台音字第0194號　　　　　　　　　　　CD四片 NT 700元